眼神說了什麼

吳孟樵——著

推薦序　眼押韻眼神

文／洪春峰（《霧之虎》、《酒神賦》作者）

是愛讓你有了光暈。
是眼神中的愛，讓你認出我。
是思念的時間河流，我在那裡划槳。
是回味的瞬間，我變成了海明威。
是書店那一日與巷口的夜晚，讓我看見你的愛。

原本這本書的書名考量，就在上述幾行字句裡，但書名來自於內容的濃縮與意象，是愛，讓這本書有了光。靜靜地閃亮在書海裡，彷彿一個岸邊沙灘上的貝殼。一本書是這樣的，飄洋過海來看你，是書寫者的心海，是你的掌心與指頭，以及你朗讀的聲響，敲打，還能說什麼，彈奏，還想聽什麼，於是就往前往後，往南往北追尋孟樵的語言，她經歷的故事，她看見的看見，她的聽覺與觸摸，她的感受與行走，她的安靜與她的夢，這就是匯聚了無數個自我與他人的眼神，釀造出來的一杯書般造型的酒。

在書店那一日，泱和對方有著纏綿不斷，若有似無的情緒，那種情感動態，完整地被作者寫了下來，有如河流拍岸。人與人的相處，猶如借閱彼此腦海中書櫃上的書，讀到乏了，日子無味，有獨到之祕，則愛不釋手，恨不能居留在彼此心上，成為永遠居住的人，主人就是客人，就是多麼令人期待的完美的愛。而陌生感，有時成為調味劑、五香粉、十三味，在心情的巷口飄盪。

沙林傑（J. D. Salinger）在寫出《麥田捕手》（*The Catcher in the Rye*）之前曾經從軍，經歷砲火生死，炸裂了靈魂的戰爭在作者與世界上其他人一樣，造成傷痕。那樣的文學給予我們信念、失落、溫暖、被人懂得的感覺。在孟樵的這本書《眼神說了什麼》有著她以往在《《歸鄉》的親子關係與俄羅斯文化：這位導演，讓我想起我爸媽》那本書類似的口吻，只是觀察的對象與速度不一樣了，那是凝望的差異，也是書寫的差異，如果能創造故事，那就是世界上最至高無上的事情之一，或者，有如發明了一個科學理論，一則數學公式，一種審美的距離，獨有的故事。能把握這樣的語言，能夠經歷這樣的時刻，那便是許多作家心中的共同追求。

當愛不見了，回頭尋找內心的聲音，低首凝望書頁的文字。《麥田捕手》的核心是愛，愛著世界，不免失望，但依然去愛。書寫者從凡人成為英雄，是歷經千面，走過千山的。孟樵寫過「如果說，腦海的記憶是最佳的相機。那麼我們還需要相機？」我只是認為，文字就是底片，顯影一切，包括黑暗，包括光。

孟樵在〈是眼神，讓你我走入光暈〉寫出：「這回，換我呼喚你，以眼神告訴你，這世界不會黑暗、不會只有月亮，永遠有晶亮的光彩伴隨，那是你也是我。」作者的意志流淌於文字，關注的意念布滿了篇章。她又在〈月亮冷不冷，眼睛熱不熱〉中寫道：「對於美麗的悸動，停留在不知幾歲時的記憶，就是喜歡抬頭看月，就是喜歡看到月亮裡的兔子。從沒想過月亮怕黑嗎？會冷嗎？」書寫者是聆聽者、觀看者、記錄者，因此吳孟樵不得不被美麗的事物迷住。旅行、愛情、閱讀，是三把創作的聖火，她如此心懷柔思地欣賞各種美好事物，正好應證了自己的一顆心。

我們愛著同一部電影，比爾・莫瑞（Bill Murray）的電影《今天暫時停止》（*Groundhog Day*）是一個關於愛和時間的故事，在那個故事中有春光，我相信孟樵也深刻體會了其中滋味，並有所感，發而為文。這本書是許多文字的珍珠落在玉盤上。

每一次書寫，就是一次分裂，一次成長。也像孟樵之前的書《歸鄉》，書寫是一種回歸內心的飛翔。《眼神說了什麼》是一本飛行之書，任語句乘載故事，讓心情印成墨跡。這本書也是一本水之書，記憶似水，愛念蒸發如淚，漂流在讀者心情的海洋。

二〇二三・二・二八

推薦序　恰似一道道輕觸過這個世界的眼神……

文／涂書瑋（詩人、詩評家、大學教授）

吳孟樵的影評文字向來擁有廣大的讀者群，不論是阿巴斯（عباس کیارستمی）、奇士勞斯基（Krzysztof Kieślowski），還是塔可夫斯基（Андрей Арсе́ньевич Тарко́вский），孟樵總是能夠將影像的局部／整體，與自身的生命體驗嵌合，不斷地在「影」與「文」之間，上演著一次次華麗而優雅的心思迴旋。這個文類跨界迴旋舞不只自限於靜態的事物關照，而是迴旋出種種源於自身身世中亟待陳述、梳理方得以放下的記憶與夢境，更能夠迴旋出一幅幅受塑於恆常變動、蒼涼與憂患的人間情境。

這就是孟樵，如同其人，她的文字旋身在都市寬垠的蜃景與疏離的人際網絡之間，仍是那樣仙氣而靈動。與孟樵的晤面，每每感於其心智的真純與透明，然而於塵世的惘惘間，也屢屢憂於其心地的敏感而易碎，以及如何能夠以這樣純透的心智，抵禦人間種種不可測度的風暴。直到我讀到她在《鞋跟的祕密》中一篇〈復活記〉，她寫到《我的心留在布達佩斯》的玉芸：「她的一雙眼似乎化為攝影鏡頭，環視。隨著她的視線，我一直是在起／終點專注地對應她……」，這段文字讓我反身式地意會到孟樵「眼神」的穿透力與預示感，原來，早在我們濁淌於塵世之時，她早已悠緩地站立在塵世的起／終點，以「眼神」為我們一眾好友預告著生命前路／來世的圓銳或分合。

細讀《眼神說了什麼》，其顯著的特色，除了是影／音評論文體與敘說自身故事的文體交織互文，以達到某種生命情境的釋懷與通透之外，另一項比較潛隱的寫作取向，就是孟樵既愛造夢、寫夢也解夢。夢境，當然在「精神分析」的發達年代，已然成為撬開人類意識底層或內在幽暗世界的主要入口。而孟樵尤愛對自己或他者的夢境進行「解析」，例如：「夢境，讓我以參與者，也是畫外者進入『訴說』與『告別』的情境」（〈道歉啟事〉）；又或是「我倒堅信，夢跑得比你心底對自己的認識還快，且深入。只是，你敢認識你自己多少」（〈在夢裡・旅行〉），等等。此等置身「其中」卻又「超我」式的釋夢，體現出孟樵在感官與情感的沉浸之外，亦有知性的深刻與鋒利。

孟樵的文字向來隨興拈來，段落的收束之間渾成般的自由、靈動。她往往排拒刻意的結構，或情意的布局，我也無意將孟樵刻意歸類於當代「女性」散文的某種知識框架，或是「像是ＸＸＸ」的某種偏執認識之中。她的文字內裡，從未深陷於隱喻的修辭迷陣，也從未不經意流露出情思、感覺或情緒上的專斷。孟樵的「眼神」既是可以「記憶、記述、回顧、展望」，也是關乎生命記述在時間摺痕裡盛開的悲喜瞬間。於是，孟樵的每一個字恰似一道道輕觸過這個世界的「眼神」，它既能讀出月的暈臉、風的唇語、心的構成，也能在那一次張弛開闔之間，捕捉到我／們遺落在這個時代的集體感覺。

推薦序　跌出時間之外

文／歐銀釧（作家、星洲媒體集團駐臺灣特派員）

多年來，經過象山附近一家咖啡館，常會放慢腳步。

那咖啡館有扇大玻璃窗，偶爾，有一人或兩人坐在靠窗的位置，面向窗外。有時那位子是空的。我總是好奇，停下來，看著那窗、那人和那杯咖啡。

沒想到，今年春天，我和作家吳孟樵坐在那個位置。我們成為那扇大玻璃窗裡的兩個人。

那天，我們在象山捷運站見面，穿過公園，一起步行去咖啡館。

這是我們的第二次見面。之前，我是她的讀者，常在《人間福報》拜讀她的作品。有一次她寫：「幾乎日日有夢，一睡就陷入夢境。」我停留在這句話許久。後來，陸續讀到她的文章，夢在她的文字之間轉折，「夢跑得比你心底對自己的認識還快，且深入。只是，你敢認識你自己多少。」

我跟著她的文字旋轉。

身兼影評人的她，曾提到關注失智症的紀錄片《以遺忘為詩》想傳達的內容在對白裡：

「人生不過是場夢，而夢本身只是做夢的一部分。」她接續寫道：「不想遺忘的是『愛』——愛與被愛的記憶與能力。」我被這段透澈的文字觸動，思索了好幾天。

兩年前，她計畫出版新書《當音樂響起，你想起誰》，透過《人間福報》和我聯絡，收錄了一篇我追念音樂才子史擷詠先生的文章：〈在城市裡聽見海濤〉。出書之後，她寄書來，還送了一張她畫的畫，色彩斑斕。我想起她曾經寫的這段話：「我趴在地板作畫，畫紙畫筆所成就的圖，讓我意外發現現實生活裡的我喜歡黑白灰色調、個性內向，在畫紙上卻看到繽紛與愉悅的世界。」

初次和她見面是在一個新書發表會和展覽會上。那回匆忙，我趕著要去另一個會議，只打了招呼，和七、八個友人合影之後，跑去搭捷運，她和友人追上來，說要一起搭。我們比鄰而座，才說了幾句話，她已到站離去。傍晚，朋友傳來合影，我看見她美麗的身影，長髮綁著幾束辮子，像芭蕾舞者般，舞進相框。

那天晚上，我想起她曾提到俄國導演塔可夫斯基說：「時間與記憶彼此融合，彷彿是一枚勳章的兩面。記憶是精神概念……一旦失去記憶，人就成為虛幻存在的囚徒，因為他跌出時間之外，無法理解自己與外在世界的關係……。」

她寫道：「我在心底模擬著『跌出時間之外』的畫面。那是黑洞般無法聚焦的世界，也或許會帶來驚奇的魔幻之旅？」

窗外，月光灑落。夜裡，我又想起她的另一篇文章：「我堅信記憶會存放在月亮裡，只等待可以展現光芒時，就像是貓們燦亮的眼睛。」心有所感，我在那張舊報紙上寫了一段文字；「月光是記憶的絲線，收藏無數透明的心靈，照亮幽暗。」

那段日子，她寫電子郵件來，和我分享一些生活小故事。每封郵件都好像在奔馳的捷運上，聽她輕聲說故事。

直到今年春日，我們來到象山附近的咖啡館，坐在面向路口的位置。從玻璃窗望出去，是一條小路，附近有幾棵不知名的樹。我們追念共同的朋友史擷詠，設想他在天上創作樂曲。偶爾有路人經過，停下來望著我們，就像多年來，我在窗外看著咖啡館裡的人們。

她提起伊森・霍克（Ethan Hawke）主演的電影《超時空攔截》（*Predestination*）裡的一句話：「時間一直在改變我們，而我們在時空裡穿梭。」

那個下午時間過得飛快。傍晚，我送她去搭捷運，再次步行經過公園。她說：「聽講這時候有一位愛讀書的男子會來到公園。」是的，就在前方的長椅上，他正捧讀一本厚厚的書，專注地閱讀。書名是《《歸鄉》的親子關係與俄羅斯文化：這位導演，讓我想起我爸媽》。

那不就是她的作品？我們在時間裡？或是跌出時間之外？

她沒有上捷運，說要走回家。深夜，她傳來一封信：「很抱歉，今天送妳的玫瑰不夠好。」我看著藍瓶子裡的玫瑰，它呼吸著月光，好像正在夢裡，等待綻放。

推薦序　目光後面的生命迴盪

文／蔡翔任（詩人、哲學教師、雜文作家）

或許是長年浸潤在電影裡，吳孟樵的文字有如善於觀看的鏡頭。那是一種帶著影像論的眼神，孟樵其人其文都是如此，她能夠將人的言語、動作、神情、習慣、背影、心思意念等種種騷動繽紛的內在風景以及外在事物與時空場景，固定在一個欲言又止的戲劇性瞬間，那是法國詩人韓波（Arthur Rimbaud）所說的「我把暈眩固定住」（Je fixais des vertiges）的文字煉金術，也是羅蘭・巴特（Roland Barthes）所說的numen——神祕的指示力量，即經由神的注目而被捕捉、凍結、抑制住的歇斯底里，暗示著由神明靜默的手勢所宣判的重要時刻，或甚至是命運。這種書寫型態能夠把我們帶回到一幕又一幕的寓意，它們是命運交織的線團，也是看與被看的交會、穿透與纏繞。

確實，讀孟樵《眼神說了什麼》這本書的文字，我腦中總會不斷浮現法國導演布烈松（Robert Bresson）的話：「兩人四目交投，看到的不是對方的眼睛，而是對方的目光。」（Deux personnes qui se regardent dans les yeux ne voient pas leurs yeux mais leurs regards）。當然，對她而言，穿透到他人的、以及自己的目光後面不是別的，而是一個個有重量、有溫度的生命故事。不妨說，孟樵的書寫之所以動能強大、之所以細膩深刻，乃源自於情深義重。不論結緣是深是淺、充實還是缺憾，她都會珍惜並演繹之。家人、親人、友人，或是讓她感動的陌生人……，是其文字運轉的樞紐，環繞、展開的是其博雅的素養——電影、文學、知識、音樂、作畫、古典詩詞等，再加上其獨特的靈魂力量——比方說夢境書寫與童年書寫彼此迴腸盪氣的交錯，這些都讓孟樵的每一則書寫背後盡是生命的迴盪。

作者序・敘　眼神的魅力，展演故事

覆地翻天猶如大地的演化，俯視與仰望，可以掀起什麼樣的印記？

從前的從前，我就像個軟骨動物，沒有太多支撐的力量，兩手插在口袋裡頹唐地垂眼地走路，那是因為懶得理人，也是因為害羞。直至仰起頭抬起眼觀看，我體會到眼睛具有**心**的力量。

看著地面的石頭、路面的隙縫，下雨時水花的濺起，像是刻畫的眉眼觀看世間人。少年時期希望自己是顆石頭，卻忽略石頭或許也有許多的想像力與感官能力。

看過《魔戒》（*Lord of the Rings*）後，除了最愛亞拉岡之外，樹真是吸引我，樹可以牽動樹，彼此呼喚彼此團結，無私地與大地連結。

於是，我更愛看樹木更愛看天空了。遠望雲湧動的舞姿（**如果可以假想著是雲的心情**），那是誘引的舞姿，千變萬化。就像是記憶與心情可以如此地包覆，又如此地融合與離散，彷如舞臺劇布幕，要不要換幕由劇作家決定。如果太陽星月與雷電雨一起來，那麼就是唱起搖滾樂或奏起交響樂。雲朵與雲朵間的隙縫，就是「眼睛」。

雲快速地變化著，如同世界的運作法則，記憶更迭記憶，遺忘丟失遺忘。但是，你會記得打動你的眼神或是干擾你困擾你的眼神。那麼，眼神可以記憶、記述、回顧、展望，甚至是重建嗎？

在我思考中，回顧也是創造的一環，重新賦予可期的生命。布洛茨基（Иосиф Александрович Бродский）的生命歷程經過離散也嘗試回顧，他認為記憶與藝術的共通之道是偏愛選擇和嗜好細節，記憶包含細節，而不是整個畫面。他也提到：「你不能用它來重建任何人，哪怕是在紙上……。」乍看這段文字，很令人傷感；繼之我想，他的意思是所有的記憶都需要更多更多的細節，而我們能做到多少細節不被疏略。

所有人的記憶與細節就像是碎片，是不是也就像是雲，漂流飄動，沒人可以準備好所有的細節去做記憶記述。記憶需要空間，安排不同的位置不同的牽掛。但是，我的思緒經常是一瞬在此一瞬在彼，甚至經常串結起來，心的空間被撐得超大也超小，於是擠壓了心。把記憶拋開，給出更好的空間，或許就是記述，從記述中建構情感，而不讓某些記憶被自己不小心壓（壓輾／壓抑）碎了。

那麼把範圍縮小在**眼神**，眼神能具有什麼樣的力量？我們可以輕易地舉例眼神：快樂歡欣喜悅高興大笑微笑興奮期待、焦慮緊張恐慌恐懼驚嚇、質疑驚詫疑惑挑釁、不屑不滿不安、憤怒憤慨暴怒怨懟剽悍、憂鬱鬱悶傷心悲哀怯弱、藏淚落淚或是歡喜的淚、內斂防衛攻擊侵略、調皮體貼憐愛鎮定穩健和氣、堅毅勇敢坦然不退縮……等等充滿情緒的眼神，眼神就是符號。眼神也可以變成一把劍，將思維以最簡潔的方式傳遞，不以字眼傷人、不以肢體或物件傷人，而是以最穩實的力量傳輸自己正在想什麼，以及能做到什麼，甚至是化險為夷。

我們都有許多與陌生人，與熟識親友間對視的經驗，瞬間接收到情感或情緒的時刻，尤其疫情以來戴著口罩，無論相識或不相識者的眼，形成臉部的重點，能以眼睛辨識他人或自己的當下情緒，無形中加深了眼的接收能力以及心的感知能力（視力不好或是眼盲者，或更具有強大的感知能力）。疫情間，我更愛看植物，每一天都有植物對人間訴說的語言。

《眼神說了什麼》共收錄五十八篇文章，其中有十一篇曾收錄在二〇二〇年五月出版的《《歸鄉》的親子關係與俄羅斯文化：這位導演，讓我想起我爸媽》、一篇收錄在《當音樂響起，你想起誰》，對已看過上述那兩本書的讀者致歉，也藉機解釋會堅持如此收錄，是為了我很珍惜《人間福報》副刊散文專欄，每至交稿期，視當時生活或新聞所產生的情狀而書寫，有我個人的心緒。主體在於《人間福報》「心之所念」專欄（一篇）再至「樵言悄語」三年（三十六篇），當時還沒有疫情，希望能使這些篇章完整收錄於書上。

再加上幾篇來自：《幼獅文藝》雜誌、《中國時報》副刊、《鹽分地帶文學》雜誌、《文訊》雜誌的專題邀稿，《蘋果日報》副刊專欄、《臺聲》雜誌專欄，以及《中華日報》副刊的文章。

最新收錄的文章是為汪瑩導演的音樂專輯所寫的〈款款情深・深情款款〉，以及「酒神之夢藝樂製作有限公司」邀約書稿所寫的〈不能讓你住在書裡〉。

每個書寫的當下就是當下，校對書稿過程中，某些歷程即使至今回顧依然深刻；某些則像是再次看個故事，時移憶往，感受力又不同了。感謝出版社讓我很任性地結集近期與過去的散文，並將這些文章不以發表順序收編，而是打散以內容主軸分成三輯，更可提供閱讀主題上的辨識。

因為是每期才產生的靈感寫的文章，一開始並沒有預先設定主題，結集成書以後，赫然發現「眼神」與「時間」是我書寫上常提到的主題，尤其是眼神。與出版社商議後，不以任何一篇文章作為書名，而是讓眼神說故事。

於此，我要向使得這些散文得以刊出的媒體人致謝，那是：時任《人間福報》藝文中心主任張慧心、副刊主編覺涵法師；評論家卜大中；《文訊》雜誌社長封德屏；作家吳鈞堯、簡白、羊憶玫；遠景發行人葉麗晴；詩人路寒袖。也要謝謝《中國時報》人間副刊主編盧美杏，以及《中華日報》副刊主編劉曉頤。

至於能持續寫作，必須由衷感謝隱地、吳娟瑜、孫小英、蔡登山老師。還有許多我放在心中的朋友，他們書寫、讀書、教學、主播新聞、主持節目、室內設計、音樂演奏、瑜珈、攀岩、編劇拍片、主辦講座、演繹劇團，還有維運電影圖書館的「博多屋」。他們在生活中實踐理想、認真付出與豐富自我，佩服之至！最可愛的是溫暖的親友、多姿的花草，以及無數的公仔玩偶，給予我不同的凝視層次。

難免想起媽媽妹妹總說我太冷漠不懂人間事，如何懂得情如何能寫作？霞俠對於生活難事勇於扛起責任也願意義助朋友，幫助我很多，也曾直言我不懂愛，之後霞俠說是見到與驚佩我愛人的力量如此之深。喜歡閱讀與思考的Jang則視我為魔不解世間事，卻也說我善良單純有正義感。那麼，寫作或塗鴉就像是我諸多面向不同的抒發方式，學習看到自己的內心，偶爾直視，偶爾避開，偶爾潛藏。挪威作家喬斯坦・賈德（Jostein Gaarder）曾這麼形容「命運」：「有如四方生長的花椰菜心。」

菜心也可開出花吧，在我遇到困難，甚至是磨難的過程中，很少覺得不足也不抱怨，呆呆地生活，總能在日常所見的事物裡找到驚喜的瞬間，這得很感謝一條魚或一隻熊一隻豬……可愛又靈動的人物。

此回散文集是我有點戰戰兢兢的選集，像是散漫又堅持的心，洋蔥般地立於一處，思考著滋味可以不同些，再多些不同。又是一陣陣的驚喜，感謝歐銀釧、洪春峰、涂書瑋、蔡翔任這四位如此優秀的作家為我新書寫了超亮眼的推薦序，亮眼的，絕對是他們心中的純摯與筆下的功力，容我日後好好地向他們請益。

書市艱辛，卻依然有出版社用心地耕耘與突圍，每一個「心」，我都感受到了，謝謝伊庭經理，還有主編懷君自「歸鄉」起與我建立的緣分，《眼神說了什麼》也是懷君依我希望的主題而生的精彩書名，而今加入生力軍芮瑜共同編輯，尋找出最適當的文章鋪排法，以及我每回期待與欣賞的書封與海報設計。書或雜誌的版權頁向來是我一定會翻閱的，請不要錯過這樣的閱讀唷，謝謝所有參與此書的幕後工作者，以及為我貼上海報的朋友們。

我很少把書直接「送」給哪位，因為書寫內容，自有呼應的故事。不忘的人事物，絕對放在心裡。但這回真得送給長相很甜的「開心」，是開心的眼神讓我重新見到命運的奇蹟，而這奇蹟，來自開心的直覺力與勇敢，至於為什麼，就在書裡其中一篇。

那麼，眼神，還可以說說好多好多故事哩。我想像過某種眼神，那是最佳默契的凝視，無需多餘的言語解釋過程，只要知道對方好好的，彼此好好的，足以蓋過曾經的曾經。

塔可夫斯基說過：「人活著不是為了快樂，有太多比快樂更重要的事了。」想起曾有人在「快樂學」的書最興盛的時候跟我說人為什麼要追逐快樂？為什麼一定要很快樂呢？為此，我想了很久很久很久。快樂很容易也很困難，但是，不能太過於不快樂。塔可夫斯基還認為難以忍受的痛苦，就叫作「**鄉愁**」，他想提醒讀者別把作者與他的抒情主角畫成等號，否則，就過分簡化了。的確如此！

海明威（Ernest Miller Hemingway）的作品《老人與海》（*The Old Man and the Sea*）被俄國知名的動畫導演拍成動畫片，因此，我思考海明威為何一生追求危險、他的生存意志是什麼、夢與海反射了他巨大的悲喜與痛苦，於是寫了〈玻璃色彩中的海明威〉收錄於這本書。

因海明威，不得不想到伍迪・艾倫（Woody Allen）很夢幻又不脫文藝天賦的作品《午夜・巴黎》（*Midnight in Paris*），讓歐文・威爾森（Owen Wilson）飾演的角色吉爾雖已是好萊塢搶手的編劇，偏要走向最孤獨最不可知的文學作家之路。到巴黎旅遊時，在午夜猶如灰姑娘奇遇記，乘坐海明威的專車，每夜來趟藝文之旅，遇到許多世紀藝文界泰斗。他跟那些人提到自己的感情問題，曼雷（Man Ray，攝影家）說：「我看到一張照片」；布紐爾（Luis Buñuel Portolés，導演）說：「我看到一部電影」；吉爾說：「我看到不能解決的痛苦」；達利（Salvador Dalí，畫家）說「我看到犀牛」（可參見吳孟樵，《不落幕的文學愛情電影》，爾雅出版）。如果是你，你會說你見到了什麼？

在我私心認為，眼神是最富魅力的展現。眼神也可以訴說故事，你們喜歡哪種眼神？請告訴我！

目次

生命的詩篇

夢迴年少時

凝煉於藝術

布羅茨基曾慨嘆地寫下：「如果每一步都是虛空。」
從虛空裡抓住的真實是什麼？記憶又是什麼？
心與腳步的距離是同步還是越走越遠，甚至是反向？這是我一直在思考的事。
疏離者的心其實往往是在與自己抗衡，也記錄內心風景。為人事地物描繪情狀，像是感受到這些風貌的呼喚：
讀我、聽我、看我、想我、畫下我、寫下我……

從他她它牠……看見自己

「**讓你的心，在我的心上跳動。**」跨十九、二十世紀愛爾蘭詩人葉慈（William Butler Yeats）的這句詩，好吸引我！

心的跳動如何產生？

你走過、你佇足、你看到、你想到……是什麼觸動了你？「看」，可以衍生各式的閱讀。例如眼前的卡片、明信片、劇照、杯子、桌椅、黑板、老師、同學、窗外、雲層……你看到／閱讀到／感受到……什麼？

自出生起（也許是還在媽媽的肚子裡），先是聽、看，這兩種感官幾乎環繞在生活中。尤其是現在的電腦、手機、平板，充滿各類資訊及聯絡的管道。學校圖書館、市立圖書館、餐廳、咖啡館、書店……有大量的書籍、DVD、CD，提供閱讀環境，甚至是具有討論室的功能。

年少時大量地多元地閱讀，會逐漸發現吸引自己的是哪類書種，再慢慢地往吸引自己的類型取讀，讀久了，會內化為熟悉的領域，再延伸出觸角，連貫成閱讀的豐富性，甚至產生樂趣。例如書籍改編成的影視作品，是最方便入門的延伸樂趣。

閱讀，除了增加常識、知識、視野、是交友談天的話題，最重要的是：激增思考力與想像力。

閱讀，自呱呱落地有了視覺起就產生了。先是身邊的人，之後是環境、是書、電視、電影、音樂、歌詞、舞、畫、衣飾、飲料、球、更多的人……吸引了你。失去視覺聽覺，就不能閱讀？每一道覺知都啟動心。心，帶領我們閱讀。

閱讀，不只是觀看外在的形式，也反映出自己的喜好、好奇、甚至是不曾發現過的樂趣。同時，不排除有可能發生恐怖性。何謂恐怖性呢？如以夢境來區分，恐怖性屬於噩夢，噩夢，也有觀察的樂趣。我幾乎每天噩夢不斷，仍享受，因為這是閱讀、是觀察、也是創造。

如何結合同一題材、同一小說，變成不同元素？同一演員演同一部電影，但換成不同的劇本及導演，隨著不同的創作形式，而產生不同的詮釋。這也像一首短短的詩，透過翻譯，產生不太一樣的感覺。

聆聽下雨的方式、音量的大小、人講話的聲音聲調，可供辨識、想像……。光是想像，就是一件很有趣的事。

拿在手裡閱讀的書、朋友的信件，因著文字的排列法、用字法、不同的字體，而產生不同的閱讀感，即使現代已少見親筆書寫，透過電腦字體，細心些，仍可看見是否有情感的流動。

很多形式的創作作品通常是表現人類的困境；閱讀是解惑，或是發現自己的通道，甚至是找到讓自己的心沉澱／安落的途徑。從多種不同的感觀裡察覺……

自己的心！

故事會怎麼結尾？

「很久很久以前，有一個……。」

這是套用遠古童話故事的開頭口語，藉以讓讀者產生期盼心，進入核心故事。只是，義大利著名作家強尼・羅大里（Gianni Rodari，曾獲安徒生兒童文學大獎）不是讓故事有個「完美」的結局，而是提出哲學性思考。他在《天空下起帽子雨》（*Tante Storie Per Giocare*）這本知名小說集的每篇短篇小說裡，不僅敘述一個故事，乍看，故事結束了，但還可以繼續串連後續的故事，甚至是寫下三個結尾提供讀者想像。並且，在書本的後記分析他自己喜歡哪個結尾，或是選擇時的心情。

其中一篇〈提諾生病了〉是一對夫妻生下一個兒子，他們為這小寶寶取了一個很長的名字「喬凡尼・巴迪斯塔」，為了方便起見，又給小寶寶一個小名：「提諾」。

提諾正常地日漸長大，但是，不到三歲時，這對夫妻發現兒子獨處時，會變得像是他身邊的玩具一樣小。帶給醫生看，醫生建議家裡再添個孩子給他作伴。提諾真的有了個弟弟，此後如同一般男孩上學，有了很多朋友，不曾獨處過。直到二十歲的某一天，當提諾獨自在房間裡時，這對不曾卸下心事的夫妻，悄悄地往提諾房間的鑰匙孔窺看……

故事停留在哪個點？

提諾的爸媽透過鑰匙孔，究竟會看到什麼呢？

於是，羅大里編了三個結尾：

第一個結尾：提諾又變小了！爸媽哀嘆：「連一分鐘都不該讓提諾獨處」。醫生建議為提諾找個好老婆。

第二個結尾：提諾「很正常」，沒有變身縮小。即使獨處，他對自己的人生有大計畫與期待，該忙的事多著哩。即使是獨處，他也不孤單。因為他的生活裡有很多好朋友。

第三個結尾：提諾的爸媽嚇壞了！因為提諾不是縮小得像玩具，而是變成巨大的人，高大到頭頂天花板還得駝著背、手腳長得像長頸鹿。

羅大里擅於從日常可見的生活裡擷取故事，再創造出令人驚奇的變化，點出人類的盲從與人云亦云的恐懼。

以三個結尾作為創作的結構，是象徵性的引領讀者不只是閱讀三種結局的可能性，也可激發讀者同意哪個結局、質疑哪個結局，或是激發讀者另創結局。這樣的書可以獨自閱讀思考；可以是爸媽唸給孩子聽的床邊故事，一同創造新結局或各創結局；可以是在學校由班級師生共讀，產生閱讀樂趣；可以是讀書會成員很好的書目。

最好的故事，從來不是就此結束。而是書本能帶給讀者從文字裡產生視覺感，激發內在的感動力，甚至是能有自己的評斷力與分析力。這才是「閱讀」的最大功能。

〈提諾生病了〉，先以提諾的原名喬凡尼・巴迪斯塔延伸思考。喬凡尼具有義大利人名被賦予的宗教意義。雖與莫札特（Wolfgang Amadeus Mozart）無關，我卻直覺地想著：莫札特為歌劇《唐・喬凡尼》（*Don Giovanni*，愛情浪子的喜悲劇）譜曲。

提諾也是義大利人常見的名字，同樣有著宗教寓意，是強大、健康的意思。似乎羅大里有意將孩子是否平凡與異於常人提出個思考觀點。

繼續聯想著：莫札特、提諾都在大約三歲時，被發現與一般孩子不同。

莫札特的幸與不幸是在音樂家爸爸的栽培下，從出生起就注定這命運——無論是生前備受褒貶，或是貧病交迫，他為音樂而生、為音樂而亡——不朽的是他傳世的音樂作品。

而提諾，意指一般孩童在父母的期盼下誕生，在社會的期待下長大：譬如：去上學、之後有同學有同伴、再之後結婚成家生孩子……。這就是人生嗎？人生不能有其他答案？其他的生活方式？這可從羅大里的第二個結尾看出：

人可以具有獨立性（不是時時刻刻身邊得有個伴）。

羅大里甚至以第一個結尾點出許多世代以來身而為人的「盲點」，大多數人以為長大成家、擴充家庭成員，就從此不會孤單，才可立足於世上。

第三個結局，我覺得很有意思。既然提諾可以縮身變小，長大後，若能時小時大，雖會被視為「怪獸」，但，小說，所具有的功能不就是反映現實生活之外，還能帶來另類的異趣（變成奇幻小說）嘛。

再來思考羅大里創作三個結局的用意：

三，具有的含義代表著變化。如同三人就形成一個小型社會，會形成一種牽制、制約、合作、交流……的關係。**三**，也象徵設立目標往前走、歡愉的慶祝、藝術上的學習、性靈上的成長，當然，還有一種可能，那就是：破局、傷心。即使是在破局與傷心的情況下，故事仍然可以平衡地進行，衍生故事的過去、現在與未來。

這就是羅大里的特色。

他關注孩童，當然也關注老人，他們都屬社會裡較弱勢的一群人，時常受到別人眼光的議論。〈夜裡的聲音〉正是描寫善良老人在夜裡的故事，也極富意象地讓人聯想老人的「聽力」如何被嘲弄。耳背是人體老化的自然現象，卻可豐富地發展成老人到底是聽力不好？還是他太善良了，總是在夜裡拯救許多需要救助的人？

再回頭看〈提諾生病了〉，提諾的爸媽總是透過鑰匙孔悄聲觀看兒子有沒有「變身」。這是出於真心的關愛，不敢大意、不敢聲張的內心焦慮。但是，這也是一個重大的象徵與隱喻。**鑰匙孔，是：一個世界的縮小化、是偷窺者與被偷窺者的對立面、是主控者預設的窺看位置……。它能夠看到全貌嗎？**當然不能！所以，就產生很多臆想。

擴大化而言，讀者與作品間，何嘗不是一種偷窺者與被偷窺者的關係。只是，書本定然開心被讀者注視。有沒有一種可能，書本裡的角色跳出來大聲疾呼？

書本裡的角色說：「不不不！你們全部解讀錯誤，我也不想被你們注視。」

角色也有沒被文字化處理的內心獨白哩，抗議著：

作家把我創作出來，沒有經過我同意哩，我也有話要說，你、妳、你們、大家，要不要聽我說故事呢？

電影小說・一拍即合

——小說飛翔在銀幕裡

一部電影（或電視劇）劇情的構思，常來自幾個管道：一是小說，這是最便利的方式，再改寫為劇本，稱為改編劇本；二是原創劇本；三是故事發想，再請人寫為劇本。

小說改編為電影或電視的例子非常多，例如李安導演的多部電影由小說改編、例如侯文詠的小說被改編為電視劇集。小說改編成電影（電視）的思考方向，除了是現成的題材，更有其方便性與潛在的基本觀眾。接著是考量忠於原著？或是大幅改編？人物性格的設定、地點在哪、時空是否轉移……。甚至是考慮電影分級制而預設觀眾群、滿足小說讀者的想像力或電影觀眾的視覺享受。電影風格更是很重要的關鍵，可就劇情的敘事法、影像色調（例如主色調或是回憶與現實的色澤區分）、攝影、配樂、象徵手法，甚至是服裝的顏色都可以變成一項有趣的創作隱喻。

在出版市場興盛時，每當有小說改編的電影，原著就會重返書市，甚至是另外加個書腰帶，或在書封面、內頁加上劇照。由電影衍生的出版物還有電影音樂原聲帶、電影筆記，還有經過改寫的電影小說。這是就著電影情節，另外再以文字重現劇情。例如：爾雅出版社發行嚴歌苓的原著小說《少女小漁》，當這本小說被張艾嘉導演搬上電影銀幕時，也是由爾雅發行電影小說。爾雅發行人隱地提拔當年從沒寫過小說的我執筆寫電影小說《少女小漁》。黃色為主色，襯上劇照做雙封面，右翻是電影小說、原著小說；左翻是劇本，內頁還有劇照。

隱約模糊的寫作夢，慢慢有機會一試。接著寫了電視小說《儂本多情》。這是當年市場有利的情勢，反向的操作，將電視劇再以小說筆法化為小說。寫著寫著，自己也開始嘗試創作小說，有幸將自己的短篇小說由自己編劇，變為單元電視劇與電影（獲得輔導金）上映。可以同時將小說變為劇本，或是將自己的劇本再變為小說陳列於書市，無論怎麼說，都是幸運且充滿熱情的創作力。

還記得感冒出院後，撐著虛弱的體力，將平路幾千字的短篇小說〈婚期〉改編為四集同名電視劇。除了忠於原著幽微細膩的母女糾葛，為因應四集的劇集長度，另行編織出原著裡沒有的一支愛情線，讓劇情在親情與兩段磨人心的愛情裡反映生活充滿了無奈。

也曾應製片徐立功之邀，改編電影版琦君的《橘子紅了》。入圍輔導金，但終究沒緣分拍成電影。電影版之前的電視劇集《橘子紅了》（徐立功製作）紅遍兩岸，原著又發燒於書市。琦君的書迷，隔著幾世代，不輟。當年與琦君為此通信多封，她很體貼，對於改編總是給予最大的支持，而不在意我大幅地改變時代與人物的穿越，置換得既寫實又奇幻的旅程。

當我轉換寫作跑道後，輪到我的青少年小說被改編，我卻意見超多。這時，才領悟每一層不同的轉換形式都是創作，都應開放心態。不想再編劇，除了是年歲大增，也是生性懶散，還有一原因是成天大量地看電影（試片），太多的情感阻塞。但是，倒有種閱讀樂趣可以反覆交叉地進行。每當看到小說改編的電影，若沒看過原著，看片後，找機會來閱讀，不是比較哪個好哪個不好，而是一種類如雙軌式的欣賞。可以觀察電影與原著的差異在哪、電影截取小說的部分在哪、必須作何種取捨、演員是否強化了原著的角色……。

小說寫作的獨立性、私密性與創作方式顯然自由許多，火水土風，隨著想像力與筆力奔馳。電影卻是個大製作群，每個環節的幕前幕後人物相扣著互為影響。暢銷且長銷的自傳體小說《少年小樹之歌》（*The Education of Little Tree*）是印第安男童小樹與祖父母及七隻狗的故事，角色與大自然互動鮮活，被改編為電影，可惜沒拍好。總感覺作者佛瑞斯特・卡特（Forrest Carter）另一部描述阿帕契族人血淚史的小說《在山裡等我》（*Watch for Me on the Mountain*）若拍成電影，可以很悲壯。

小說雖是靜態的文字表現，卻可以寫出畫面、聲音、味道。例如德國作家徐四金（Patrick Süskind）的《香水》（*Das Parfüm*），被改編為同名電影。自出生起遭遇奇糟無比的男主角天生失去嗅覺，卻可以創造最好的香水。這是充滿味道的書寫。小說的陰暗面更深，小說與電影人物的個性明顯不同。電影在男主角班・維蕭（Ben Whishaw）的詮釋下，耀眼奪目，甚至是令人同情。

以愛爾蘭為背景的傳記小說《安琪拉的灰燼》（*Angela's Ashes*）充滿各種生動的聲音，

如：弟弟誕生在樓梯、多名人物因肺結核而頻頻咳嗽的聲音、下雨的聲音，甚至是以「膀胱長在眼睛旁」形容愛流淚的人。獲得美國普立茲獎，改編為電影《天使的孩子》（原文片名同書名），可以具體看到書中令人難忘的人物們。

英國作家托爾金（J. R. R. Tolkien）的著名科幻小說《魔戒》，經由擅於拍攝驚悚片的彼得・傑克森（Peter Jackson）掌握原著的魔幻特色，從巨大的小說裡成功塑造人物的性格：忠、誠、義與面對誘惑的心情，創下有別於一般科幻、神話、冒險、童話、動作、愛情的類型。電影剪裁成功，創造了影像與音樂的魅力。「《魔戒》三部曲」電影拍得極為出色，也使得紐西蘭美景引起大熱潮。《哈比人》（*The Hobbit*）是《魔戒》之前的作品，電影響亮度卻遜色許多。

奧地利作家艾爾弗雷德・耶利內克（Elfriede Jelinek）是諾貝爾文學獎得主，她曾將她的自傳體小說《鋼琴教師》（*Die Klavierspielerin*）寫好改編劇本，也曾拒絕出售此書的電影版權。之後由我很喜歡的奧地利導演麥可・漢內克（Michael Haneke）編導，漢內克變更了原著小說的結構，翻拍成非常心理學式的同名電影（電影為法語發音，法語片名為*La Pianiste*），操控與尖銳冷冽的情感風格緊抓人心。

心理學者的研究指出，行為模式或心結多是受到童年成長時期的影響。再來看看很多讀者熟悉的小說《追風箏的孩子》（*The Kite Runner*），這樣的暢銷書，且是背景特殊的國家，必定引起電影業者的矚目。果如很多成功的小說一般，《追風箏的孩子》被改拍為同名電影。導演是曾執導過《擁抱豔陽天》（*Monster's Ball*）、《尋找新樂園》（*Finding Neverland*）、《口白人生》（*Stranger than Fiction*）的馬克・福斯特（Marc Forster）。他以銳利深刻沉靜的敘事風格創造出影片的質感。《追風箏的孩子》小說好看，但太具設計感；電影導演如實引用書中的情節，卻又少了書本裡的細膩味。

文學作品被改編為電影，總是見仁見智，像是一場冒險之旅。例如張愛玲的小說與電影的轉換，總有人議論，甚至其他作家也將她筆下的人物延伸為其他作品。我總會被吸引地看著。而美國作家菲利浦・羅斯（Philip Roth）的小說被改編為電影《人性污點》（*The Human Stain*）、《禁慾》（*Elegy*）。他的作品探討的不只是情感、學術爭霸、力爭上游、民族性，而是當代的文化民風對於某些人的扼殺。美國作家茱迪・皮考特（Jodi Picoult）的小說也是電影人的題材。例如《姊姊的守護者》（*My Sister's Keeper*），原著的議題更辛辣地質疑現代醫學對於生命的選擇、控制。但電影的表現是趨向溫馨。瑞典小說《血色入侵》（*Låt den rätte komma in*）成為同名瑞典電影，小說作者擔任編劇，也許是他本就從事電視工作，很能掌握自己的作品該怎麼改編。他把原著裡似乎單純又恐怖的力量更為濃縮於電影。反映了每個世代都存在的暴力，也延伸出令人訴說不盡的「愛」。愛，有時變成了另一種形式的奉獻、勒索與糖衣式的暴力。由於電影大受注目，被美國好萊塢買下版權改拍為美國電影《噬血童話》（*Let Me In*）。日本小說《告白》有漫畫版，又被改編為電影。反映的不只是電影市場，也是因書市活絡而衍生為不同的出版形式。

更別說多產暢銷作家史蒂芬・金（Stephen King）的多部小說被改拍為知名電影。他的奇幻驚悚風格不能不說與他童年的家庭際遇有關。而成名作家又會招致哪種恐怖奇遇，成為他筆下的力作。這樣的作家呼風喚雨於世界書市與電影市場，他自己也曾是電影的製片、編劇、導演、演員。多重角色更豐富於他的創作元素。

小說與電影時常產生共生形式，能說不是「市場機制」嘛。

電影小說《少女小漁》，爾雅絕版書。

款款情深・深情款款

等一盞燈／燈下的人／超逸絕塵

歌詞如詩，吟出曲調；如散文，舒活心境；難能可貴的是也如小說鋪展人事物的情境。〈一張琴一盞燈〉，讓聽者跟著進入湖之濱海之濱，滾滾於音符裡，由抒情的婉轉樂音，再轉為爵士版，輕快悠揚。〈我想飛〉具有古樂風，雙人合唱，猶如時髦又引人的古裝劇。

汪瑩導演首次發行音樂作品，不知情者必然意外她另個天賦，那就是她自學音樂，作詞作曲。原本就是理性與感性兼具的聰慧者，就讀於臺大法律系，醉心的是「藝術」，在美國攻讀電影，回臺後從事的是影視業，在電視界、電影界、影評界有其豐盛的地位，也曾在爾雅出版過散文集《亮不亮的星星》。

我想像著汪瑩導演身姿豪邁、笑容開朗喊開麥拉的氣魄。她喜歡紫色衣服，應該是內在具有神祕與柔軟的心性吧，當看到她的音樂作品後，更感受得到她重情重義與細膩的心思。

她的記憶，綴連的不僅是自己與他者（無論是多麼地親疏遠近）間的情感，可供腦袋載

①②
③

①景翔大哥的俊逸身姿。
②《款款》專輯第七首〈在風景裡翺翔〉，此曲為《款款》專輯的第五支影片。（https://reurl.cc/eXRZEQ）
③《長夜之旅》，作者：景翔；出版社：爾雅。

體儲存的、必得連上於心的，透過獨特的形式轉化成型。對於天性富於創作，心思敏銳者而言，織遊這些「故事」，以多種途徑淬煉出專屬的神經元，激化性靈。

面對音符，那得有邏輯力吧，而不只是隨意哼唱的曲音，或動動幾個字詞。汪導演這張專輯《款款》收錄她自己作詞，以及朋友們共同創作曲子與演唱的十六首音樂，每一首都對應了她生命歷程裡的「人物」與「情感」關係。

我非常喜歡〈那一年〉，從浪漫少年至歷經四十三載，彼此偶爾相見，談話與不談話間，甚至是兩部鐵馬，每五分鐘輪流各戴一隻手套，可想見冰涼的天氣下，手套內的溫度只有兩人才能祕想與回味，每一流轉都如此地動人。

〈在風景裡翱翔〉：「風趣瀟灑的你，是圈內閃亮的星／藝文界的名號，更磁吸了各路人／你卻只偏愛青春和俊美／被男模般身影圍繞的你／那時節，日子就活得像首詩」讓我見到汪導演對故友的珍惜，他們從少年時代就是鄰居，就業後都是電影的熱愛者，如戰友同在一陣線上。他們也都在爾雅出版過書籍。而爾雅發行人隱地老師與汪導演這位藝文界的戰友是小學同學，那也是我很熟悉的大哥：景翔老師。翻譯過上百部書籍，譯筆與談吐，以及詩作、影評，影響了許多讀者。而我很幸運地常被景翔大哥邀約一起吃飯。於是，汪導演的這張專輯與她親自剪輯的MV，都引得我們惆悵地懷念他。但是，現在有這首歌，好似他飛揚著俊逸修長的身姿，笑顏燦爛，獲得健康了，繼續他喜愛的生活，活得像首詩。

一看〈浩瀚天堂〉的詞，就認出筆下的主角，親近海熱愛海，卻也是被海神愛上而帶走的美麗女子，覆捲於浪，浪昇天際，如一則帶著謎語的神話，而汪導演賦予這則神話最深的祝福。願這首歌可以安慰遭遇天劫者。而女人的故事，還在一首〈明暗處人之歌〉，由兩女輪番演唱心境。愛情，終究是炫耀於太陽下比較溫暖，還是轉身面對自己的別種選擇。女人，不再是單純地由性別與職場來區分，選擇，不是拋離，而是更認識自己想成為什麼樣的人。

曲調輕鬆，洋溢著愛，最讓我覺得溫暖的曲子是〈老爸，我愛你〉、〈美麗人生〉，令人豔羨起汪導演的成長過程。爸爸身為外交官，豐富的國際視野植入她未來的求學中。歌曲訴及：「我的爸爸很調皮，我的爸爸很隨意，我的爸爸很有才氣」，及至「老了的爸爸不再犀利，但他依然對事物充滿好奇」。就是這番對事物的調皮，顛覆傳統教育，給予她電影的啟蒙。也因為充滿好奇心遺傳給汪導演，讓汪導演畢生傾注於創作。

在此，更要衷心感謝汪導演在我突然進入研究所念書時，感受到我的快樂，放在心底且為我作了首〈雨停了〉，當初還沒配唱時，反覆地聽曲子，猶如輕輕擺動的童謠，非常有韻律感，我超愛，那是多濃厚的感染力呀，像是萬物甦醒，脫下黯黑衣裳。雖我仍是熱戀於黑色衣著，但內心的確如雲彩，可以換裝，可以感受世間的種種情緒。

最好的閱讀與傾聽，在我個人認為就是依憑直覺，打進靈魂的就是能引起共鳴的作品。很感恩於汪導演對我的「筆」與「聽力」的信任，邀我寫此篇。我是誠惶誠恐，雖寫過音樂散文專欄也結集為書，但絕對是

《款款》專輯第五首〈老爸，我愛你〉。

第一回為音樂專輯寫推薦序，不敢稱之為序，倒是得祝賀汪導演的創作又開出不同的火花與成果，**令人折服她將愛與思念以作品延伸生命的寬廣度**。

音樂是若即若離若離若即的節拍關係，勾引人的不只是聽覺，而是進入每一位聽者的記憶深處。讚佩汪瑩導演長年豐富的創作力，展現的就是說故事的魅力，每一首都讓我進入畫面裡，想像這些故事。

在這些真摯的音樂故事裡，汪導演將內心的畫面重新洗滌與架構、探索與連結，具有慈悲與義勇的靈動力，也開展出多種創作的樣貌，而她細心尋找的幾位歌手也呈現了歌曲的音質。

《款款》如其字面意義，具有款款深情，徐徐釋放，深深記憶的感懷。我喜歡疊字的運用，讓人更深刻的體會杜甫「穿花蛺蝶深深見，點水蜻蜓款款飛」的意境。

汪導演在回顧爸爸的曲子裡，以及〈看水不是水〉，把愛與場景延伸為家國歷史。那麼，這些走過的歷程就不再只是個人的記憶，而是存在主義心理學家羅洛・梅（Rollo May）強調的：「創造力就是具有強度意識的人與他的世界之間的遭遇。」

在汪導演首張音樂作品裡，見到媒介的運用，以及與時代連結。那絕對是藝術家的創造力，飛出的是節奏裡一層層的情，情，款款。

①《款款》專輯第一首〈雨停了〉。

②右：詞曲創作汪瑩導演；前：陳希主唱；左：吳孟樵。

③吳孟樵在佳音電臺劉英台老師主持的「佳音電影院」受訪時，拿著《款款》介紹音樂。

努力遠離牛鬼蛇神
——隱地老師的「不厭倦」哲學

學生時期即已常看爾雅的書，我的血液裡從沒想過要當作家，只是喜歡發呆、喜歡書寫心裡的風火雲。也許是還算愛看書，對於能夠有機緣認識作家，心底冒出一圈圈的字眼與圖像：哇，真是夢幻呀，彷如看到書裡的人物走出書中世界。

讓我與隱地老師更接近的是「電話」。

許多讀者與作家都知道，不少作家的第一本書是在爾雅出版。而我的第一本書是在幼獅，不是在「爾雅」；當時從沒寫過小說，不知是什麼因緣，我竟然勇敢地說出如果有機會想在爾雅寫小說。沒想到隱地老師放在心上，某天打電話給我，給予我寫小說的機會。他說：「妳去看即將上映的電影《少女小漁》（張艾嘉導演嚴歌苓的小說），將這部電影改寫成兩萬字的電影小說，但是要快喔，因為電影檔期的關係，要出版了。」

看過嚴歌苓的小說，當然沒錯過她的《少女小漁》，而張艾嘉導演的作品也是影迷少不了納入必看的片單之一。當年，我戰戰兢兢地去中影試片間看《少女小漁》，心底既雀躍，也超級恐慌要怎麼把電影畫面轉換為小說？隱地老師給我很大的揮灑空間，他說不必與電影進行的畫面一模一樣，妳可以依妳的筆法寫下來。

寫呀寫，我的確很認真地將影像轉換為文字，並且企圖讓文字可以呈現「畫面」，就這麼地，以三天時間寫完交給隱地老師，順利出版。這本書的版本，右翻頁是我改寫的電影小說、左翻頁是電影劇本與劇照、中間是原著小說，亮黃的書封設計與滿足讀者閱讀的內容，在當年電影、電視小說很受書市喜愛的狀況下，短期內三刷。幾年後，我應邀到澳門書展演講與簽書會，書展單位希望陳列我的幾種書，隱地老師大方地送我多本已絕版的《少女小漁》電影小說讓我帶去澳門。最受澳門讀者留意與喜愛的是這本電影小說，他們談著片中的女主角劉若英。

正因有這寫作經驗，尖端出版社找我改寫電視長篇小說。寫呀寫，我轉而投入寫自己的創作小說，很幸運地，第一篇短篇創作小說也是由我改編為劇本，立即被電視臺欣賞而拍攝為金鐘劇。幾年後，我有了寫電影劇本的機會，完成劇本後又經過企劃與面試口試，進而取得電影輔導金，開拍為電影，也因此有出版社將劇本與小說同時出版。經常被讀者誇讚文字很有畫面，我感恩於是隱地老師給我機會，開啟我寫小說的契機與信心。

不敢認為自己是作家，但也幸運地踏入多方的文字工作，如電影、電視編劇、長年寫影評、寫了幾篇高跟鞋系列小說（二〇二〇年十二月結集為《鞋跟的祕密》，釀出版）、寫青少年小說、寫童書、寫散文。思及隱地老師的寫作歷程從長篇小說、短篇小說到散文、日記、詩、文學年代史，我看到了他對於文學的熱愛，以及書寫版圖的形式變化。

對於夢想，他曾寫下：

文學，就是幫助我們對人生不厭倦。如果有一天連對浩瀚宇宙、汪洋大海、無邊無際沙漠的神秘也失去了興趣，活著就會索然無味。只有文學的世界，可以醫治厭倦。

每遇到對某些事無力，想打退堂鼓之時，噹，腦袋會「響起」隱地老師曾說：「不想在生活裡經常遇到牛鬼蛇神，所以，現在就要多努力，才可早點遠離牛鬼蛇神。」因此，當我碰到不想面對的事，我都想像成牛鬼蛇神逼近，看看自己是否會努力些。當我感到很疲累時，想著隱地老師總是精神百倍地日日上班，坐在他的辦公室編輯，看許多稿件、看書、回電話，以及與到爾雅拜訪的人見面，還得挪出時間寫書，再怎麼忙碌，他總是記得處理哪些事。我曾問他這樣忙碌都沒休息呀，他說：「中午吃飯時，就是休息。」

他的作品不僅包含人生態度，記錄許多人事物的歷史，也談到美食，他去過的餐廳、吃過的甜點，讓我升起畫面，恨不能馬上也嚐到美味。曾想過，若是按圖索驥去吃，絕對是種樂趣。幸好，他覺得很美味的某款藍莓派就在我家附近哩。也很愛他的《漲朝日》，這本書裡有他的成長史、飢餓的日子、家庭生活、結婚、走過的年代與追求的夢想。看著他寫到爸爸媽媽，尤其是他曾經因極度擔心吵到媽媽午睡，走路輕巧，偏是因鉛筆盒掉落而驚醒媽媽，惹得媽媽動怒那段，看得似乎是我被K——而產生驚心害怕——的感覺。隱地老師說他媽媽因為偏頭痛而脾氣難免不好，因此他小時候如驚弓之鳥。直到我回憶我媽媽這一生，慢慢體會她必然也類似是因為在生活中的多種磨難，而導致脾氣不太好。

與隱地老師共同的喜好除了有咖啡，還有電影。從書本、報紙副刊可以看到他又看了哪些電影、回顧哪些電影人電影事。他也會來電分享他看到的電影，勇於出版小眾書籍，支持我的寫作，將我日後長期寫的影評集結為《愛看電影的人》、《不落幕的文學愛情電影》出版。出版前，他很有耐心，總是說妳慢慢寫，寫好後給我出版，這是多麼好的累積方式呀！我很感恩於他對我書寫電影文章的信任，出版在即，他的某些擔憂沒有說出口，反倒是後來我聽到彭碧君主編提起他原本很擔心《不落幕的文學愛情電影》整本書很憂傷，這本書，後來我只改了一個字，碧君說隱地老師覺得好多了。這是我一直沒對隱地老師說起的一段感謝：感謝他這麼支持。

二〇一一年，隱地老師與貴真老師參加了我負責寫作與導聆的一場大型音樂會，並且來電說我的導讀文章與導聆的內容非常好，最寶貴的是他針對那場活動來電關心問候，且讓我有機會在日後，將那場活動的文章全數結集成書。我的腦袋又噹地響起「牛鬼蛇神」這字詞，真心覺得生活在恬靜的世界，真是一件大學問。本以為我已身在很喜歡的電影與寫作的單純環境裡，但是，生活中難免偶爾遇到不舒服的事，因此，常把隱地老師這句話放在心上自我勉勵。他中氣十足的爽朗聲調具有振奮的力量，經常提醒我要吃得好、睡眠足才會健康。

二○一九年書展有隱地老師的演講，我沒跟他說，悄悄地去現場，他對於文學出版史的記憶與敘述猶如一部最生動的字典。真性情地送給現場讀者三個字——「**誠**」、「**巧**」、「**止**」——意味深長地喻指做人與做事的道理，因此，他提到爾雅進入五十週年的計畫時，我感動得鼻酸欲淚，希望時間走慢點、走慢點，大家都可以悠然地生活與閱讀。第二天，我接到隱地老師來電，他說：「主要是要告訴妳，妳變得不像以前看起來很弱，妳的模樣變得很健康，氣色很好。」真開心我看來不再是那麼瘦弱，想著有多久沒見到隱地老師。原來啊，時間，可以讓人變得更好更健康。每回在爾雅出版社看到隱地老師親切地走動，忙著，那身影、那步伐，構築成讓我感動與安心的畫面。

因網路盛行，許多人已很少使用家用電話，我卻保留了家中電話，主因是為了隱地老師偶爾會打電話跟我聊電影、聊生活，連續幾年會在農曆年初二打電話跟我說新年快樂，這是非常非常溫暖體貼的俠義仁心。我以前常被朋友說不懂事，從不主動向長輩或朋友賀年，但我其實都把很多人放在心底，在心裡祝福。後來，換成我每年打電話向隱地老師與貴真老師拜年。

隱地老師告訴我「詩，對於寫作會有幫助」，建議我多看詩集。那是我既期待又不敢奢望的文學之旅，我有朝一日可以寫出好詩嗎？雖然我看過的詩集非常少，偶爾帶本自己買的或是朋友送的詩集在車上閱讀，或是跟著我一起旅行，那是非常好的滋養，每一字每一行承載著詩人與世界的會心之語，開出各種花姿。也許是這樣，當我看到蒂妲・史雲頓（Tilda Swinton）主演的義大利電影《我愛故我在》（*Io sono l'amore*）牆上的一幅相框，立即聯想到隱地老師的一首詩〈靜物說話〉：

我看著牆上一幅畫／畫說換你掛上來／讓我到外面四處走走

當下很立體地感受詩意，我體會到：畫，位在牆壁太久，也會疲憊吧，無法記憶原本被創造的獨特性。獨特性，需要以文學以藝術詠心。

爾雅書房的布置很雅，具有獨特性，一見就知道與隱地老師家的設計風格同源，我很幸運地造訪過他家的「突尼西亞撞頭咖啡屋」，這是隱地老師書裡常寫到他看書吃早餐喝咖啡的地方。他的記憶力與創作力驚人，歸納與整理的能力超人，也見過他那本「電話簿」，真是珍貴。而他簽名書的落款也是特殊，從直式或橫式書寫，如山也如地，綿恆。我在想，這就是「氣」與「力」。隱地老師身體力行種植一顆「無限的文學樹」，樹上好多好多作家。

在爾雅出書好幾年後，從隱地老師為我舉辦的《不落幕的文學愛情電影》讀書會裡才知道，正因為他很愛看電影，原本他為自己想好的書名是《愛看電影的人》，他把這書名送給我。當下，我感動地說不出話，超級震撼！他之後出版了《隱地看電影》，還不忘提到我。

我的生活作息任性，經常耗費許多時間「傷感」或是「發呆」，得經過比他人長的時間去體會生活，學習改變生活態度。還沒告訴隱地老師我終於勇敢跨出自小就幻想的「武俠夢」，二〇一九年夏天開始上了四堂格鬥課（總共只上了七堂課），期望鍛鍊專注力與體

二〇〇八年六月在爾雅書房為《愛看電影的人》導讀與簽書會。左圖中，左一為隱地老師；中間為作者吳孟樵。右圖：吳孟樵。

能，即使是繡花拳，也會開出燦爛有力的花吧。

在格鬥館裡，我雙腿立定岔開腳步，同時以雙拳抵住兩頰做出「拳架」，嘗試揮出有力的姿態以面對生活。繼之，收束雙腳，兩手交疊拱手作揖，敬生活裡接觸到的人事物，之間的悲喜苦樂讓我深刻感受愛與美。隱地老師與爾雅的文學世界讓我懂得創作者建構的世界既不能脫離生活，且能引人思考更深層次的探索。於是，在我心裡的風風火火，如今多了水元素，也更懂得善用風的元素，我知道我還得建立土元素，才能立得穩，這樣才不愧身為爾雅的文學樹一員。

注：隱地老師在二〇二〇與二〇二一年為吳孟樵連續於疫情間出版的三本書：《《歸鄉》的親子關係與俄羅斯文化：這位導演，讓我想起我爸媽》、《鞋跟的祕密》、《當音樂響起，你想起誰》寫推薦序，也在他於爾雅出版的書《早餐變奏曲》以六頁篇幅談到吳孟樵這三本書。至為感謝隱地老師的提攜。

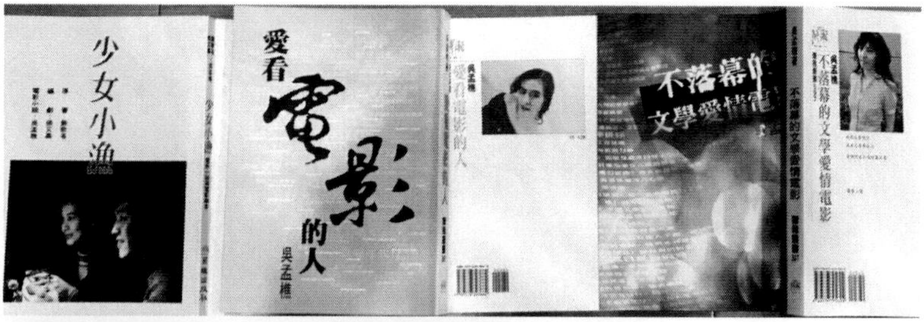

①
②

①吳孟樵在爾雅出版的三本書。

②爾雅社慶在七月二十日。吳孟樵不會畫畫，卻在疫情期間嘗試塗鴉，在二〇一九年七月畫了這張圖送給隱地老師。

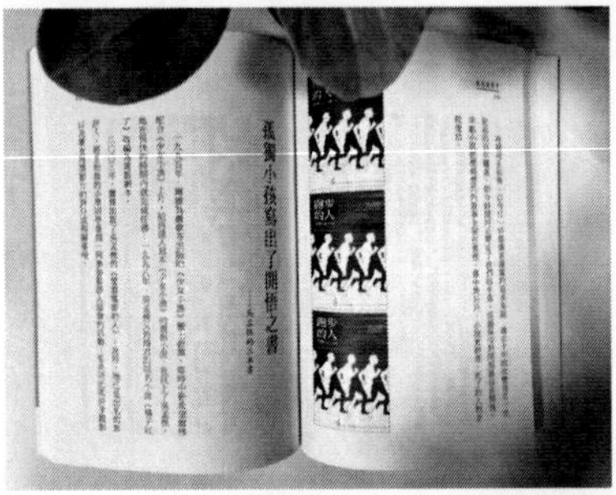
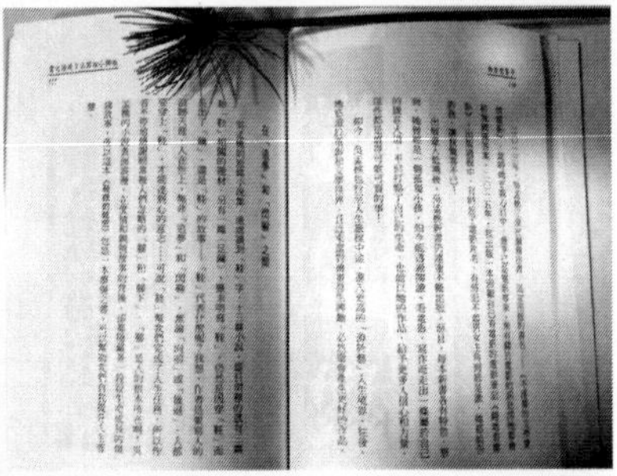

▍隱地老師的著作《早餐變奏曲》簽名送給吳孟樵，並且在書中有六頁寫了吳孟樵在疫情期間於秀威出版的三本書。書影為隱地老師為這三本書所寫的推薦序。

搖滾，滾動出我的心，跳

聽音樂，可以讓人靜下心來？還是令人更躁動？更歡欣？我聽音樂的歷程太隨興，也像是時鐘的發條，刻意逆轉時針？以前喜歡聽小提琴樂曲，寧靜幽遠。後來因為看了「大鼻子情聖」傑哈・德巴狄厄（Gérard Depardieu）主演的《日出時讓悲傷終結》（*All the Mornings of the World*），令我愛上大提琴的深重之情。再之後，越夜越讓我想以筆電隨機點選YouTube或電臺播放的流行樂曲。「流行」的事物「走過」年歲，還存在著，即成為「經典」。

引人落淚、勾人心懷

曾在電臺聽到一首歌，讓我差點落淚，當時雖不完全懂其意，卻從歌聲聽出悲憫之情，於是，我找尋，尋出是老鷹（Eagles）樂團的〈亡命之徒〉（Desparado）。馬上買了CD，反覆著聽那句「You better let somebody love you」。據說那張專輯是以十九世紀末美國中西部的法外之徒為概念而創作。在此，看到的不是譴責，而是觀察出某些人所欠缺的是愛，強調愛的重要性。老鷹樂團最打動我的是這首，而不是堪稱最知名，且是學彈吉他者必學的〈加州旅館〉（Hotel California）。

之後，又讓我一次集中購買了幾張ＣＤ的是U2樂團。這回，著迷的因素是主唱波諾（Bono）的聲音。尤其是我在看了《我是你的男人》（*Leonard Cohen: I'm Your Man*）[1]的紀錄片之後，被此片所記錄的詩人音樂家李奧納・柯恩（Leonard Cohen）的影像與言談吸引。我還記得當時的悸動，影片的攝影風格加上柯恩說話，以及多名樂手唱著柯恩創作的歌曲。畫面是：風，捲葉，葉落；柯恩憶往，帶著優雅的笑容，卻也聽得出他一生的感懷：面臨爸爸去世，此後多層次的描述死亡在他心裡的感受，以及他如何埋藏那份愛；多段的愛情，卻無人知曉他獨眠的日子有多長；剃髮出家為僧又還俗；被員工盜取大筆金錢。這些由柯恩講述起來已雲淡風輕。波諾清亮高潔的嗓音，勾動聽眾一起進入柯恩雖已蒼老沙啞卻極為感性的聲音世界。

柯恩被視為音樂界的雪萊（Shelley）、拜倫（Byron）。他自述年輕時與朋友一起讀過中國古代詩人的作品，對於愛、友情、酒、距離，以及詩，都深受那些古代詩歌的影響。聽柯恩的歌，可以從他的歌詞裡想像他當時愛戀的對象是河邊的百合；蘇珊是他的繆思。他寫詩寫歌詞作曲唱歌，也寫小說。《美麗失敗者》（*Beautiful Losers*）[2]這本小說細碎漫談著愛情、政治、哲學、文學與生活，的確如他所言「很難閱讀」。不是那種架構清晰，可以流暢

---

1 琳恩・露森（Lian Lunson）導演，二〇〇五年發行的自傳性音樂紀錄片，在臺灣是二〇〇六年上映。

2 李奧納・柯恩，《美麗失敗者》，李三沖譯，臺北：大塊，二〇〇三年十月。

著閱讀的作品，而是得打斷自己的思維與閱字的速度，從他的行文裡去感受他想要傳達的跳躍性與傷懷。至今，我無法讀完這本小說。但是我看了多次這部紀錄片，每回都如第一回看到時所獲得的靜定感與灑脫又蕭瑟的滋味，細細地感受這滋味。當他在二〇一六年十一月去世時，我又想起這部紀錄片充滿秋冬氣息，這正是柯恩的品味吧。不免又將記憶裡的畫面，洛斯福・溫萊特（Rufus Wainwright）敘述柯恩，以及與妹妹合唱柯恩創作的名曲〈哈利路亞〉（Hallelujah）重溫。於是，當巴布・迪倫（Bob Dylan）獲得諾貝爾文學獎時，我第一個想到的是這個獎很適合柯恩呀。

機緣與命運卻是讓小柯恩七歲的迪倫獲得諾貝爾文學獎。喚醒熱愛文學與音樂的人對於迪倫得到這項獎有不同的看法。倒是，這是一項突破性的頒獎，讓歌詞的詩意與音樂性引起更多探討。其實，這本就是一直存在於音樂裡，只是被長期的區隔開來，沒獲得更多的重視。我個人對迪倫的歌曲並不熟悉，卻被《搖滾啟示錄》（*I'm Not Here*）[3]這部電影吸引。分由六位演員：凱特・布蘭琪（Cate Blanchett）、班・維蕭、克里斯汀・貝爾（Christian Bale）、李察・基爾（Richard Gere）、馬庫斯・卡爾・富蘭克林（Marcus Carl Franklin）、希斯・萊傑（Heath Ledger）詮釋迪倫。他們飾演的角色不同年齡、不同膚色、不同名字，是黑

---

3 陶德・海恩斯（Todd Haynes）導演，二〇〇七年發行，獲得當年第六十四屆威尼斯影展評審團特別獎。臺灣於二〇〇八年及二〇一八年上映。

人是白人、是小孩是成人，卻都是代表迪倫，也可說不是迪倫。這六位演員的裝扮都具有類似迪倫的樣貌、言談與生命歷程。

凱特・布蘭琪反串男性，最吸引我的目光。一頭亂亂的捲髮、消瘦的臉頰與身形、不時地吸菸、不羈又神迷的眼神，把年輕時代迪倫備受喜愛與質疑，面對媒體的反應飾演得收放自如。[4]

迪倫天性具有思索與流浪的精神。反戰，對時事有所批判，被視為美國文化的象徵。他的名曲〈隨風飄盪〉（Blowin' in the Wind）以旅途、男人、大海、沙灘、鴿子，感嘆砲火與和平的關係。他寫詩，不認為自己是詩人，曾寫下：「一首詩就像赤裸的人，就算是魔鬼，也不只一人，一首歌就像獨行俠。」他很早前就察覺活在自己的時代得唱自己的歌。他說詩人不一定要寫詩，但是，詩，顯然已進入他的心髓，因為他說過：

看到詩、聽到詩、呼吸到詩，全都磨入我肌膚的毛孔。

他愛到圖書館翻閱早年代的新聞事件作為創作歌曲的靈感、愛看書。擅長的樂器是吉他

---

4 關於此片的敘述與感受，在此引用本文作者吳孟樵的另個筆名「櫻桃」於報紙副刊所寫的音樂專欄文。http://www.merit-times.com/NewsPage.aspx?unid=477767（二〇一八・一〇・〇五）

與口琴。這樣感性又具聲名的文化人、音樂人，戀愛歷程是我所悄悄好奇的，想在他的傳記裡尋出蛛絲馬跡。他對於婚姻生活的描述少於創作的敘述，但仍可見他對婚姻對生活對兒女的保護。

我猜測讓他很難忘的戀情有兩段，一是蘇西，迪倫形容這段愛情是生平第一次墜入愛河：「**愛神丘比特的箭曾經射過我耳邊，但這回射中了我的心。**」另一位是民謠天后瓊・拜雅（Joan Baez），當他第一次在電視上看到拜雅，即已迷戀，他說「她美得不得了！」讓他捨不得眨眼，視她為宗教般的人物。他認為拜雅會讓人想獻上自己，也認為拜雅的歌聲可以直通上帝。看看呀，他這麼形容曾是他心中的女神：「**她像是住在義大利宮殿裡的埃及豔后，當她開口唱歌，你的牙齒會掉下來。**」[5]眾所皆知，蘋果賈伯斯（Steve Jobs）崇拜迪倫，賈伯斯也曾與拜雅有段難忘的戀情。

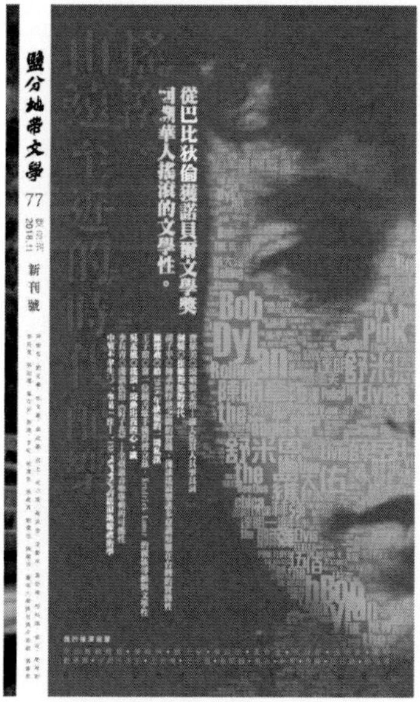

《鹽分地帶》文學雜誌二〇一八年十一月號第七七期封面。

[5] 巴布・迪倫，《搖滾記：Bob Dylan自傳》，吳貞儀譯，臺北：大塊，二〇一五年九月，頁二六五。

迪倫也談到U2的波諾。他認為波諾具有古老詩人的靈魂，與波諾聚會就像是在火車上吃飯，一直在「移動」。當我看到這段描述，想像著以靈魂交會的自由度，既可無限制地穿越時空，仍保留「定點」。那是迪倫深愛的城市：美國的紐奧良。

生命經驗、潛藏入心

情感，可以怎麼地被隱密蒐藏，或是悄悄傾吐？在王家衛的電影裡，有段很讓影迷難以忘懷的畫面，就是梁朝偉在樹幹洞口，把心事放進去。在基因（Keane）樂團裡有首很打動我的歌，且令我又奔去連買基因的幾張CD。那首歌是〈祕密基地〉（Somewhere Only We Know）。似是一種神祕的呼喚，召喚出一個安心的地方，也是遙遠卻不曾丟失的回憶。對於基因樂團的認識，我也是從「聲音」，再由聲音所連結出的情感，聆聽出某種幽微的滋味，喚起我童年的記憶。我遐想著那股幽幽唱的聲音，穿越我童年時期手上牽繫的氣球，當氣球自我手上鬆開的那一瞬間，我聽見、看見小小的崩裂與哭泣的聲音。

有樂迷將基因樂團的曲風與酷玩（Coldplay）樂團相比，而酷玩又讓某些樂迷相較於U2。我相信真正愛好音樂並組成樂團的音樂人，不會希望被這般比較，而是在類似或相同的音樂類型中，唱出自己的風格，日久形成樂迷所難忘的「聲音」，以及傳達樂曲裡的情感。情感又可依樂迷與自己的生活情感經驗解讀。這或許才是音樂的真正功能，讓每個時代的獨特歌曲，連結出生命經驗。

大衛・鮑伊（Davie Bowie）的扮相與神韻兼具陰陽雌雄形體的魅力，既引領時尚，又是很難以讓人模仿的搖滾歌手。對於他的歌曲，我依然不怎熟悉。對他的認識，卻來自於他主演的電影，尤其是吸血鬼型態，讓人既愛又憐。

邦・喬飛（Bon Jovi）的歌，沒有年齡與世代的差距。〈出走〉（Runaway）具有該團成軍的歷史意義，而〈這是我的人生〉（It's My life）與〈為祈禱而活〉（Living on a Prayer）多麼動感又勵志！由這，我聯想到湯姆・克魯斯（Tom Cruise）主演的音樂電影《搖滾時代》（*Rock of Ages*）。這齣電影改編自百老匯音樂劇，轉換的過程，是將情節與劇場概念流動在銀幕上，將二十世紀八〇年代的經典搖滾情歌，編織成時代故事與夢想。因為這部電影，我驚訝於湯姆・克魯斯竟然有如此清甜的聲音，也才知道他唱的〈天堂城市〉（Paradise City）的原唱者是槍與玫瑰（Guns N' Rosses）樂團的歌曲。愛情，是《搖滾時代》曲目裡的重點。就像湯姆・克魯斯唱著〈我想知道愛是什麼〉（I Want to Know What Love Is），也是年輕男主角迪亞哥・伯尼塔

《幼獅文藝》雜誌二〇一二年十月號第七〇六期，吳孟樵「電影迷熱門」專欄。

（Diego Boneta）唱的〈等待像你一樣的女孩〉（Waiting for a Girl Like You）。

夢想前行、引光導航

夢想可以怎麼激勵人呢？林強多年前以撼動歌迷的〈向前走〉走紅樂壇，他從創作歌手，再遇到導演侯孝賢，除了變成演員，也為侯孝賢的多部電影配樂，並且多次獲得金馬獎最佳電影音樂獎項。之後，讓我很驚豔的是他為賈樟柯的電影《天注定》[6]配樂。林強將東方曲風與賈樟柯這部豪情壯闊又悲懷的電影畫面結合得相當突出。林強也為畢贛很詩意的電影《路邊野餐》，以及趙德胤的電影配樂。從創作力與變化性，可見林強對於音樂的用心。

崔健以〈一無所有〉反映時代，以他特殊的粗啞嗓音、特殊的紅布條裝扮，唱出廣大人群的吶喊。他出生自北京朝陽區的幸福村，「朝陽」、「幸福」，與「一無所有」連在一起是什麼樣的對比滋味，讓他更看見為人的悲沉與辛苦面。這樣的聲音，會讓人思念，激起更多勇氣吧！這樣的聲音與突破文化思維的必然還有羅大佑的歌曲。念白的歌詞，道盡許多血淚人的心聲，尤其是男人。而他為電影《滾滾紅塵》創作的詞曲由陳淑華唱來，備感歷史的蒼涼，也是文壇與樂壇不能忘懷的傷心事。紅塵、往事，真是不語的膠著，於是，耳語與傳說往往存在於遺憾與傷痛中。羅大佑的作品融入許多人的心底，那是深深著迷了吧！

6 吳孟樵影評，《天注定》——圍困，臺北：幼獅文藝雜誌，二〇一三年十二月號第七二〇期。

何許人（The Who）樂團的〈你是誰〉（Who Are You）是《CSI：犯罪現場》（*CSI: Crime Scene Investigation*）影集的主題曲，每當「Who, Who, Who」的樂音一啟動，似乎反覆提醒人記得他、記得你想記憶的，也是記得自己。這支樂團詮釋歌曲與演唱的嗓音，調皮地在人耳邊呼呼呼地吹響，寫至此，思考著，這首曲子可以當成床邊鬧鐘曲，吹響起床號之外，也是提振人記得自己是誰，提醒自己每一天有朝氣，也提醒自己可別輕易地又在一早就讓杯子從櫥櫃滾落、跌下，眼睜睜看著杯子墜落跌碎一地卻無法搶救呀。

每當看到勢不可挽，如秒中落下，注定碎裂的物品，偶爾會在心底響起歐洲（Europe）合唱團的〈倒數計時〉（The Final Countdown）。好像在提醒著：倒數囉、倒數囉，還沒數完，完整的物件已不完整，還得驚嚇地為碎了一地的物品收拾殘局，並且向它深深致歉。這首樂曲是歐洲合唱團的成名曲，至今仍常可在電臺裡聽到，也常被電影引用作為影片的歌曲之一。

風靡無數世代，且成員都具傳奇色彩與悲歡離合故事的是披頭四（Beatles）合唱團，知名的歌曲無論是自己唱，或被其他歌手翻唱，都會引起很大的風潮。成員的故事也被拍成不同類型的影片。約翰・藍儂（John Lennon）被槍殺引起世人震驚，而他們在二十幾歲時主演的音樂電影《一夜狂歡》（*A Hard Day's Night*）[7]就是演出他們自己的音樂旅程，我對他們的背影與鏡頭停在他們後腦的畫面印象很深，那是因為看到他們的青春、引起世人的奔逐，

[7] 一九六四年英國出品的黑白音樂電影，至今仍是非常重要的影片。

以及他們歷經的人生變化，這些會令我產生欲淚的驚喜與微痛的感受。也記憶住曾在歐洲的一個廣場上，突然聽到披頭四的名曲之一〈昨日〉（Yesterday）的電子樂演奏。如夢似幻的樂音吸引著我尋著聲音走過去，買了街頭藝人演奏〈昨日〉的CD。巧的是，之後又在某一區聽到這首曲子，令我一時分不清時間與空間的距離。於是，第一回警惕自己當下會變為昨日，昨日又會成為什麼樣的記憶呢？

怦然心動、成為故事

必然？必然！必然有什麼樣的歌曲令自己驚豔、悸動、懸念，甚至是怦然心動，不必太過於了解其背景，即已愛上那旋律或是嗓音。史密斯飛船（Aerosmith）樂團的主唱史蒂芬・泰勒（Steven Tyler）與女兒麗芙・泰勒（Liv Tyler）合作過一部災難電影《世界末日》（*Armageddon*），麗芙・泰勒飾演布魯斯・威利（Bruce Willis）的女兒，班・艾佛列克（Ben Affleck）飾演麗芙・泰勒的男友。而麗芙・泰勒真實生活裡的爸爸史蒂芬・泰勒是這部電影主題曲〈我不願錯過這一切〉（I Don't Want to Miss a Thing）的主唱人。當幾年前這首歌曲再度發行時，無論是電臺的排行榜或是街頭店家播放的歌曲，少不了這首聲聲呼喚的愛、無法錯過的愛、不想錯過的愛，只願停留在最美好的一刻。那是很深的呼喚，不能止息。泰勒的嘴型很大，模樣狂野，唱歌時的情感迸裂與嘶吼，形成自靈魂深處的吶喊。還記得我當時發現這首歌曲時，被這歌聲所感動而馬上告訴一位朋友。很有趣的是，也收到回傳的一首由搖滾歌曲改編為抒情風味的樂曲。當下我很震驚於搖滾歌曲可以改編為弦樂器演奏，且勾動出傷懷。於是，我返回想著泰勒演唱的〈夢想〉（Dream On），並以此作為我內心的祈禱詞。

對音樂的看法，迪倫這句堪稱妙言：「你在對它破口大罵的同時也深愛著它」（《搖滾記：Bob Dylan自傳》，頁二二八）。柯恩在小說裡寫下：「西風恨我，請為我禱告……」。這是很令人心痛的感受。我更喜歡的是柯恩寫下的這段意象：「世間萬物皆有裂痕，所以，光，才能透進來。」羅大佑在〈之乎者也〉唱著：「之之之之之、乎乎乎乎乎、者者者者者、也也也也也。」這些都是音樂裡的呼喚呀，從音樂裡聽故事也說故事，並且將這些音符召喚、召喚、召喚出來，成為自己的故事。

【道歉啟事】

——在時間之河上．划槳

讓時間流動，才能真正做到「道歉」。

當人的心情陷入一個情境裡，反覆翻攪，像不像是洗衣機滾軸轉來轉去、像不像是落入比爾．莫瑞主演的電影《今天暫時停止》，日日重複每一天每一小時每一分鐘每一秒，遇到的事與人，以及對話，一模一樣，存在於毫無轉機與改變的沮喪感裡。這些「落入」的情緒讓人不耐，無趣的日常，沒法帶來新鮮、危險、神奇的感受。因為不是《愛麗絲夢遊仙境》（*Alice's Adventures in Wonderland*）、不是《納尼亞傳奇》（*The Chronicles of Narnia*）、不是小叮噹哆啦A夢的任意門可以進出於不同的世界。

我們自小被教導對人有禮貌，得說「謝謝」、「對不起」。例如想要穿越一行人，說的是：「對不起，借過。謝謝。」甚至是養成不抬眼，只動嘴，不動真心，機械式地說著對不起。二〇一七年（臺灣是二〇一八年上映）法國與黎巴嫩合資的電影《你只欠我一個道歉》

（قضية رقم ٢٣）。該片黎巴嫩導演薩德・杜埃希（Ziad Doueiri）根據自己與水管工的一件爭執，作為電影的靈感——「我跟你道歉，你卻不接受。且彼此的爭端越演越烈而鬧上法庭。」在一件看似可小可大的日常生活事件裡，彼此的心態、用詞產生大反差，心結糾葛，**個性剛烈者遇見另一個個性剛烈者，必然固執己見。需要道歉嗎？接受道歉嗎？索討道歉嗎？最終是照見自己內心最幽微的心事，或說是陰影。**

我想跟誰道歉？不少咧！想想自己，過去因為害羞，有人跟我講話時，我經常是眼望他方，予人冷漠傲慢的距離感；或是因為不善於溝通，而越說越辯解不清；或是習慣性悶著心事不說，鴻溝日深。直至我稍微懂得體恤他人時，依然有些許障礙，表達力不彰或是怯於說出真心話，更怕傷害他人，於是產生「內傷」。好想對某些人當面真心誠意，屏氣慎重地說出歉意。於是，我偶爾會以演練的方式在心底模擬道歉畫面。有效嗎？也許是我心思太混亂，心底的漩渦依舊頑固地扭轉、困窘地凝結，始終走不出「時間感」。那麼，我想藉此篇文章寫給自己：放過自己一馬吧，跟自己道歉。向自己的「心」說對不起妳，我害妳思緒飄散。對不起妳，我害妳的情緒經常劇烈起伏。

真正愛妳的家人朋友必然心疼妳為他們傷心流淚，日夜走在遙遠漫長的夢境裡找尋故事。在有限的時間裡、在偶爾得分身處理多種事情時，任性地、大把地拋散時分陷溺在悲傷悲慟的情緒中，很少大笑，多的是感受到許多「問號」逼近，將「為什麼為什麼為什麼」放大於眼前於心上，反覆地納悶、氣惱、思念，卻總談不上有憤恨憤怒之情。當我閱讀不少心理學書籍後，看著某些案例，有些人是因為向矛盾的情緒妥協而埋藏憤怒心。我有憤怒之心嗎？自問自答好多次，不能說完全沒有，卻是不忍心表達憤怒，因為某些人已經不在世上了呀，甚至只是祈求他們無論在哪個世界都能安好無恙。

臨床心理學家建議：「唯有回到從前的情境，正式地做一次道別，你才可能重新變得完整。」把過去的情境重新召喚到面前，傾訴、冥想、聆聽、微笑、致歉、致謝。有效嗎？我猜想是因人而異，甚至是得多次多次的「演練」。要將心底的真實感受勇敢地層層剝除，自微痛、刺痛、撕裂的痛，看進傷口的根部在哪，即使是看到了，問題解決了嗎？包紮起傷口，不代表傷口永遠消除。疤，永遠存在，只是傷痕的色澤隨著年歲變淡變淺。包紮的傷口猶如噤聲或沉默少言，它隱隱地受到些許控制，不與世俗抗辯。表皮的傷疤可以產生歷史的故事魅力；而心底見不到的傷疤，可不能輕易掀開，太危險啦！

情緒是生活的核心，讓夢緩解

專研情緒與面部表情的當代美國心理學家保羅·艾克曼（Paul Ekman）說：「情緒是生活的核心，使生活更有意義。」因此，學習表達情緒是件很有意義的事囉。比艾克曼晚三十年出生的德國哲學家、政論家李察·大衛·普列斯特（Richard David Precht）擅於寫作，也研究生物醫學，他在著作裡分析：「情緒是有學習能力的。」

壓抑者為了保護自己，而學會隱藏情緒或是否定情緒。那麼，人該如何思考「何為因」、「何為果」而產生道歉的念頭？是罪惡感、是內疚感、是遺憾、是自我檢討、是息事寧人……，究竟有哪些情緒促成呢？光就內疚感而言，在推廣身心靈健康生活方式的長銷書《關係花園》的第二章〈親密〉（六六－六七頁）提到：「內疚是良心產生的痛苦內在壓力……。內疚會否認自我的真實本質，試圖將自我與行為分離開來。所以，內疚是一種不願自我負責的立場。」第十二章〈認識權力爭奪：一些有用的觀念〉（一七八頁）：「內疚的人其實是拒絕誠實看待自己，把自己物化成壞人，用內疚懲罰自己。」

情緒既然可以深度的影響我們的生活，學習了解與信任自己的情緒，才能產生健康的行動力。道歉的最終意義是承認過去曾犯的錯誤、是溝通、也是和解。甚至就是成全彼此，在彼此的心結貼上OK繃。這之後，才能行向真正的自由之道。

前幾天一大串不同的夢境，見到媽媽來了，卻遺失了夢的內容。倒是另有一段夢，雖沒完全記住「劇情」，卻很真實地感受到一股說不出的詭異。「男女主角」同在一場景裡，他們各自與對方說著話，音量輕、頭低垂，幽幽低低地訴說。我彷彿坐在他們的對面或是將自己化作攝影鏡頭，看著他們，對焦於他們。直至「男主角」點起了香菸，置放在他自己的左身旁空下來的座位上，菸頭的微弱紅光朝前方。夢境中，不存在於畫面的我，突然明白他倆雖同處一個地點，也與對方說著話，但他們看不見對方。這，多像電影畫面的處理。可是絕非以電影的技巧敘述故事，他們那股幽幽之情透過那支菸，輕輕也重重地怦打到我心上。

夢境，讓我以參與者，也是畫外者進入「訴說」與「告別」的情境。神奇的是，我不只是觀看者，我可能還是「女主角」或是「男主角」，也可能是二合一的角色，甚至就是那支點燃的菸，在空氣中吐納、思索訊息的傳遞該往何方。

啓動時間之鑰，凝視

我們會隱藏也會包裝情緒，那是源於害怕。當記憶的閘門打開，究竟有多少通道？有多少道門被卡住？選擇開啟那些門，打開，凝視，默默感受，將最特殊的感受記下來，再遠觀。若不能馬上整理出最適當最切合的道歉字眼，轉身，離開，等待有機緣時再次勇敢開啟，面對，凝視，近觀，遠觀，承受當下的感覺後，拋出最不舒服的感覺，深呼吸，以最能說出口的字眼、以最適合的姿態，致歉！

心靈作家艾克哈特‧托勒（Eckhart Tolle）認為：「所有的負面性都來自大量的心理時間和否定當下。」我們會產生很多不舒服的情緒，都只是來自於不同形式的「不寬恕」，而「時間是所有痛苦和問題的根源」。我們受到時間的箝制，將記憶停留在過去的悔恨裡，於是心智受到綑綁，停留在記憶與

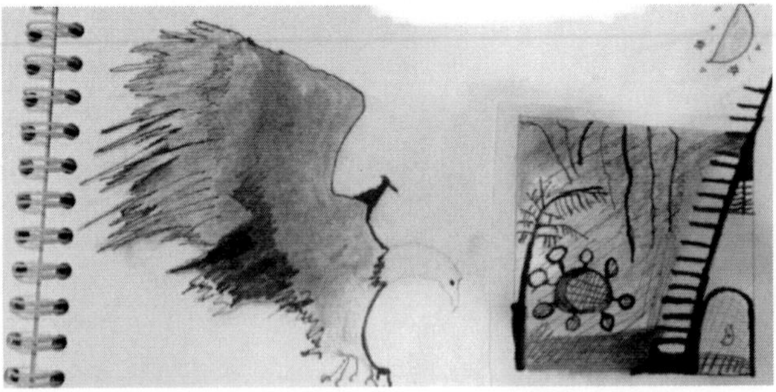

吳孟樵隨筆畫作：老鷹與天階夜色。

預期中。托勒建議我們可以將時間從心智中移開，心智就會停止運作。那麼，是什麼束縛了我們的心智呢？我想，是不願意真正面對諸多情緒在內心魔幻式的多層轉變，也是因為逃避處理情緒。

生前飽受身體不適與心理疾患的哲學家尼采（Friedrich Nietzsche）寫下這段文字在作品中：「**人必須有內心的混亂，才能生出跳舞的星星。**」他還說過：「生活是一面鏡子，我們努力追求的第一件事，就是從中辨認出自己。」

生活會閃現我們的言行，除非我們視而不見。在日常生活中，我習於忽略某些訊息，即使被瑣碎的事物鉤鍊，仍能運轉，看似無礙。但是，到了夢裡，我清晰地體認到別人或是自己的內在世界所可能蘊藏的豐富訊息，卻不太有能力將之帶到醒轉後的世界。也許就是因這緣故，對於致歉的對象始終只停留在偶爾憶及、偶然感喟。也或許是想致歉的名單時而跳躍在此、在彼的思路中，尚未找到整合之路。穿越紊亂不寧靜的心，可能是來自天生的防禦力，以冷漠無感包裝自己太過敏銳的心。因此在遭遇某些親友的離世時，備嘗艱辛，那是尋回與他們的點滴過往，依然是任性地拋擲大量的時日分秒，停留在不願接受事實的狀態裡。

再之後，變成對於多種事物的恐懼，鋪天蓋地地襲來，又以揭開千斤重的壓力找到舒緩之道，沒想到，又歷經喜悅與困惑的雙重軌道，於是，情緒轉為更嚴厲的方式敲門。我不懂為何專注與單純的環境會偶然落下一大片霧霾，為了清淨自己的內在世界，我又耗損時日分秒兜圈子，兜呀兜，兜不出卡住的想法，直到這則「道歉」專題像是一道破題的曙光，身旁珍放的一只娃娃適時提醒我該向自己道歉，而非周折時間自怨自傷。

時間，猶如太陽，升起與落下都是自然運行。珍惜時間帶來的時日分秒、珍惜自身心念的運作、珍惜欣賞事物的好奇之眼、珍惜擁有做夢與實踐夢的能力、珍惜能與彼此互享訊息的親友往來……。於是我接受建議，鄭重向自己道歉，長年讓自己停滯時間或是晃耗時間，那是對時間的不尊重。

此時，我嘴角上揚，告訴自己的心，允許自己的心跳出跳外跳內，是輕盈也穩實的跳躍，儘量不再感到害怕，而是從時間的流動中，看到所有的變化而仍能給予自己休憩的機會，並從而幫助他人，也向許多幫助過我的人道謝！

「道歉」與「道謝」，一字之差，完全不同的心態，卻可能成就為同一件事，這些都必須全心看待與認真致意，然後，與時間一起走過，不慌不忙地建立出謙和的自信心。

繪畫引得內在的精靈，躍出

內在精靈說，我、我要出來看世界，畫下我、釋放我。

塗鴉，幾乎是每個孩子的本能。記憶中，我很怕畫畫，童年只會幾筆簡單的畫上方方的房子、圓圓的熊頭、長長彎彎的步道。再之後，怯筆。絲毫不敢動念畫畫，拒絕畫畫、排斥畫畫，總以為那是「專家」才能做的事。

詩人江文瑜曾習畫，也在她的詩集裡畫貓，一眼就可瞧出是她的畫筆。她邀我一起去學漫畫，說畫畫很療癒。我有多項「理由」不敢去上課，直至上了研究所，有「圖像課」，戰戰兢兢地思考選修？不選修？沒費多大功夫就勇敢地選了這門課。看著課綱，很豐富的內容，令人雀躍也擔心。

幸運的是，陳錦忠老師以輕鬆幽默的方式，將專業的各種繪畫風格以投影片解說，不會打擊學生的信心，相反地是激起我們的動能。每堂課，都不覺得分秒難捱，但是，課堂作業真是不少。我們一一克服。

第一堂課，就著投影片敘述對於所看到的畫作的感受，我劈里啪啦地說下去，因為老師還沒喊停，我只好繼續說，說到老師喊停。老師問：「妳寫作？形容詞好多。」第二堂課，老師看著我說：「**來自另外的世界的人選圖**。」我不可置信地看看左右，確定是喊我，老師再次說：「**妳很像來自另外的世界**。」也許就是錦忠老師具有包容心，班上每位同學都很投入於畫畫，更願意盡力把這門功課做好。老師也可從畫作中看出哪些同學願意花時間畫出精細的、優美的、靈動的、童趣的各種圖。

多樣性的課堂畫作有：肌理線、影線、著色畫、明暗定調、形的基調、形的改造、編碼畫、剪影。當我趴在家裡地板作畫時，精神整個投注於紙與筆尖，以少量的、簡易的筆為圖輕點上色，或是大片揮就暈染的色澤。幾乎是憑直覺作畫，無論是畫得青澀、不完整、沒技巧……，作畫的本身就是一種幸福。畫紙畫筆所成就的圖，讓我意外發現現實生活裡的我喜歡黑白灰色調、個性內向；在畫紙上卻看到繽紛與愉悅的世界。

我的朋友蘇菲，曾取得多項不同領域的學位，她有事遠道來臺，特地來陪我上最後一堂圖像課。這天，是個人風格畫的「成果分享發表會」，同學們各把自己的三張風格畫貼在牆壁上，並且敘述這些畫的故事，以及創作心情。蘇菲也會畫畫（怎我身邊認識的人幾乎都會畫畫呢），驚喜地、全神地投入看畫、聽畫，也能解析她從畫作裡看到班上同學的特質。她說我畫的維尼很「花枝招展」，因我多幅畫的眼睛，無論是樹、鳥、人、花，都強調眼睛。我認為：眼、眼神，是人之神韻所在。注意到銀幕上的好演員，必然能運用眼神。而背影，在我看來，最能洩露心事。

當蘇菲說起我的彩色畫作花枝招展時，我似乎聽到我的心往陰暗處退縮的腳步聲。燦爛與招展像是奔赴熾陽，會晒傷或過度快樂？而我在「形的改造」畫裡，老師要我們以五組的對稱、對比畫，畫出十個圖案。我想著畫「風」，風太無形，難以表現；雨，可以是暴雨、微雨、細雨、斜雨、雷雨……。狂風暴雨，大略是我心底的真實面。繼之，我很快地選定畫「葉子」。思考著五組對稱：「生機盎然、掙扎脫困」；「壯大、壓抑」；「仰首微笑、低頭沉思」；「躍動的、困住的」；「迎風自在、承接露水」。以顏料揮啊揮，像是狂風掃落葉，禁不住地隨葉姿擺動、任情緒流露，於是，將此項「形的改造」取個副標題「變與不變」，又將這五組葉子安上主標題：「葉的語姿」。

深信：大自然的每項物件會「說話」、有「表情」。

我較愛這亂揮的葉子，問蘇菲，她從葉子看到我什麼？她說：「瘋狂」。我大笑，這我滿意。她說就像是梵谷（Vincent van Gogh）的〈向日葵〉（*Zonnebloemen*）裡的花瓣。梵谷是不可攀的距離、是悲慘的象徵。即使是朝陽的花朵，都不得不哭泣吧。

泣，之後，是微笑、是大笑、再則是收斂起悲喜心，以承接的態度「迎風自在」。原來呀！畫畫，可以解讀心事哩。而這心事，並非透過事先設計構圖，而是畫作出現後再去發現自己。

注：因疫情，二〇二一年三級警戒期間，我突然很想塗鴉，以最迅速的時間隨意拿起紙筆畫，一張塗鴉從幾秒，再到幾分鐘，這樣的作畫經驗日日維持，堅持畫了一百二十幾張，讓我極為快樂與期待由「筆」自己來呈現「故事」。

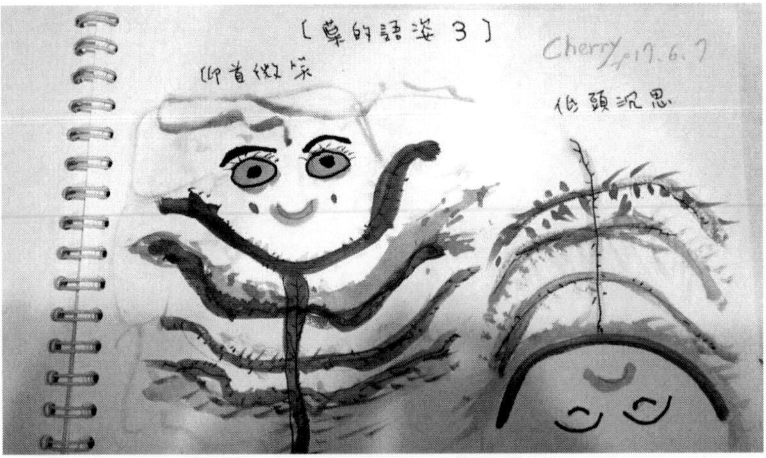

葉的語姿。繪圖：吳孟樵。

他是天使帶來，讓人銘記於心的好友

歲月是流動的、也像是靜止的。生活的形式與方向或有改變，不變的是相識的情誼。

不記得是哪年認識他，卻記得是在試片的場合、記得他甜蜜的笑容，連眼神都帶著笑，還有他體貼的問候語。他是詩人／影評人／主持人景翔的朋友。而我也與景翔大哥很熟。這些年，景翔大哥病著（後注：景翔大哥於二〇二〇年四月十三日辭世），長期在醫院，每看到這位甜蜜笑容的朋友，我傷感地說：「我常有種錯覺：我們像是景翔大哥遺留下來的孤兒。」我們仍在看電影、仍各有著自己的生活圈。但，走不回過去每每重要節慶在景翔大哥家聚餐。

我曾悄悄跟景翔大哥說：「他的眼神好像早期歌星張琍敏啊！這……可以跟他說嗎？」景翔：「他聽了會很高興，張琍敏是他的偶像。」啊，難怪呀！這就是偶像的影響力吧。

他的體貼也會影響人，他的朋友們巧遇了我，也會善意地取出早點、甜點糖果、水果給我，正是這份「分享」的心，讓我見識到善就是美。而這股能量只會積累得更美好。

一杯熱咖啡、一杯紅酒、一瓶冰啤酒、一只水果、一盒甜點、一部影片、一抹山景的夕陽雲霧……偶爾有種既真實又虛幻的嘆息：我們是某種形式的孤兒。但是，他比我努力多了。從一線廣播主持人、金鐘獎最佳廣播主持人，再從廣播界轉向教育界。他是基督徒，卻與佛教很有善因緣，曾任教於華梵大學，目前是佛光大學傳播系的副教授，深受學生喜愛。因他的熱誠與提拔人之心早已內化為很自然的火種，點燃•光亮，給人溫暖。

當我的活動推出或出書時，他不僅買書送他的朋友，還動員廣播界的朋友宣傳，更在他自己的節目裡捨棄一般人喜愛的流行樂與歌手的訪談，把多集的暑假時段全給了我上節目分集談電影／說故事／聊音樂。對於我的喜悲心事，他能理解與關注，更是付出了不少心力。難怪他的語詞、他的樂評可以打動人心。而我更見到他在看似輕鬆、悠閒、優雅的生活中，創造不容易經營出的學術生活。到世界各地旅遊與日常生活裡的紅酒、音樂、推理書、電影都是他的養分。當他在某年的聖誕夜邀我與他的朋友們在他家聚餐時，看著大片玻璃窗的夜景，夜景中的各式燈光與車流在窗邊成為布景，與餐桌上的各式菜餚、美酒、爵士樂、我們的歡笑聲、各式禮物，連結成比聖誕卡片還美的景象，**那景象，叫作：為人設想的友誼**。

就在那一天，我才知道他大學時期主修鋼琴、副修聲樂。歌唱於他而言，應該是與運動健身同等重要。

記得他說過最喜歡的音樂是爵士樂與百老匯音樂。他對黃大煒的音樂見解是：「對我而言，黃大煒的聲音代表無可取代的沉溺，是一種極為深度的情歌演唱。我在他的音樂催化之下，迷失在我自己給自己的情感關係。」

他在清華大學演藝廳演講的講題是「一滴美妙的情淚——音樂劇最蕩氣迴腸的情歌戀曲」。我想像著一滴美妙的情淚來自懂得品嚐紅酒的精華，他曾拿起一瓶紅酒介紹著「這流動的瓶身液態感，像不像是一滴紅酒的眼淚」！當他以多齣百老匯音樂劇串連主題演講時，是以澎拜的心、以感性的情、以愛情的光與淚、以專業的音樂素養分析音樂劇的獨特魅力與其背後的故事。所以，他的有聲書《星光百老匯》，可見其歷年來將所學與旅遊的觀察匯聚而成。他曾在美國以七天的時間每晚觀看一部紐約百老匯音樂劇，也到加拿大欣賞音樂劇。在臺北，無數的歌手演唱會、與音樂有關的活動評審，以及至對岸參與電視歌唱節目的評審……。

如此忙碌緊湊的生活，他善待帶回的兩隻流浪狗，是他生活裡最大的牽掛。他孝順父母，在臺北的家設計的孝親房，獨立且具有隱私性。回南部過年時，仍依著爸媽的農曆年習俗，以尊天孝親的心讓爸媽擁有歡樂的晚年生活。

這位讓我感到驕傲與感激的朋友，名叫：宋銘。

帥氣的笑容與體態來自他真誠待人的心。

不禁揣想著，景翔大哥若知道宋銘現在的學術發展可與志趣結合，必定感到欣慰。那麼，我們還是試片圈裡的孤兒嗎？

宋銘在聯合報受訪時曾說：「人的一生很微妙，會發生怎樣的劇情更是難說……當你認識了音樂劇的藝術，也許你會喜歡其中的一個故事，更盼好故事一直不斷地演下去，希望是你一生的故事。」

人生最神妙之處就是盡情發展自己所愛的藝術、盡情生活。感動，就在每個當下。

注：宋銘老師在二〇二一年上半年出版暢銷好書《滾動百老匯：現象級音樂劇名作導聆》；下半年升等為副教授。

收錄二〇二一年五月《滾動百老匯：現象級音樂劇名作導聆》，吳孟樵受宋銘老師邀約而寫的推薦序：

對命運高歌的人

總記得初識宋銘老師時，首先發現到他特具的、如水流動的眼神。接著是他的聲音，揚起喜悅的音質。再又是見識到他何以具有好人緣，因為他樂於分享與助人。是這些光照般的美好特質，閃耀在他的節目與教學中。

展讀宋銘這本新書《滾動百老匯：現象級音樂劇名作導聆》，猶如打開新視界，延伸情境至你我或許知曉的世界，卻是經過他尋覓、抽絲剝繭，見到、聽到、領會到劇中人翻了幾翻的人世更迭。吸附入時光洪流裡，感受三齣知名音樂劇，劇中人物的「命運」。雖是不同故事，不同劇作者，卻又都有其無法逃脫的命題，這是很深刻的議題，卻能夠在宋銘一曲一曲的解析，導入當代歷史、音樂要義與心理分析。

衝突，是戲劇的重要元素。就像是「三」的意義，是啟動是發展，是交流合作，也可能形成更大的挑戰。如何在這些線索裡扎實地、流暢地說故事，深入淺出地為觀眾為讀者導聆，除了得具有專業功力以外，宋銘說故事的魅力，賦予這本書更高層次的心靈導引。

當我看著即將付梓前的書稿，不記得時間的流動，而是全然地跟著書的節奏，掉入宋銘書寫的時空，與劇中的人事物相遇，貼附他們血管內的情緒。

整本書裡提到的象徵物，例如：槍、信、綁著黑絲帶的紅玫瑰、紅色斗篷、直升機、面具、戒指、項鍊、水晶燈，具是勾勒人與情，尤其是命運的糾纏牽引，律動人生的嗟吁，令人概嘆不已。

閱讀的當下，也令我憶起曾在美國紐約百老匯連續三夜看三場音樂劇，其一就是《歌劇魅影》（*The Phantom of the Opera*）。觀看劇的同時，欣賞劇院的陳設，從舞臺、階梯、挑高的屋頂、燈具，以及現場的觀眾，那是另種閱讀。當時，我就住在百老匯轉角的旅館，日日徒步於周遭的著名街道。

知名的地標、景物，絕不是在於「熱鬧」，通常是在於人們所賦予的文化意義，尤其是與「記憶」連結出更深刻的，你我想記得的「歷史」，以及思考、感受每一個步伐的情韻。

謝謝宋銘這本書的問世，讓音符的黑夜與白晝，進入你我心中的耳朵。

在維尼的世界裡保持憨傻與真純

為孩子說床邊故事是許多為人父母的經驗，孩子喜歡聽故事似乎也變成某種「權利」——帶著故事入眠，擁抱歡欣熱鬧，甚至是恐怖、恫嚇、提醒，如《三隻小豬》（*The Three Little Pigs*）、《小紅帽》（*Le Petit Chaperon Rouge*）、《虎姑婆》的故事，將大野狼與老虎設定為闖入者，告誡小孩得遠離陌生人。這雖有其用意，但在夜裡說，總顯得令人焦慮恐懼。童年，媽媽為我和妹妹講故事，總是《虎姑婆》居多，聽得心頭發顫，想像虎姑婆吃小孩指頭的驚悚感，以及小女孩機智的退敵法。

及長，在書本或影片中可以看見安徒生童話《賣火柴的小女孩》（*Den Lille Pige med Svovlstikkerne*，淒涼貧苦）、《醜小鴨》（*Den grimme ælling*，孤單的成長歷程）。這些都讓人憐愛，也讓人傷感與無奈。雖然醜小鴨變成天鵝展翅後，尋得同類。但是，醜小鴨的童年只有獲得鴨媽媽的關愛，鴨群們不認同醜小鴨，讓醜小鴨有些自憐自艾。

愛與適時的讚美，是穩固孩童自信的基礎。《小熊維尼》（*Winnie-the-Pooh*）有羅賓滿滿的愛，羅賓總說：「我好愛你呀，你是最好的熊。」憨傻的維尼（Winnie）與羅賓

（Robin）、小豬（Piglet）、兔子（Rabbit）、驢子屹耳（Eeyore）、貓頭鷹（Owl）……住在「百畝森林」（Hundred Acre Wood）裡，各據一方，各有處所。書本以地圖畫上他們居住的方位，像個熱鬧村。羅賓是唯一的人類（男童），他可說是大家心目中最可倚賴的人。

由此，可感受到：孩童雖是被保護的角色，到了百畝森林，變成一個可以做決策與定案的人，擁有許多信任他的朋友。他們一起在森林裡玩耍、到朋友家作客或是舉行宴會（慶功宴、生日宴）、在大雨中搶救被困的小豬、陪伴羅賓去上學……等等。維尼雖是傻呼呼，每在關鍵時刻發揮最好的作用。

「維尼↓蜜蜂↓蜂蜜↓給我吃」當小熊維尼仰頭，思索著自己與蜜蜂、蜂蜜的關係時，那模樣與心情真是可愛。不僅是傳達了蜜蜂可以生產出蜂蜜，是天然可口的汁液，也將維尼所喜好的食物在書本《小熊維尼》的第一章節就呈現。

在這本書裡，第一張整幅插圖是羅賓右手扶著樓梯欄杆，左手拉著泰迪熊玩具的左「手」，低頭步下階梯，玩具熊頭下腳上被牽著下樓。看著這幅圖，似乎「聽」到了聲音：蹦蹦蹦……，我冒出的想法是：「哎唷，維尼的頭會痛吧。」

人們說故事多來自書本，也可以是鄉野傳奇的聽聞轉述，可以是親子間以接龍方式來自行創造。在三隻小豬與小紅帽的故事裡，都出現壞心眼的大野狼，野狼「無辜地」被編織為童話裡的惡角色，永世不得翻身？在改寫的現代童話，試圖將大野狼置換為不一樣的心態與結局。而小紅帽成為女性議題中大可發揮的題材，例如：色狼如何誘引女性（女童）、女性可以如何反制色狼的入侵或計謀……。

當童年轉為成年，尤其是成家生下子女後，聽故事的人變為說故事的人。故事可以是以自己家的孩子為創作對象。《小熊維尼》作者A・A・米恩（A. A. Milne，或譯為A・A・米爾恩）三十八歲時，兒子克里斯多夫・羅賓・米恩（Christopher Robin Milne）出生。兒子一歲時的玩具是泰迪熊，他們為玩具取名字為愛德華，之後因羅賓常與爸爸去動物園看一隻美國棕熊，羅賓喜愛這隻熊，牠是第一次大戰的吉祥物。於是，把這隻泰迪熊玩具以這隻熊的名字，加上父子常去度假的農場中一隻天鵝的名字綜合，為熊玩具命名為「Winnie the Pooh」。**無論角色命名的真相為何，這樣的命名緣由讓維尼更具「故事性」與傳承的意義。**

從維尼的世界延伸到現實世界看「童年」，是張網，可以突破？或是困在網中？「童年」也是向成長之路告別的時候，似乎純真的一面慢慢褪去，人能否永遠像維尼那般地可愛？維尼喜愛自言自語、喜愛發呆，尤其是想吃蜂蜜時，整個腦海都是蜂蜜，對於外在的環境與聲音都無法再覺察，頭殼昏沉沉的。維尼會即興隨心情作詞寫歌唱歌，詞，如同詩句，這源自米恩會寫小說、會編劇以外，也寫詩。米恩將童真的詩詞化為維尼口中的詩句，例如：「做雲真是甜蜜／可以飄在藍天裡／每一片小小的雲／都會大聲唱歌……。」

衷心太愛維尼了，在研究所的「圖像製作」課裡，我把維尼這位心靈故事角色參照書中的模樣，再稍稍「改造」，讓羅賓與維尼的手腳如同在海底世界，各自思考著，於是，把畫作命名為「想想」。

童真一去不復返？所以要把心聲留在作品裡。

想想。繪圖：吳孟樵。

不死的愛情留在……

在研究所的課堂上，班導常引述東西方的神話故事，串連的不只是時空情，更是人性裡的愛樂與悲愁，甚至是死亡幾乎佔據了「永恆」的意涵。

於是，我思索著：

動盪時代裡的愛恨別離，癡心者，恆被心所困，卻也是最無悔。

若以口傳、書籍、圖畫、舞臺劇、音樂劇、電影、音樂……形式被引用多次的故事而言，無法不提及東方的《梁山伯與祝英台》與西方的《羅密歐與茱麗葉》（*Romeo and Juliet*）。

梁山伯與祝英台，傳唱不絕的黃梅調，動聽如初戀！悲訣如天裂！

英台淒楚地哭喊：「梁兄啊……梁兄啊……」感天動地！棒打的鴛鴦，以彩蝶雙飛，飛出。這是中國民間故事裡值得探討的愛情故事，故事背後是強大的父權壓制。扭不過的，就以民間傳說抒發，如飾演梁山伯的凌波淚下：「想不到我特來叨擾……酒，一，杯……。」此時，黃梅調轉折似急急落下、奔騰卻又壓抑的雨，斲斷人心！

於多數人而言，較遙遠也神祕的古阿拉伯，蓋斯（Qays）與萊拉（Layla）的故事被翻拍成電影多次，二〇〇一年版的電影《蓋斯與萊拉》（*Habibi Rasak Kharban*），也是令人悲慟不已的淒美愛情傳說。蓋斯是詩人，詩人不死的愛情可以翻山越嶺逐海、入地飛天騰雲。

蓋斯是詩人，沒有安穩的收入、沒有自己的房子；萊拉家境富裕。他們是在同一堂文學課裡認識。蓋斯在街道的牆上以詩寫下對萊拉的思念。當蓋斯接獲萊拉求援的訊息（她被安排與環境優渥的表親結婚），於是，勇敢地上萊拉家向萊拉的爸爸提親。提親不成，兩人備好護照外逃，卻是逃不成。一路受挫的過程，除了經濟因素是大阻礙之外，也反映女性婚前的身體是聖地，不容許被任何形式的貼近。更是**強烈地反映宗教差異，以及，能否悖離族人？也反映父權怎麼影響了愛情**。

女性即使受教育、即使深受爸爸疼愛，仍是沒有自主權。萊拉對蓋斯的愛意堅定，但，當她受到種種挫折後，驚嚇於她所處的世界，變得只想回家。而，蓋斯注定是獨自走向暴動的煙火處，他不在意煙火埋葬他的身心。

傷心欲絕的萊拉知道蓋斯喪命後，聲聲吟唱詩歌，走向大海！

藍彩、海濤聲、悲吟聲……這樣的故事，類如傾覆海洋的聲波，植入人心。

悲傷的萊拉走向大海後，沙灘上，兩個仰躺的身姿是萊拉與蓋斯，他倆互與死亡牽著手，大海沖不散。萊拉的雙眼閉著躺在左方；蓋斯躺在右方，雙眼睜開，右手隨著潮水上下輕輕擺動，輕・輕・擺動……。

蓋斯一手心繫摯愛、一手揮別世間。是控訴無法脫困的體制拆散他倆的愛情？他張開

眼，見到的是想像裡的世界？這世界，留給聽故事的人繼續努力。

愛情故事不僅是催化聽者的想像力，愛情反映的通常是當時代的文化背景、土地情懷與社會主義精神，將小人物在生活上的奮鬥，以悲憫，又具力道的方式向「操控者」發出聲音。

再從經典童話《白雪公主》（*Schneewittchen*）、《灰姑娘》（*Cendrillon*）、《睡美人》（*Das Dornröschen*）或七夕《牛郎織女》、大談人類與狐妖鬼仙的《聊齋志異》、或是人與吸血鬼或狼人的故事……來看愛情，無不充滿浪漫純摯或悲傷奇詭的真情。

當現實世界滿足不了閱聽人，閱聽人進入書裡、電影裡、畫作裡、音樂裡尋覓真情，當「它」打動了閱聽人，看待現實裡的愛情，態度與想法有沒有改變呢？這很妙吧！因為，「它」永遠讓人帶著輕輕的或深重的悸動，似乎體嘗了愛，又似乎虛無飄渺。若是忘了這番悸動，愛情的話題會繼續以不同的表現方式現身。

真摯之情如何讓人忘不了？故事人人會說，但，該怎麼說？

愛情，是永不退潮的亙古之浪。

人們要的是翻覆？平靜？洶湧？潛入海底？

是在浪裡飛騰入空？還是上岸……？

當繁花開衍成生命樹，面海望山，是澎湃洶湧、也是氣勢壯闊。

這——就是人生。

心，像氣球

小女孩在哭泣，她的球飛了／人們安慰她，而球繼續地飛……／人們安慰她，而球不斷地飛／老婦人在哭訴，活得太短了／而球飛回來了，它是藍色的。

這首詞是俄國的民謠。我想，這是引述女性從童年至老嫗的一生寫照與心境。隨著字面，像是跟著一字一詞仰首望著氣球飛飛飛，從上空飄過，你可以瞧見它，卻如空氣，抓都抓不了，任氣球形展成一道光陰的彩帶，或單色、或五顏六色、或黑白灰色。

因為氣球，我想到童年時，媽媽帶我們去陽明山玩，我手上握著一只氣球。因為拍照，我把握線的手心鬆開，氣球，竟然往上飄了。當時妹妹是幼稚園的年紀，她看到氣球飄走，哭了，淚，無助地滑落。這畫面在我心底很深很深。我忘了有沒有當場跟她解釋、跟她道歉？

氣球的魅力在此，當它飽滿地飄揚時，充滿歡喜與夢幻的美麗；當它消氣，撐不到天花板而垂落，甚至是繃爆裂開時，讓人有點小沮喪。氣球是歡樂的象徵，生日或喜宴場地多半有氣球。氣球還可以被摺成很多種動物或車子的形狀，惟妙惟肖。氣球有很多顏色。我思索著：顏色一定得具有刻板的認知心情表徵？紅色，是熱情或是危險嗎？藍色是憂鬱嗎？不必然吧！

周而復始的紅橙黃綠藍靛紫在「臺北一〇一」大樓的夜燈中，有其代表星期幾的意涵。而氣球的顏色在電影裡，有伊朗的《白氣球》（*Badkonake sefid*）、有侯孝賢在法國拍的《紅氣球》（*Le Voyage du ballon rouge*）。電影裡的主角分別是女童與男童。

法蘭克・麥考特（Frank McCourt）曾以作品獲得普立茲獎。先是讀了他《安琪拉的灰燼》（被改編為電影《天使的孩子》），接續閱讀《就是這裡了》（*'Tis: A Memoir*）。他的自傳體小說真摯動人。他從小愛哭，依他國家的說法是：「膀胱長在眼睛旁」（形容愛流淚的人）。幽默是窮苦人家必要的生存法則。所以，他的童年雖慘淡，卻也有快樂的回憶。

在《就是這裡了》這本小說，他形容：「看到媽媽蒼老的身軀躺在灰色的棺木裡。」他頓時覺得：「灰色，乞丐的顏色」。我被這顏色與語意震懾住。麥考特說他第一次哭不出來，寧願認為媽媽一生受過太多的苦，如今當然是和早夭的三個孩子團聚了。

不是每個孩子都能在安枕無憂的環境下長大。窮困的環境下，也有些孩子能自創快樂的遊戲方式，那與天性，或父母的觀念互為影響。而某些孩子在不虞匱乏的環境下長大，未必快樂。這些……都與精神環境有關。童年快樂，較易建立自信、安全感、勇氣，甚至是助人的力量。產生正能量感染別人，遇到挫折也較有承受力。

勇氣、憤怒、愛、怨、憂、懼……種種的情緒元素，哪一種的影響力較大？似乎沒有定數。善念，是關鍵的力量，能夠無怨無悔地執行，即時是失敗了，也能接受失敗的事實。

《魔戒》裡的哈比人，單純地如孩子。他們為了讓別人，也為了讓世界更好，可以遠征到黑暗世界，也努力克服恐懼心。《火影忍者》（*NARUTO -ナルト-*）的鳴人是孤兒，他在一個有著相仿年紀的團隊裡長大。出任務時，他最具堅持力，某一集的電影裡讓他如同哈利・波特（Harry Potter）看到爸媽。雖然鳴人當時身處的世界是個假象，他必須思考清楚：他要活在假象裡繼續擁有爸媽的愛？還是活在現實世界裡，把珍愛父母的心放在回憶裡，領會過就好？

被譽為美國當代很重要的作家戈馬克・麥卡錫（Cormac McCarthy），在他的小說《長路》（*The Road*，被改編為電影《末路浩劫》）深沉地提出人性在惡劣的環境下，是否該繼續依憑過去的信念？末日下的一對父子艱困地面對未知。一向慈愛的爸爸在壓力下大聲說：「你不是承擔憂慮的人。」乖巧的兒子生氣地吼：「我也是。」爸爸驚訝地問：「什麼？」兒子回答：「我也是承擔憂慮的人呀。」這一段對話，將父子的生存焦慮、害怕失去對方的情緒點迸發而出，令人心疼孩子的心事。而爸爸在橋上，取出皮夾，把珍放在皮夾裡太太的照片，扔掉。繼而將婚戒取下，放在地面一條白線上。**難捨牽繫的情緣象徵告別，告別，又屬靈性的依存。那條白線，也可想像成是繫在氣球上的棉線。何時放手、何時任其向天際揚飛、何時欣賞其落地如葉。**

想起來了！年長後，曾與妹妹憶及那只在陽明山飛空的氣球，她笑著說：「姊，妳真是笨呀！」祝願：曾繫住妹妹的線，全——無影——無蹤——了。

時間的色盤

色彩是否對應出自己的心所流動的情感溫度？關於色彩，我有些困惑，更有些執著的喜好。二〇一八年農曆年前後氣溫差異極大，時而像夏季豔陽熾烈；時而又真回到冬季寒風冷冽。假想著大地中的草樹與花果亂了時序，不知該幾時現身與地球打招呼。

一向嗜愛黑與白色。黑色衣物予我自在與安心的效果，有股大方與神祕的特質。黑，像一種磁吸力，引向神祕的特殊地，又可把自己隱身起來，保護著。據說，黑色是宇宙的底色。唐朝詩人韋應物的詩有這句：「青蒼猶可濯，黑色不可移。」白色是基本光，包含光譜中所有顏色光的顏色。因此，所有顏色都可由它來調節吧。想起杜甫的「多事紅花映白花」，會是花世界齊鳴的溫度？白色，與黑色的色調完全相反，我酷愛相反的特性吧，具有亮潔與返璞歸真的清淨感。

接著是喜愛藍、綠、灰的顏色。可深可淺可濃烈可淡柔。在我眼裡，猶如天地的自然色調。淡雅清嫩如天的藍、深沉靜謐如海的藍；清麗鮮活如葉的綠、墨色深厚如地的綠；**灰色在我心裡無論是深灰淺灰白灰黑灰，都具有冷靜淡定看世界的中性特質。**

比較排斥鮮麗如紅色粉紅色黃色，好似與好運道、活力、富貴劃清界線。這些顏色若是穿在我身上，會不自禁地感到侷促與不自在或窘迫。但是，在二〇一八年年初，紅，一直與我保持聯繫，粉紅、桃紅紛紛映現，更有對於「紅」與「黃」的記憶。

對於居住處的執拗認定，十幾年來堅持不擁有電視機、不蓋被子。無論夏季冬季，睡覺時一律身蓋棉質的被套，裡頭沒有棉被。幾名知情的朋友要帶我去買棉被，我拒絕。媽媽曾在年前趁百貨公司的特價邀我去買高檔的整套棉被，我驚詫著何須如此辛苦排隊買名牌？以為是媽媽要添新貨，原來是她堅持要我擁有，也便於她到我住處暫歇時有她喜歡的被子。但是啊，媽媽才來住過一晚。記得當時買了這一項新品後，媽媽與我像是彼此怒目相視的動物，卻又隱忍著即將爆發的情緒。而今想來，都是不擅於表達情感，讓本該屬於溫暖的關懷之意轉為不知所措。我依然寧可在冬季像支冰柱，之後把那套被子送給正需要的親戚。

時間的色盤轉動著，是因緣吧，性格熱情且體貼的宜，在一場所聽到我長年沒被子，把她剛請朋友自韓國買回的新被子，還沒拆封哩，她本來是要買給自己，卻大方地贈予我。展開新被子，是灰色帶粉紅邊的粉嫩色系，觸感溫柔輕暖。乍看粉紅與灰白繽紛如小花朵的圖樣，讓我些微害羞，很不像我大剌剌的個性。第一夜睡得超級暖，不得不笑嘆自己始終是個大笨蛋，不知如何養身。被子的質感柔美得令我每天睡到天荒地老仍不願起身，像是置入天地粉嫩有著片片花瓣與雲朵包覆的世界裡。每回接觸這條新被子就讓我湧起李白「飛在青雲端」裡的幸福感，亦是感恩。

年假前，阿姨送給我一件來自東歐的桃紅色夾克，這樣的色彩我不敢穿出門，在寒流來襲下，套上，暖呀，尤其是人情味濃厚溫馨。這件成了我起床後的寶貝。

再就是情人節前一晚與好友吃法式料理又逛街購物。不缺外套，卻在那一夜，難得為自己買件輕薄短、披風式具現代感與古典感的深粉紅色外套。在長鏡下展身，光線與其融合成春天的顏色。也許是不悔歲月的執念與永世（如果這想法成立的話）廣義的愛，在情人節小年夜與年初二，我大意地丟失兩項飾品。小年夜將盡之時，才猛然發現媽媽留給我的寬邊鑽戒本來是戴在手指上的，卻不見了！那只戒指薄扁具造型流線感，有其創意上的意義，更有媽媽戴過的溫度。我愛那造型，更難忘於那是來自媽媽。

年初二晚餐餐前自拍後，下意識輕觸左耳，玉石長耳環不見了，那是來自好友媽媽送給她的紀念品，再一次，我丟失屬於「媽媽」的物品。右耳的銀色彎月耳環還在。我喜歡在兩耳上配戴不同樣式的耳環。曾掉過無數的飾品如項鍊手鍊耳環手錶、墨鏡、披肩、圍巾、外套。這些是身外物，但某些物件是屬於「故事」。故事還有個大紅色與大黃色的童年記憶：

在我幼稚園時期，爸爸在我課後接我返家前，帶我到專櫃買外套，那款外套有紅色與黃色。幼童大約都喜歡紅色吧，我挑了紅色，欣喜地與爸爸回家。第二天，收到爸爸獨自去買給我的禮物，正是前一天買的同款外套，是黃色。於是，我擁有兩件同款的新外套，一紅一黃。多年後，我猜，是爸爸不喜歡紅色吧，寧可多買一件給我。他不批評也不勸退我的選擇，而是寧可「多買」一件。

不記得哪時改變對色彩的偏執，只愛深沉的顏色，害怕亮麗的色彩。直到「圖像製作」課幾堂畫畫的作業，我懼怕畫畫，卻因塗鴉的色彩，讓我發現：我的內心是豐富與鮮活、歡樂與開放的溫暖世界。

我丟失了什麼嗎？該丟的，隨風隨水流去；該留的，總還是在身邊在心底在腦裡安住，顏色告訴我：這些顏色都是我，也都是保護我的星空。

在摩天輪上看心念

時間可以當成色盤看一生的變化，〈時間的色盤〉引起不少人和我談他們與色彩的經驗。近期因為空汙嚴重，灰濛的天色、乾燥的空氣，可以令人感受到被灰雜的氣體包圍，只能快步走，走出這團灰，即使回到家了，仍可感覺那股氣體還在，如同不散的，還無法蒸發的氣體包覆、纏繞著相關的人與景物。於是，我冒出個想法：時間是色盤，心念如轉輪。

美麗華摩天輪開幕已十幾年，我卻直到二〇一七年才在白天登上摩天輪。也是機緣巧合，於看電影後順道搭了摩天輪，俯瞰周遭建築物與馬路，當它置於城市中，抬頭往上看，稍顯突兀；而真搭上摩天輪，坐在車廂內，隨著車廂上上下下慢悠悠地轉動，絕非遊樂場的雲霄飛車那般的刺激，比較像是輕吊於小小的空中，等待，等待轉輪一格一格地換切。速度的進行感雖慢，卻來不及思索，車廂已下降，得下車廂了。

如果說，轉輪上可以當作人的一生，當成運行的星星或太陽月亮，或某個行星，到底要轉幾次？或是可以轉換星球？自轉是面對自己的心，看到自己每一次轉動所看到的內在風景。公轉是將自己投入環境，接觸想關心想參與的事物。

而在貓空或是九族文化村所搭乘的纜車，就著山景，似乎連空氣裡的精靈都向你我招呼著。纜車是從這一頭到那一頭，穿越，而非摩天輪的圓形轉動。相似處都在於以可以乘載重力的鋼索連結機械。當觀景的人被置放於高空中，將自己與世界與城市保持一個距離，是不是更可以看到自己的心？可以看到自己對世界的感恩與珍惜？

童少年時期在兒童樂園，我最喜歡乘坐的是咖啡杯和旋轉木馬，一圈圈地轉動，一圈圈地迴旋，現在想來，不過就是從「這」一點又回到「這」一點，接近於不斷地自轉，自以為轉出世界，轉到一個飛越的世界，其實，都只是停在原點。停在原點者，猶如嘮叨與好辯者，喋喋不休地與人對抗，就是抗爭不了世界運轉的事實。翻書時，被當下看到的字句吸引：「**出於害怕親密，害怕打開或交出自己，所以逃避任何緊密的關係……。**」緊裹的內心如同果核，堅硬的殼是裝飾，也是壁壘，是逃避與外在過度的互動。繼之，腦袋出現陀螺，陀螺被拋丟出，拋得遠且力道夠勁有技巧，陀螺轉得很興奮也快速，即使戛然停止，也如優雅的表演者，舞蹈悠轉，漸停；拋得踉蹌，陀螺蹦地落地，迅即咚咚咚，像是嘆口大氣似地止歇。

止歇，把止歇想像成一個頓號？還是句號？驚嘆號？或是如拳擊手，被打趴了，是喊停前的掙扎，然後認敗？或是在裁判數算的秒數到達前起身再戰？

曾有朋友要我選張圖，不知是巧合？還是注定？還是心呼喚出心，是「愚人」的圖案。我開心地說：「很像我」。不知天高天厚，且能兀自地開心，即使走向險境，多也能化險為夷吧。保持赤子的初衷一直是我不想失去的質地。朋友告訴我，可以以圖像排列人生的走向。她向我展示這些故事裡的圖，真是有趣，也很合理。她再問我生日：「6月13日」，我看到的圖非常美，也帶點詭異。在西方，人們不喜歡13這數字。且又有齣知名的恐怖片叫《13號星期五》（*Friday the 13th*）。面對13號，很多人避談星期五。5，具有衝突、挫敗，或是內心的渴求。6在希臘神話裡是雙子座，代表了兄弟姊妹、戀人、雙生子，也是和解之意，受到天使的祝福，具有太陽的金色能量、神祕的紫色能量，還有果樹與蛇，大地開始隆起繁衍。13，是死神一手舉著旗幟、騎著白馬，他帶來的必是死亡訊息？依然有神祕的紫色能量，細看死神的馬鞍馬轡馬鬃，甚至是死神的衣飾都帶輕淡的紫色，還有河域上整片的紫，連結著綠草與藍水，土地還沒灰敗，天色依舊藍。

望著圖面，我嘗試以直覺說故事：雙子與生具有理解他人的能力，理性的思維與感性的心情讓自己偶爾陷入天人交戰，此時，必須讓自己閉目沉思，凝神、再凝神，如同乘坐摩天輪，運轉心念時，讓這旋轉輪轉呀轉，看風景看內心，就只是看著，不介入混亂的思緒裡，只要靜觀，自會跑出已儲蘊的能量化為戰鬥力，這戰鬥力不是競爭或鬥爭，而是平和的定心狀態。讓自己擁有被祝福與重生的願力，因此，我從愚人，進入為魔術師（魔法師），去創造……。創造什麼呢？

去創造去尋找屬於自己的核心價值。心理學教育家卡蘿・皮爾森（Carol Pearson）在《內在英雄》（*The Hero Within*）分析的原型人物裡，提到魔法師必須踏上自己的旅程，才能活出既人性又和平的世界。當你動手做的時候，你的世界就改變了——好似著了魔法一般。

是眼神，讓你我走入光暈

月
凝視貓
花
擁抱貓
我
看向你
紫說話了

All the Love for You.

時光漫漫、慢慢幽幽、幽幽慢慢，如貓匍匐緩進，也似貓踮起腳尖專心一意地諦聽凝視。貓與月，看到了嗎？當天忙得很有意義，上午，老師給我們看圖片，由圖片再發想自己所見所思，以筆寫下感受的處境。我選擇了構圖較簡的藍色大海、藍色晴空、沙灘上無人的腳印、兩旁是褐色的景物，更顯得通往大海的門開啟，走向寬廣處，卻夾雜了屬於過去式的心事。繼之是老師以繪本的圖讓我們看圖寫詩，有了圖，有助於構思文字，真是有趣的課程。下午隨老師去歷史博物館參觀「童・樂」插畫展。二〇一八年是岩崎知弘（いわさきちひろ）冥誕一百歲。生命的延續在於能彰顯愛與藝術的精神，岩崎知弘的兒子松本猛做到了對於媽媽的愛與畫作的傳揚。

傍晚與好友吃喝著甜美的餐點，無論是坐在戶外忍著寒風——**絲絲的微微的入侵皮膚**——或是移到溫暖的室內伴隨著客滿的座位，餐點依然散發出誘人的香甜。若不是要去看安德魯・洛伊・韋伯（Andrew Lloyd Webber）的知名《貓》（*Cats*）劇，怎捨得與好友的談興中斷哩，趕搭計程車時，是風嗎？被推入一輛顯得躁動的車上，不安與可能出錯的感覺冒上心頭。果然，司機把我載到大安運動中心，硬是說：「這裡就是臺灣大學體育館，妳走進去就對啦。」眼見大大的招牌，只有一個字一樣——「大」——。在焦急時間的喀拉聲與必須擺脫更大的灰敗前，只得下車。

當晚是我第二次來到臺灣大學體育館。本不預期看到幾年前我在紐約百老匯劇院所看到的《貓》劇效果，只想再次擁抱讀《貓》的撼動、只想記憶幾年前在臺灣大學體育館觀看別場活動所看到的那雙「眼」。眼，絕非泛泛所稱的「靈魂之窗」而已，那是更深的，比靈魂比心念傳達更為不可言說的狀態。就在這同樣的體育館場地，我環視過往的演出，勇敢地走過那道曾有的足跡；勇敢地望向舞臺上方；勇敢地讓當年的畫面進入：散場時，我觀看臺上的表演者互相祝福與擁抱。散場了，舞臺上的人還沒散。幾度，我本欲悄悄地離席，起身又坐下，遠觀、靜觀，如同翻開一本圖畫書，翻到最後一頁是該闔上書本？還是繼續回味？舞臺上的主角等待人潮漸漸散去後，舉起手擋住舞臺的光，將兩眼聚焦，以雷達般的速率尋覓尋覓，終於，**那雙眼盯住一處，直線地收攏這道光，形成一注光圈攏住我**。在此，給主角一個暱稱吧，就稱之為「雷神」，不是索爾雷神（Thor），而是具有知性與感性的才氣雷神。我知道雷神見到我了，我的票正是雷神送的。雷神走向我，我們突然靦腆地打招呼，輕輕地漫談著。我撿起身旁座位的彩帶，亮盈盈。彩帶存放多年依然潔亮、亮晃晃地從燦陽的光轉化為舞臺的光，再轉化為同年月圓時的那圈橙黃光暈。

雷神，你見到了吧，此時陸續有幾隻貓經過我身旁，三隻貓與我握手，第一隻貓是《貓》劇主角老戒律伯（Old Deuteronomy），看著他碩大高壯、毛茸茸的貓身從黑夜中走過來，行經我座位處。你見到了吧！你曾在任何演出《貓》劇的城市間看過貓嗎？你會怎麼形容這齣經典的歌舞劇呢？你見到我這幾年是怎麼度過？你當然知道！你見到我偶爾架空自己如騰雲般地走著鋼索、你知道我多勇敢又多脆弱，脆弱得只能以堅甲裝備武裝自己，不能成為《變形金剛》（*Transformers*）裡瞬間的組裝變化，迴旋踢，強悍得無與倫比；不能成為瀟脫豪邁又柔情的《鋼鐵人》（*Iron Man*）東尼・史塔克（Tony Stark）；你見到我或許可以成為《環太平洋2》（*Pacific Rim 2: Uprising*）的駕駛員，但得很辛苦地發動機器，以全身力氣向前邁進。你見到了我的喜怒無常、你見到我好不容易駕駛光年的機器邁進新紀元，卻又栽入自己的喜怒無常。你來告訴我：是太陽能量，還是月亮能量支配了我，讓我漂浮於星際？

我想再度看到：紐約百老匯的貓們令人驚喜地從走道邊一隻一隻匍匐滑行過，貓們的眼珠子如精美的彈珠、如各色晶亮的寶石，散發著彩色光暈，亮晃晃地爬行而過。無論是老貓、年輕貓、搖滾貓、海盜貓、美麗貓、哀傷貓、騰空貓、長老貓……。貓們各有各的故事，最感動人心的經典歌曲是〈回憶〉（Memory），其中一句很撼動我的歌詞是：「月亮也失去記憶」。

但是呀，我堅信記憶會存放在月亮裡，只等待可以展現光芒時，就像是貓們的燦亮亮眼睛。即使在臺大體育館無法感受《貓》真正的精華：包括比百老匯高價位的票，卻無法享受百老匯劇院的近景觀看效果；包括出場的貓，無法依原《貓》劇的表現方式；包括對於座位的排列，多人憤慨抱怨得站著看；地板晃動；現場像馬戲團；女洗手間壞掉，到處是水患……。所幸，終究被歌舞感動著。當大家欣賞著貓們，大概只有我常往身後背影處觀看一小小的螢幕，看著螢幕上唯一的人，認真地展演符號所建構的世界。

雷神，你就在這，臺上臺下有你我無可取代的記憶，記憶最深的都在「眼神」。悄悄告訴你，我得學習貓的展姿，拱起背脊、昂然氣定地行走，甚至是跳躍，試著傳揚你的神采。這回，換我呼喚你，以眼神告訴你，這世界不會黑暗、不會只有月亮，永遠有晶亮的光彩伴隨，那是你也是我。

水與陽光在窗景間，流竄

每年一次社區大樓總有清洗外牆的服務項目，每戶將衣物收起、窗門緊閉，甚至打開外窗，讓水柱可以一併清刷玻璃落地窗門。水，嘩啦啦，隨著吊型平臺上的人升起與降落。一把刷洗工具、一具水機器，特殊噴劑與白色泡沫狀，形似棉花的一團洗劑輕貼在玻璃上，一瞬間，透明亮潔，滴墜著水珠，圓圓地滾動又長長地滑落。想起小朝與他的夥伴因為喜愛攀岩，而懂得登上高空的技巧，不需這些升降的平臺。小朝說，他們身上的兩條繩索更安全。我猜，是輕盈與便利吧，如動作片裡的高空飛人。

記憶城市、記憶住所，至少可以有幾種視角：回顧過往，或是當下平視、仰視、俯視，以及夢中所見。目前所居住的大樓，彼此近距離的棟距，參差交疊著不同角度的窗景，毫無美感，令人產生隱私空間的保護意識。但偶爾能產生遠視或近觀的驚喜發現。

例如：斜對角的大樓，某戶的寬敞陽臺歷經幾年的植栽，樹已爬上將近三層樓高，瓜藤草葉攀在設計過的動線，形成一道道的天然綠景遮蔽物。某日早晨，我見到一個身影行走在那道寬大的陽臺上澆花。當下欣羨無比！想像著，這戶人家，可以在此乘涼休閒，那些植物將煩囂的城市空間收納為另一天地。

例如：對角的一戶半圓形獨棟四層樓的房子，終年終日緊閉窗簾，某日深夜，那棟屋子揭開窗簾探出祖孫三人，夜燈照亮他們的面孔與屋內部分的陳設。當下，我看得深覺有趣，像是森林裡躲藏的小屋終於打開天窗，隱藏的角色走到現實世界。再例如，緊貼我最明亮的窗，是隔壁的陌生鄰居。這一戶始終換著居住者，偶爾耳聞聲響從窗戶傳輸，僅一次見到移工一邊烹煮食物，一邊看著冰箱上擱著的一臺小電視，電視畫面也是另一層的視覺饗宴。

走出大樓，白天在狹小的三角岔口路面仰視帷幕式高樓，巨聳如天物；傍晚映著餘輝，極具科技感，銀灰色調，連結天邊，好似電影《全面啟動》（*Inception*）的景觀；晚間它依然高聳，只是被另一頭更高的建築物所點亮的燈光淹沒，讓人忘記身邊這棟巨樓。

我喜歡晚餐後邊逛邊看著各種建築物，它們各自述說著屬於它們與人類使用者的關係，各自散發風格。有座建築物企圖建設得具有藝術感，可惜廊道太窄、公共燈管冰冷、窗戶窄長，卻依然獨具其氣勢。可怪哩，至今沒看過任何人進出，戶與戶、窗與窗之間，僅有大樓外燈，瞧不見內室的燈。因此，我將之喚為《美女與野獸》（*La Belle et la Bête*）的宅邸。那是位於都市熱鬧區段，旁邊有座人潮不少的社區小公園。當我坐在公園內，望著一排排矗立的燈座，多像《美女與野獸》裡的燭臺。心想：這些景物有天會甦醒嗎？我可以按按門鈴、敲敲門環當作是冒險之旅嗎？來開啟那道大門者，會是《魔戒》裡，佛羅多（Frodo Baggins）的叔叔比爾博（Bilbo Baggins），佛羅多也在一旁。自從他們與精靈到港口搭大船離開原有的世界，至今返回的地方不是夏爾（Shire），而是此地嗎？把《美女與野獸》置換為《魔戒》，充滿更多的危險，卻也可能帶來屬於哈比人的純淨園地。

這座魔幻的城堡大樓，一旁是一棟雙拼的七層樓電梯華廈。一樓的其中一戶是餐廳、另外一戶是洗車坊，專洗極為奢華的進口跑車，跑車們被安置於店內或店外，一輛輛發亮地讓人驚詫哪來的這些車子。我卻無法將這些跑車聯想為《變形金剛》裡帥氣十足，疊疊疊轉轉轉地化身為巨大的人型車。真實世界的跑車反而少了生命力與故事性，它們是被刷洗打蠟的高價車，座椅舒適、音響炫耳。

最早演出《變形金剛》的主角西亞・李畢福（Shia LaBeouf），可以幸福地擁有博派汽車人領袖柯博文（Optimus Prime），當他駕著車，他倆是最佳好友，也共同歷經了科幻世界。對於演員而言，飾演高票房的娛樂角色，是商業跳板。但是作為演員，挑戰不同的角色，不在乎戲分與利益，更是內在的呼喚吧。他在多段式的電影《紐約・我愛你》（*New York, I Love You*），為了詮釋他在片中的角色，最讓我難忘的不只是他歪斜身子、行走困難的走姿，而是雙眼的神色，滿溢巨大的憂鬱，像是溺人於汪洋的藍海。光這股眼神，足以讓他成為「演員」，而不只是閃耀一時的電影明星。還記得那段的影片是亮潔的陽光穿透房間的白色窗簾，他慢慢走到陽臺時，身影猶如扭轉，將記憶與往事飄捲輕裹於時光隧道。

我喜歡白色窗簾，媽媽害怕我把房子弄成一片白或是一片黑，反對我使用白窗簾，於是，我使用蘋果綠透明紗簾與蘋果綠不透光布簾。平日很少拉上窗簾，但當外牆有人清洗時，我得事前輕輕悄悄拉上窗簾。又當陽光美得讓人想陶醉於雲間時，我把透明紗簾拉上，隱約地遮住落地玻璃窗，顯影出青翠的世界，那又是不同於李畢福在《紐約‧我愛你》的白窗簾。但，我多麼難忘於他在片中的那幕畫面。

此時，我站到最明亮的那片小窗邊觀望洗好的小窗，玻璃潔淨地將斜對角那戶辛勤耕耘的綠色植物，勾勒得更鮮明。接著，想下樓看看《全面啟動》、《美女與野獸》、《魔戒》的大樓。對他們說謝謝你們滋養了我的想像力。幸好，大樓嘩啦啦清洗外牆時，不像淚，倒是有風，風傳來一首歌，傳達愛會以某種程度、某種方式存在。

天空與海的對話

我
飛躍
揚起
落下
月
圓圓
水
彎彎

當風喚醒樹梢的葉子搖呀搖，我的頭也跟著輕輕晃起、身子似乎也如鳥翼展翅飛向樹枝，找到原本屬於我的巢穴、屬於我在天空輕舞的彩紙。當我展翅滑過之處，隨著我的心念與環境本身揉合為適合的色澤。

臺北市地標一〇一，一週七天，隨著週日為始至週末，分別在夜晚點亮紅橙黃綠藍靛紫。看著當晚亮起的顏色，即使忘記身處週幾，只要在手指頭或心版上數著七種色彩，就可瞭然。傍晚起，天空真美，雲層進行著日與夜的交班，雲朵的變換是多層次的，且幾乎每秒置換著，一層又一層。一至夜晚，一〇一點上燈，一層層同色的燈光亮起，每晚的色澤感隨著雲層與氣溫，形成不同的「亮點」。從前，並不喜歡這建築物，感覺很突兀，燈光也未必吸引我，但多回以手機拍攝任何一角可以拍攝得到一〇一的夜景時，幾乎震懾到我的視覺感受，繼之是心靈感受，再又之是陷入手機中的景緻，如詩如畫如風景明信片。於是，抬頭；於是，舉起手機；於是，凝視；於是，驚嘆；於是，沉醉。**這些動作都是我，隨之，我的腳步變得更輕盈，步與步如快速的飛天梯，往上滑。步與步之間，不再是節奏關係，而是時空的微妙融入。**

鳥，喜歡鳴叫。我只有對能談得來的人嘰嘰咕咕地談，談興可以很濃，也可以無語地以心傳言。某些鸚鵡會說話，爸爸家有兩隻鸚鵡，名叫小乖乖與小甜甜。其中一隻很活潑、愛說話、愛觀察人、愛與人互動，小眼珠子咕嚕嚕地看著人。爸爸不在以後，牠倆的下落呢？習慣日後的生活嗎？

多數鳥類的羽毛鮮麗多姿，絲綢緞帶似地惹人遐思。哎呀，這下，才思索著：貓頭鷹也是鳥類，曾看過鄰居在陽臺院落養了一隻貓頭鷹，縛著貓頭鷹於鳥類的角架上。貓頭鷹有個方方大大的頭、好大好大的眼瞳，在漆黑裡，見著牠，會嚇一跳吧。之後，我卻無法不被貓頭鷹吸引。黃春明有篇極富創見的小說〈貓頭鷹vs.鷹頭貓〉，多麼豐富的寓含。聽黃春明老師聊天時，親自唸起這篇小說，更好聽哩！而小熊維尼故事裡，在他們居住的森林，被喻為最博學的是貓頭鷹。

這是夜的聯想，再來談蝙蝠，黑色，也是大眼睛，夜間飛行，只在白天倒掛著睡覺。蝙蝠不是鳥類，是哺乳類動物，唯一會飛的哺乳動物。多數人看到蝙蝠會怕吧，牠們喜居潮溼陰暗處，於是，吸血鬼形似蝙蝠。憶起少年時，我家冷氣有異狀怪聲，是蝙蝠！不知媽媽哪來的勇氣，徒手抓住躲在冷氣機裡的蝙蝠，繼之，放生，讓蝙蝠外飛而去。倒是，蝙蝠怎會住進冷氣機的防塵網呢？一直是個謎！而我最喜歡的蝙蝠是DC漫畫改編為電影的「蝙蝠俠」（Batman）。他出生富貴，童年親眼目睹爸媽被害，於是，他成為他居住的罪惡之城的正義之士。居住在洞穴中研發各種機關，在夜裡打擊罪犯。飾演過蝙蝠俠的演員裡，我很喜歡的是克里斯汀・貝爾，他具有憂鬱、孤冷、神祕的氣質。而更具神祕感，不易親近，又展現極大魅力，即使年歲日增了、即使背稍駝了，依舊耀眼的是丹尼爾・戴・路易斯（Daniel Day-Lewis）。他是我心目中可以演陰暗角色，陰暗並不代表是負面或是陰險，而是難以猜解（可不是拆解喔）的人物，永遠有著鷹一樣銳利的眼神。

老鷹，看來「很不美」，卻是鳥類裡，我最為喜歡的。飛得高遠，飛降而下獵物的姿態快速且犀利精準。曾看到一隻保育類的鷹，據附近的居民說，牠常出現哩。牠現在還在嗎？還好嗎？在城市生活辛苦嗎？看過一部外國紀錄片，以大約二十年時間記錄一隻老鷹，忘了牠的鷹族系名。牠住在紐約中央公園附近的豪宅頂樓住家，不喜歡住在森林或公園裡。牠建立了家庭，愛妻愛子，妻去世後，牠很傷心。之後，再建立與守護家庭。鷹，神祕嗎？喜歡孤立嗎？人類觀察鷹；鷹也同時觀察人。鷹的家發生變局；參與的拍攝者與被拍攝的相關人物，在這麼長年中，各有流變的故事，也發生動人的故事。

天空可以晴空萬里，也可以呼風喚雨降下冰雹。若從天空一瞬間降到海呢？大海深沉靜謐，也凶險吧。德國導演文・溫德斯（Wim Wenders）的作品一向很吸引我，最新作品《當愛未成往事》（*Submergence*）的男女主角都是那麼優秀的演員，在影片的愛情敘事上雖呈現了些細節，卻少了更為微妙的火花。倒是，對海有了很深、很迷人的描述，例如：深海有幾層、深海為何不能進行光合作用。海，會讓人更恐懼？還是可以進入思念裡的聚合？

既然我喜歡鷹，為何我不是鷹？鷹愛吃肉，而我不愛吃肉呀，所以，我終究不是鷹。於是，我想像有隻鷹，揚開大翅膀，信心昂揚、美麗優雅地飛，輕盈地在海面跳舞，海，綻放比一〇一更為燦爛的色澤。**就在此時，我轉化為鷹，是愛吃蔬菜的鷹。蔬菜也可以展開多種美麗的顏色，但是，我會不會惹得蔬菜哭泣？**再於此時，我見到了海中月，與天上的月，一樣嗎？

這是祕密！

注：DC英雄漫畫迷所矚目的最新版，年輕版《蝙蝠俠》（*The Batman*）由羅伯・派汀森（Robert Pattinson）演出，二〇二二年上映。導演麥特・李維斯〔Matt Reeves，我超愛他的前作《猩球崛起：黎明的進擊》（*Dawn of the Planet of the Apes*）、《猩球崛起：終極決戰》（*War for the Planet of the Apes*）〕在蝙蝠俠鏡頭上，給予派汀森不只是陰暗孤獨充滿贖罪心與英雄熱血，不只是頭戴面具，而是賦予他黑眼圈不快樂的臉孔之外，當他洗淨臉，梳整乾淨或是垂髮低著眉眼時，那樣的明淨又具有特殊魅力，尤其他多數只以「眼神」演繹這角色。他常看著月亮。

眼神具有多重力量：一個眼神可以殺人、救人、信任人，甚至是愛上一個人。

此片的重大意義除了是英雄電影，議題還在於父子關係。蝙蝠俠幾度挑釁阿福（Alfred Pennyworth）對他的關心與提醒，總說：「你不是我父親」或是「你是韋恩家族的人嗎？」直到阿福躺在醫院時對蝙蝠俠說：「我只能教你格鬥，無法給你父親。我從你眼中看到恐懼。」蝙蝠俠痛心地說：「我不怕死，但我無法克服恐懼，因為我無法再度失去我在乎的人。」

電影歌曲與配樂很動聽，帶領觀眾進入很獨特的境地。

雲空之旅說故事

月飛升，享受雲空
日穿心，依戀呼吸
雲飄・雲飄・雲飄
融合成一個塔外的
世界

自小就喜歡看教室窗外的天空，光是看雲，就可以發呆上許久許久。外界的聲音無法進入耳裡；瞳孔再也無法看到其他人事物。雲，帶我到哪，我就馳騁到哪，漫無邊界、悠哉晃盪。直到，直到……我迷上：

迷上不常出現的月亮。

月，與雲一樣，住在高高的天上。最先吸引我的是，暈黃或亮白的月光裡，真有一隻兔子做搗藥樣。明知那僅是民間神話故事，仍是那麼地打動我。討厭牛郎與織女只能在七夕一見，人間與天上，注定永隔，卻又情繫。那是什麼樣的「時間」感？討厭嫦娥奔月的故事，讓嫦娥在李商隱的詩裡：「應悔偷靈藥」。這民間故事，讓嫦娥變成只愛長生不老而逃棄愛情。關於玉兔，有個傳說，那是神仙兔子家庭，好心地要陪伴嫦娥。另又有傳說，玉兔其實是后羿為愛而生的化身。月，於是成為神話中的神話，任人平添故事冥想。

在神話裡，太陽原來是十只。後來被后羿射下九只，於焉成為唯一的一只太陽，隸屬於恆星。而太陽與月亮因各自的運轉原理而不可能相會，太陽屬於白日；月亮屬於黑夜。他們像不像牛郎織女呀！但是，月日可以天天相會於一瞬間，不似牛郎織女僅能一年一會。但是，雲層可以創造或改變日月的相會模式。

夏日，第一回與同學們到東部小旅行，熾烈的豔陽，幾乎讓人不能直視天空。這裡的天空美不勝收，藍得猶如深海；不似臺北，總被一大串建築物阻擋雲海。在東部的路上，讓我最享受的就是無論在火車上、計程車上、民宿老闆的車上，我不由自主地將臉頰靠向窗邊，先以雙眼獵奇雲；再將手機貼放於玻璃窗邊猛拍照。雲，樂得像個調皮的孩子，翻滾又騰空，飄來飄去，躲貓貓似地竄來竄去，將天空的布幕延展得更有層次，隨著陽光閃耀的色澤閃現雲朵深淺不一的厚度與色彩。

地球時間的計算法是六十秒為一分鐘。雲，每一秒可變化的形式可不只一種唷，豐富地來不及數算。我想，也許一秒有六十種以上的圖形與故事吧。我沒有傳遞任何心事或心願給雲，僅是癡癡地望著、安靜地享受雲朵的玄奇之美。心，來不及接收所有的訊息；眼瞳，也來不及將每一朵雲的變化攝入腦海。即使是舉起手機拍攝的一瞬間，偶爾遲疑著手機的視窗，是否無形中影響了最美好的瞬間？就像是西恩・潘（Sean Penn）在《白日夢冒險王》（*The Secret Life of Walter Mitty*）所飾演的傑出攝影師所說的：「有時候我選擇不拍攝，因為我只想沉浸在這一刻。」讓最震人心的一瞬間留在眼裡、留在心裡。

是這樣的概念，令我學習將感動的心，凝住，靜心觀賞。隨著車輪或腳步進入雲的世界，不奔逐、不擁有、也不任意傷感，假想自己在雲空間的美好花園，雲呀，朵朵都是獨一的花、獨一的棉花，輕柔香軟。當雲層的氣壓累積到一定程度，下起串串雨或是絲絲雨，線條柔細或是激烈，告訴地上的萬物：「嗨嗨嗨，我來澆水囉！」唯獨對大海而言，這些雨絲是小金魚落入汪洋中。

此際，天空來個頑皮的翻轉，成為海。天與地誰說不可置換？雲天成了海面，雲朵是浪花，說著：「嗨嗨嗨，我來囉！」於是，翻滾，興起與海不同形式的浪花；海，翻空成了天，在高空看著雲浪，說著：「原來呀，住在天上也可以這麼遼闊。看著海，我開始想念海中的生物啦。但，等等再交換回來，我先跟天上的嫦娥與月亮問聲好。」猜猜哩，嫦娥與玉兔會現身嗎？太陽大怒，怎不想看看我呀？

地上的人們紛紛說：「哎唷，誰叫這個夏天這麼酷熱啊！」太陽忽地轉為說起笑話：「夏季是考試季節，我也得烤烤晒晒雲朵呀。他們才能被烤出獨一的顏色。」雲朵迅速飛揚入天，與海交換回身分。打著鼓聲，轟隆隆地！這轟隆聲融入在伊森・霍克（Ethan Hawke）

主演的電影《超時空攔截》（*Predestination*），他跳躍於不同的時空背景下，在星際之旅中，帶著極大的傷感之旅，每個他所追蹤的對象都是他自己，當他看到不同時期的自己，總要帶著由衷的感懷說著：「我想你」、「我好想你」、「我想死你了」。於是，我想像霍克在那部片的種種心情：他與每個自己相遇。

正如雲與雲的片片、朵朵的相遇，是享受、是想念、是追擊，也是依戀彼此的呼吸。在每一個呼吸下，創造下一個故事，當故事遇到「塔」，雷聲一擊，崩落，故事裡的人，倒下來，再於是：新生。

才有那句霍克的臺詞：「歡迎你來到新生命的起點。」在此，也可視之為「啟」點。在循環之旅中，終點與起點，永遠是連結線。內在恐懼讓故事出現月亮，月亮照見了人物的內心狀態。

於是，我從塔中望見那輪月亮，爬升，升上雲空，在月與星為伴的天空下，閃亮著另一個新生的故事。我悄悄地對雲空說、說、說、說……

其實，我什麼話都沒說，而是用心感受。糟糕，此刻，心，跳出來了！

思念是聲音，也是笑容

年說，我來囉，要怎麼對待我？

我回答，年，不是一直都在嗎，與日與分秒同在。

一丁點的小小事物，如一枚枚本不在意的塵灰？積累著，竟愈來愈雜亂，不知從哪著手整理。於是，心，也跟著不安，卻又放任事物的堆疊。某年，不得不以極其快速、不能多思索一秒的速度，清出八成的衣服與九成的書，捐出。把自己所擁有的物件縮疊成最少的狀態。一個「不小心」，讓年跑來跑去，物件又悄悄在更不適合堆放的角落，滋生，很想問問他們：「感覺壅塞嗎？」也許他們相倚著，感到更溫暖；我卻不得不認為虧待他們，沒給出具有美感的位置安放。

朋友給段教導如何收整衣物的影片：得把這些物件全數攤開，看著，再區分出需要的、不需要的。尤其是**看到依然會「怦然心動」的，就是你該保留的物件**。

我思索著，會「怦然心動」的物件必然很少很少吧。那麼，該捨棄的物品會很快清出嗎？哎呀，還是很困難。前幾日執行兩次，僅清理兩小區塊的衣服，雖清出好幾大袋，仍見空間的局限性。牆與箱櫃，大概都要搖頭嘆息吧！我的歸納法，此回很特異，先清理捨棄許多白色衣服。從前最愛黑色衣物，曾被人誤以為是以一身的黑「強調」自己。其實，我只是害羞呀！黑色可以讓我躲藏與隱蔽於自身的世界，甚至是只要穿上黑色衣服，就會讓我感到安心與自信。

為了稍稍戒除對於黑色的偏愛，近年，改以多數時候穿著白色。白色清爽，如冬季、如白色聖誕樹、如雲朵。白，可以添加許多色彩，也可以一逕地白到底。

並非基督徒，但我很喜歡聖誕節的氣氛，曾以體積稍大稍小或稍長稍短的聖誕樹裝置角落，白色聖誕樹就是其中的一款布置。連續多年在陽臺的幾片玻璃窗上，以棉絮黏貼出圖案與文字，平添不少白冷卻又清淨歡喜的氣息。

白色，會令人聯想起蒼白的氣色、無趣的牆壁、清麗的禮服……。吸引我的白色花朵有海芋、不需開得太大朵的百合、還有玫瑰、桔梗、菊花，彷彿立於不受干擾的境地，飄散怡然自得的馨香。但是，最吸引我讚嘆的花是黑色鬱金香。曾在飄雪的紐約行走於一地淺淺的雪，街邊是一排排黑色鬱金香，美得令人輕輕一呼吸，隨即落入如畫的世界。

洛夫有本詩集《雪落無聲》，頁頁行行字字細讀，如雪一般，綿密入遐想的畫面中。其中一篇這兩行詩，讓我怵目驚心：「凡在時間裡埋得很深很深的／都是疑案」。用來呼應「年」，如驚嘆號！再一翻，見到另一首的這三行詩，將顏色與思念鮮活地延展開來：「黃昏正跌跌撞撞下得樓來／今晚，我準備用一屋子的黑／想她」。

顏色，具有驚人的魔力。顏色有聲音嗎？景象有聲音嗎？雪落，真是無聲？於此，想到一部電影劇情：一位很會跳舞的女孩，她的父母都是聾啞者。當夜，下著雪，爸爸與即將遠行的女兒面對落地窗，看著窗景絲絲的下著雪。於是，爸爸很感性地以比劃的手語問女兒：「雪，落下來，有聲音？」這可得很有想像力吧！女兒興奮地與爸爸分享這感受，打開音響，播放一段音樂，拉著爸爸趴在地板感受地面的震動感。爸爸聽不見聲音，但是，可以依著地面的震動感受什麼叫作聲音。於是，萬物，都具有獨特的生命跳動感。日後，父女對於彼此的思念，必然也如某種「聲音」。

年將盡，卻也是新的一年的開啟。從前，總是為自己來段關於過去一年的思索，散散地反省，又散散地激勵自己新一年的期許。懶散既然已成為常態，那麼就隨散自在。心底時時感恩著我所獲得的愛。是那些愛，讓我可以不因黑色而漠然、不因白色而冷然，造就了我後來的衣飾選擇。而黑白中，又讓我多出一項喜愛的顏色，那是灰色，折衷了特殊的色彩質感。

近期連續多日，天空灰撲撲的，空氣不太好，甚至有股滯悶感，雲帶動不了風；風無法吹動雲。而我以思念的方式，帶著爸媽妹妹行在街道，幾乎每一處都可編串曾經與曾經，平凡無奇卻也星星亮亮的故事。經常性地，我壓縮著時間，分秒疾行於馬路，那日，斑馬線亮起紅燈，來不及過馬路，不知哪閃出的意念，將自己轉身、往後、縮退於一株小小弱弱的樹下；又不知哪來的意念，我突然仰頭觀看小樹的葉脈，葉脈引進穿越的陽光，織成各式的圖案，讓我看得發呆。再一瞧，小枝幹結著一顆顆小小圓圓小小圓圓的果子。當下沒鏡子，也沒人站在我面前，我卻真切感受到心的顏色與聲音，清晰地知道自己正舒展了眉心與眼神，我知道我必然難得地露出笑容，在心底謝謝這棵小樹。於是，只要走到這路口，像是一個小小的遊戲，把自己再退回樹的身邊，抬頭仰望樹，看看這棵樹的變化。果子，從淺色變成褐色，猶如青色葡萄變成龍眼。

這棵路邊小樹幾乎與家裡的一只小盆栽相呼應，帶給我生命感。小盆栽在栽種了數月後，偶爾翠綠上揚、偶爾微弱地垂頭。我不習慣與盆景說話，而以眼關注。盆景感受到了吧，葉片從此飽滿厚實，穿揚出不同的莖葉姿態，幾朵葉片伸出窗外，且又新生另株莖葉，每層斜伸小小鮮嫩、狀似上揚兩唇的微笑姿容，我用心聽著，聽著這些微笑的聲音，迎接二〇一九年。

注：這株讓我微笑的小樹，在疫情間，被剷平；偶爾棲息樹梢歡唱的鳥也不見了。這小小的地，建商正在興建新大樓。

在百畝森林遇見美

喜歡看樹，樹身高大青蓊或是俊逸骨感，都有股與天地同行的豪邁感，卻不與天地人爭奪的氣息。他們安靜地參與這個世界，連結宇宙，吐納著最穩實的呼吸，運行。

二〇一九年進入己亥年，以農民曆而言是「土豬」年。豬，總予人圓滾滾的模樣。不知為何，豬與熊，會讓我連結為幾乎同種的形象。況且，豬有多種、熊有多種。牠們雖也可能是攻擊力極強的動物，卻也有圓憨型的外貌。唐三藏故事裡，孫悟空是調皮搗蛋的英雄人物；而豬八戒成為被嘲笑的代表人物，之後又有人顛覆豬八戒的形象，讓豬八戒成為俊俏的公子，但都無法與孫悟空的七十二變相提並論。

我過去寫作多年的《豬八妹》系列青少年小說，原型發想正是來自笑談：豬八戒有個瘦妹妹豬八妹。每經過某家銀行，看著他們推出多年的豬型人物廣告影片，討喜地讓人不禁想與豬歡暢共舞。不禁想像著我所創作的豬八妹角色，如也能這樣跳躍出來該有多好哇！

豬八妹是八年級學生，生性傻愣愣、反應慢幾拍、愛睡覺、對數字毫不敏感，因為她心地善良、愛幻想、愛思考、不與人爭辯，於是富有極佳的人緣。透過她的敘述，她身邊的同學、老師、親友都是一場場絕妙的人生故事。那麼，豬與熊有何相干呢？豬八妹喜愛很多卡通人物，也愛小熊維尼。

《小熊維尼》是英國作家A・A・米恩為兒子羅賓所書寫的故事，羅賓童年的玩具陸續地成為書中的角色。維尼是他最好的朋友，除了維尼，小豬也算是主角哩。米恩說：「我親愛的小豬，這整本書寫的都是你。」雖然讀者都知道，這整本書寫的都是羅賓與維尼，還有維尼與其他動物角色。所以，終極主角是維尼。但是，只有小豬能夠與羅賓去上學。這隻小豬很小，自己住在一間很大的屋子裡。因為小，小到可以放到羅賓的口袋裡，跟著到學校習得一些數學，因此有點聰明哩。書本最後，小豬還被邀到維尼家中住。所以哩，豬與熊、熊與豬的緣分真不淺。

小豬身為維尼的好友，以小小的身軀抵擋大大的恐懼感，跟著維尼繞圈子，繞呀繞，他倆誤以為有怪獸而跟著怪獸的足跡尋覓，呆得不知那是他倆的足跡。雖然小豬仍是因恐懼而無法繼續這「恐怖」的追尋之旅，至少是嘗試陪伴維尼了，且是聰敏地找個藉口離開。所以，小豬一點都不笨，懂得避開危險。而維尼的憨厚與真誠，顯現的是利他的善良之心。他最大的慾望是喝蜂蜜，以兩隻手捧著蜂蜜甕，將大大的前額鑽入甕中認真地吃起來。此時，維尼的世界就是蜂蜜。

蜜蜂採花蜜，熊吃蜂蜜，蜂蜜甜而不膩，是很好的營養品。這樣的營養品可以去除恐懼心嗎？也許是維尼呆，不懂害怕。也或許是維尼嗜吃甜食，甜食可以驅動愉悅感。因此，從沒見過維尼遇事害怕，甚至連一絲驚恐的表情都沒出現。

專研面部表情的心理學家保羅・艾克曼說：「害怕時，血液會流向腿部的大肌肉，準備逃走，但不一定會逃。」我悄想維尼若是喝不到蜂蜜，才會害怕、焦慮、恐慌吧。害怕會使人或動物產生躲藏或逃跑的自發性行為，但也可能什麼都不做。觀察某些動物或昆蟲可以發現，當牠們遇到危險或是還沒確認的事，會先僵住不動，假裝沒被看見；也有些動物先採行咆哮恫嚇的舉動，以嚇阻其他動物或人類往前靠近。而，人類害怕的人事物必然更為複雜也多樣。

伊旺・麥奎格（Ewan McGregor）主演的人與動畫結合的電影《摯友維尼》（*Christopher Robin*），可感受維尼等待羅賓的漫長歲月中的苦澀滋味，所有的動物都躲藏起來了。樹洞，可以把羅賓置換入過去的環境時空裡，找回那份最純粹的童年。劇情雖非來自原著，卻讓《小熊維尼》這本書上的角色與百畝森林躍入銀幕，更是以羅賓長大後的不開心而展開內在探索之旅。

現實世界裡的羅賓與爸媽失和，爸爸為他所寫的故事帶來巨大的名聲與收益，羅賓認為雖是為他所寫，卻不是寫他。世人所知曉的羅賓，停留在書中。這或許是個人的感受問題，對於讀者而言，這麼可愛富有哲理的故事，掀開真實生活，卻藏有某些遺憾與悲傷的元素。這麼說來，人類是最能感受多種情緒的生物。例如：恐懼心。因為恐懼而造成不快樂，也因為種種的其他因素而裹足不前。因此，內在的陰影日深。人，不似維尼與小豬，可以單純地追著不明動物的足跡往前走。

小孩、小動物靠近不明的事物，通常不會有過多的批判，愛心更是單純。當小豬問維尼：「你是如何拼出『愛』呢？」維尼回答：「愛不是用拼的，而是用感覺去感受。」**愛與心，都有個「心」字，三個點，如跳跳跳的足尖起舞蹦出愛，旋轉、起飛、定位與暢遊。**我大約擁有數十種維尼小玩偶、抱枕、吊飾、髮飾、小包、文具、小燈、手帕、被子、杯盤、書……。望著舊式的老憨維尼、稚嫩如嬰孩的維尼、變身的維尼，無不訴說著每一個物件的故事。

維尼不解年歲，但他對羅賓說：「如果你可以活到一百歲，那我想活到一百歲

遇。繪圖：吳孟樵。

少一天，這樣的話，我的一生始終有你的陪伴。」維尼又說：「如果有一天我們無法在一起，請將我放在你心上，我將會在那邊待上一輩子。」童年與玩具的情誼延伸一輩子，絕對是馬克・華伯格（Mark Wahlberg）主演的電影《熊麻吉》（*Ted*）取自《小熊維尼》的創作發想。

對於這麼鍾愛蜂蜜，會持續發呆的維尼而言，友誼可以超越他最愛的食物。因為他說：「沒有朋友，就像是沒有蜂蜜的蜂蜜罐。」我想，維尼必然還懂得「樹」的語言，樹，向上向陽，也向下扎根，樹身甚至可以成為一個家。

我不忍、不忍在樹身刻下痕跡、不忍採下葉片，而是以風傳達樹身不會遮蔽光，而是遇見美。

三月裡的心思

三月，可以想到什麼呢？是詩經的一日不見，如三月兮。

不知為何，從很多年前，我對時間的感受度是每到三月，就開始認為這一年會過得極為快速，因此帶點傷感。但是春夏秋冬四季，各有節氣的表情，我都愛呀！景色不同、溫度不同、衣服的厚度不同、大自然的色彩，甚至於空氣都不同。

代表三月的誕生花是水仙花，水仙是農曆過年春節期間，很多人家必備的花品，代表圓滿，也祈願大發利市。關於水仙，在東方的神話有洛神；在西方的神話有古希臘美少年納西瑟斯（Νάρκισσος）。

過年我沒有買水仙花，倒是特地去花市買了幾小盆盆景與幾束鮮花，還有喜滋滋豔紅的小飾品。就在年初一，我從玻璃窗又看見新生命，結著蛹，其上是另一隻同族類在旁保護著這只蛹。這是非常非常非常小的盆栽，卻長年日日開著花，不曾間斷。花葉一小簇一小簇地擺著各種生動的姿態：左右斜揚或是飄下垂擺。於是，才曾經有小鳥快樂地唱著歌，在此搖晃著，猶如牠的盪鞦韆。

這株盆景生命力旺盛，讓我想起我曾在二〇一七年三月在《人間福報》副刊上發表的〈**妳看到我了嗎，念**〉寫的就是這只盆景。是好友馬克提醒我觀察植物：「妳從葉子會看到土嗎？妳會看到小昆蟲喝露水嗎？」是這樣，讓我從一個小小的世界發現大世界。這只盆景，不只是小鳥來盪鞦韆，二〇一九年竟然還有昆蟲來結蛹。為此，我觀察了好幾天，不僅為此景象拍照，還錄影，是一隻幼蟲在莖葉間微微展翅。幾天後才觀察出，那只蛹正是那隻幼蟲破繭而出，嘗試飛行，之後，飛了。真美的生命景象。於是，時序來到三月。

三月的英文「March」來自古羅馬神話中的戰神：瑪爾斯（Mars）。戰神呀，可以延伸於對志業、對人生所奮鬥的目標的展現。猛然一驚，當我還不知曉瑪爾斯神話，已曾經比擬一位在三月出生的朋友如戰神。這位朋友如水，漾著光芒才華，對志業投入如火的戰鬥力。

如水之人，是不是離土地很遠？如水之人，是不是更像海？生命過程帶著詭譎的波濤。如水之人，彷如處在世界的另一端。也如古代的雅士，悠悠地與世間對談、幽幽地與世間對應，情境如下棋者，**下棋，不是要贏了這局面，而是要有張棋盤作為與世間相聚的因由**。三月其中一天，如水之人邀我聊天吃飯，堅持要我點個蛋糕。原來是如水之人的生日。我無法忘記那一天，月亮好大好圓好亮，甚至離奇地降到我家巷口低矮平房的建築物之間。幸好，當晚有人與我共同目睹這景象，否則真要懷疑這不可置信的美。如水之人聽了我對月亮的描述，樂哈哈說是「偉人的日子」。是這樣的一句話嗎？促使如水之人了結與世間的緣分。

在希臘神話裡，水，是萬物的本質。在愛倫・坡（Edgar Allan Poe）的作品裡，描述水是對死亡遐想的歸宿，水是明亮的，還能展現快樂與悲苦，甚至能吸收苦難。

加斯東・巴什拉（Gaston Bachelard）著作《水與夢——論物質的想像》（*L'eau et les rêves: Essai Sur L'Imagination de la Matiere*）書中，對於水的分析是當孩子脫離父親的雙臂，像投石子一般，被拋進未知裡。巴什拉這樣分析：「事實上，跳入大海，勝過其他任何一種身體的動作，更能復甦那種危險啟蒙的回聲，那種敵對的啟蒙的回聲。這種跳躍是人們能夠體驗到的跳入未知的唯一準確的、合理的形象。並不存在其他跳入『未知中』的實際的跳躍。跳入未知中，就是跳入水中。」這段文字讀起來很拗口，但可想像水的魅力與啟迪。

跳入未知中，就是跳入水中。巴什拉接下來這段思考，將水意象豐富的展現為：

唯有水能保持美而睡去；唯有水能靜止地保持著倒影而死去。水在倒映著忠於偉大的回憶，忠於唯一的映像，它使各種回憶有了生命。

回憶具有生命，就像是流動的活水不死，千江有水千江月。我想像著掬起水中月，月，總有許多故事可傾聽可訴說，原來這正是生命的意義，水，飽含了流變、神祕與美麗。

瞬間，停下來吧，讓我回味你

「停下來吧，瞬間，你是如此美好。」出自歌德（Johann Wolfgang von Goethe）的名著：《浮士德》（*Faust*）。

少年時買了些世界名著，除了《浮士德》，還有但丁（Dante Alighieri）的《神曲》（*Divina Commedia*），更別說引起眾人專研的《紅樓夢》、《三國演義》、《西遊記》、《儒林外史》……。這些大部頭書，我大略只翻一、兩頁，卻把已看過又想看的《水滸傳》列為最愛。我想問問書中的人物，如果人生只有一瞬，會停駐的畫面或聲音是什麼？

四月，春天的最後一個月份，即將與夏天交接，正是大地甦醒時。近日幾盞小盆景各有心事哩，展現著大千世界。有的嬌嫩得難以照顧，莖葉垂下，卻還不至於全然枯萎；有的盡力開出飽滿的綠葉，葉面層層包覆猶如含苞的花；花朵開得慢，像是養精蓄銳地從芽朵中悄悄地、細細地伸展姿容。**有朵黃花，兀自開了幾天，直至今天，竟開了第二朵，依著第一朵花身旁。她們會交換生命訊息嗎？她們開心嗎？**不由得想起媽媽名為「倩」、她的雙胞胎妹妹名為「盼」，倩影美目的名，光燦於她們自身，即使她們都各自經歷辛勞的生活，並不影響她們的美。

小小陽臺上其中一只盆景決心獨自出頭天，愈長愈茁壯的身姿開支引葉成好幾串莖脈。其中一支細莖瘦長得讓我擔心她彎折了腰身，而將此細脈倚靠在窗格間，她好奇心很重吧，直伸著花朵的面容往窗外探看，也向上串揚，以一支莖開出三朵橘色小花，另有兩朵含著苞，即將開花了吧。這三朵相倚的橘色小花，依著陽光的方向，爬升得很快，遠脫離本該在其旁的綠葉。

除了花色多彩之外，我最愛的其實是觀察葉片。每種花的葉片與莖芽都能隨著空間的大小展現各種款擺的樣貌，每個伸展的姿態都像是對你發出一聲聲的吐納。

「小樹只要發青，就會有花果點綴未來的歲月。」

《浮士德》以此形容被點綴的未來歲月。我想著：未來也許是下一秒下一分鐘下一小時，或是第二天第二年，甚至是數年後。偶爾不經意地看到花盆向我展示時間所施予的神奇魔法，我就嘆呼連連！例如最吸引小鳥蝴蝶飛蛾的那面小小窗邊四季開花的盆景，或許是經過某昆蟲的花粉傳播，另一盆毫不相干的盆景也開出一樣的一朵小紅花，僅僅一朵，好似落入鴨群的天鵝，總有天會發現真實的身分？寫此文的當下查看，誤入生命花園的那朵小紅花已無影無蹤。

四月的英文「April」，在此季節，我家附近的道路最常見的是木棉花，紅豔豔，有紅色橘色，一大朵一大朵。當木棉花掉落下來，是很扎實的重量感，不忍讓木棉花被粗心者壓輾，偶爾撿拾落在路邊的木棉花，不自禁地以手掌捧起，彷彿花朵還具有熱騰騰的生命。撿拾不完呀，看著路面，形成點綴的美感。很難想像這樣的路樹，若是在森林裡，樹頂可以超越許多樹，因此又名為「英雄樹」。

四月呀，一日是愚人節，許多人會玩起無傷大雅的玩笑，笑稱：「哎呀，今天是愚人節。」愚人愚己，都是放鬆日子、放鬆心情的方式。四月呀，是個美麗少女Ariel的生日，個性正如四月天爽朗。她的生日停留在、停留在最青春的年歲。可以這麼說嘛——春天，是生命駐足的痕跡——我能對我感到興趣的景緻與生命說，瞬間，你就以瞬間的方式，留下來吧。長留，絕不可能，但是已保存在眼底心底，也在夢裡，經常連續多日夢到他們。忍著剛感冒頭痛咳嗽的體弱感，決心在清明節之前衝上山去看媽她們，從同一層樓轉左走中又轉右，連續探望三位。雖我內心不認為人往生後得住在上頭標示著姓名與年份的小小甕裡與格子裡。但是，尊重大多數人的習俗，恭謹地請她們了無罣礙，成為恆在的美好記憶，不再酸楚痛苦。

過去我在這裡情不自禁地發呆、頹喪、灑淚，都是無聲默默，忍著又忍著，把竄流出的任何最大的感覺壓縮回最底層，擠壓又擠壓，僅留下擦不乾的淚水在臉上。在這裡沒有人會覺得誰怪異，大夥都知道這般的心情。而今年，頭一回，我站在那裡或是坐在那裡沒有雙眼迷濛離散發呆或崩淚。我知道他們隨時出入我夢中，我可以看到形貌、甚至聽到聲音。雖這僅是我個人的思念，但已很滿足。媽媽爸爸分別在我三月旅行時的第一天與回臺後的第一天來與我打招呼，笑咪咪的哩！

已多年不再去探望的朋友位於另個處所的戶外天地，我不拘泥於俗間事，卻是留下諸多訴說不盡的美好，美得不像世間所能描繪的型態。那麼，就都放在心上吧，讓世間的風景與日常生活揮灑出稻穗的金光。

人生不都是黑色或白色或亮麗的彩色，但我擁有記憶、擁有展現生命力的盆景、擁有諸多可愛的卡通飾品、擁有許多人的情感，這些建築成常青的葉脈，溫燦燦地暖人心。

多美好的6月13日

「和別人爭論產生雄辯，和自己爭論產生詩。」

——葉慈（W. B. Yeats, 1865.6.13-1939.1.28）

「我一生都在探索、分析、重建我自己，但現在才了解，在我內心深處，有一泓我永遠都處理不了的淚水。」

——歐文・亞隆（Irvin D. Yalom, 1931.6.13-）

先是喜歡上葉慈的詩，接著是注意到他的生日6月13。依然地，先是喜歡亞隆對於精神的分析以及他出色的小說，接著是注意到他的生日6月13。非常地驚喜！不是我自戀，而是自小非常受困於自己多變與飄忽的心緒，人生走了很長的路程後，像是冥冥中引導的力量，讓我從他們的作品裡感思，不再那麼視自己為「怪物」，因為我的生日也是6月13日。

我注定不是那麼優秀的人，卻以他們為傲，也見著他們的愛與傷懷，尤其是亞隆的作品總有逸出靈魂的悲傷感。即使他是享譽現代的存在主義心理治療名家，在精神治療與學術貢獻上已蔚為大師級，身旁還有他自十五歲起認定為終生相戀的伴侶瑪莉蓮，他的內心恐懼死亡。

亞隆自小喜歡看文學書，尤其是狄更斯（Charles Dickens）的作品是他終生的蒐藏品。熱愛寫作，視之為自我療癒的過程。於是，他以臨床醫學專長以及擅於駕馭情節的功力，寫了幾本以團體的精神治療，或是以哲學家尼采、叔本華（Arthur Schopenhauer）、斯賓諾莎（Baruch de Spinoza）為靈魂人物的小說。也有一系列的精神醫學教科書，如《存在心理治療》（*Existential psychotherapy*）上下冊探討死亡、自由、孤獨、無意義，其中光是死亡即占了一整冊（上冊）。當人生進入他所說的「新老人」階段時，他回顧一生，寫了回憶錄，也明白說了他恐懼死亡。

我們可以想像，當精神治療師長期地傾聽求助者的各種精神困擾與壓力，如何淡化這些人的情緒在自己心上擴大的可能性呢？而求助者所敘述的情境，難免也把自己過去的生命歷程召喚到眼前。他的爸媽是猶太裔俄羅斯人，移民到美國後經營生意不錯的雜貨店，店內與周遭環境髒亂，社區街道的犯罪率高。他曾討厭爸媽，看不慣爸爸無法反駁強勢的媽媽，太依著媽媽。我卻見到了他也許與爸爸有同樣的柔軟情懷，喜歡依戀著太太。只是，父子對於夫妻之道的相處不一樣。人生走到晚年，他開始感謝爸媽。

6是天使數字，也是碳的原子序數，光是以此數字即可產生許多有趣的事物連結。雙子座具有友愛與和諧的精神（源於希臘神話天神宙斯與斯巴達王后達勒所生的一對孿生兄弟情），善於溝通。但面臨13是死神數字，可以正解受到天地支持而重生，也可以翻天覆地的視為黑暗降臨。依此月與此日對照來看，都具有尊貴、慈愛與療癒的力量。

智性很高的L提醒我找出自己的「核心價值」是什麼？

記得我當時立即回答兩個「答案」，且那是我不移的終生信念。L搖搖頭說：「妳再想想」，我說那麼告訴我什麼是核心價值？L說那必須是妳自己想出來。

喜歡閱讀與思考的Jang則視我為魔不解世間事，卻也說我善良單純有正義感，還曾有幾次說我「空洞」、「無大志」、「嚮往死亡」。

「空洞」是極具批判性的嚴厲字眼，我無法理解，納悶空洞的定義是什麼？不可能是跟我談「天文學」，那麼是指沒有宏觀的思維？邏輯性思維需要不斷地訓練，而缺乏邏輯力就是沒思維的人嗎？懂得善用無拘無束的想像力，那番的創造力也許更勝於缺乏同理心的嚴謹架構者。

至於「無大志」，當我在少年時期，即已被哥哥批評過。不記得是什麼事引發他此言，但還記得他的神情帶著失望，嚴肅地說：「妳簡直就是生平無大志」。當時我才十幾歲，怎會想那麼遠？又怎會覺得人生要有大志？即使至今，還是不認為人人得有大志，我只想愜意自在，大志讓心有宏圖者去努力完成。沒想到，多年多年後，Jang是第二個以此評判我的人。

但是，真正懂我的人，不會不知道我的生活歷程是以怎樣的憨人意志撐過來。我走路輕快、思路快速，不在乎的事很多，也不喜歡太努力，生活調性喜歡悠然些。但是，我也曾以火般的毅力完成一些困難度不小的事。我跟Jang說難道我不努力，有多少人可以這樣不懈怠地支撐下去，而我的工作是垃圾嗎？（更何況，垃圾也有其價值性。）

談論「死亡」或「生死觀」的多種書籍像是天性的使命，讓我很有興趣的閱讀。這不代表我嚮往死亡或是Jang說的死亡氣息，而是透過這些書理解生命。

這些凌厲字眼停駐我心沉澱，卻不致於升起暴怒心。叔本華說：「情緒具有遮蔽與歪曲知識的力量。」我虛心思考盲點，再則是無需為自己辯駁，每個人思索的立足點不同，產生的差異性也就不足為怪。若是語言可以形成「力量」，那麼，我得將Jang所說的話反向操作思維，不可被輕率的語言限制住自己。

風象星座的心思極其敏銳，如劍，必可勢如破竹，創建安身立命的個人風格。我「膽敢」在自己生日這個月份談論這些議題，「衷心」地說我當然享受生命，且總是祝福我周遭的人都幸福愉快。即使叔本華說人生「不可能快樂」，但是得儘量無憾。

後記

買了一、兩年的ＤＶＤ《歐文．亞隆的心理療癒》（*Yalom's Cure*），始終沒拆封，直至二〇二二年清明節下午看了這部紀錄片，依然感動於亞隆的真性情。亞隆的小說與傳記，我幾乎每本都看了。（只不過中文版收錄的篇章，在某些書是重複的。）看得津津有味，甚至會笑出聲。只大略能從電影裡看到諮商或團體治療的畫面，卻能從亞隆的書看到更多「畫面」以及「方法」。

很難想像必須很「冷靜」的諮商師可以這麼展現豐沛的情感與「客戶」（病人）互動。他幾本以著名哲學家為背景的小說，寫作「公式」引入兩條支線，在不同的年代裡「進行」「故事」。幾乎可說他在小說的世界裡，更得以展現他自己。他自己也多次說了其實本就最喜歡文學，想當小說家。之後，發現進入醫學領域也可以進行文學。他說他很喜歡的文學家：托爾斯泰（Лев Николаевич Толстой）與杜斯妥也夫斯基（Фёдор Михайлович Достоевский）都是偉大的心理學家。

在亞隆的小說或自傳裡，我很喜歡看到他描述爸媽經營雜貨店的事；喜歡感受他強勢的媽媽看不太懂他的書（因不識字無法閱讀），卻會拿起他的書，聞書；思考他爸爸在他心裡的影響；想像那張他爸媽留下的大紅桌放在他自組家庭的客廳裡。

他的成績優秀，卻老感到「自卑」，覺得自己沒受過好的教育根基。是敏感的天生基因嗎？他長年焦慮，對生命感到深深的焦慮。

他的老師（也是摯友）羅洛・梅是研究焦慮的權威學者（我超愛羅洛・梅的書）。梅本不該太焦慮，卻因與亞隆認識，彼此為對方長期諮商，梅越來越感到焦慮，離世前，亞隆在他身旁陪伴。

當亞隆最深久的愛侶／太太（也是精神最深的伴侶）瑪莉蓮・亞隆（Marilyn Yalom，女性主義作家與歷史學者）先行離世後，我還真為亞隆擔心（可從作品裡發現他們夫妻倆各有專精的學術領域，且都各具魅力，不可能都不為他人動心。但是，他們依然把對方視為最重要的伴侶）。直到亞隆因他倆合寫的書出版已好一陣子，沉澱心緒些，出現在專為中文版讀者的視訊裡公開說話。從他的神情，我看出他更為「走出來」了。焦慮即使是與人生共存，但他必然比以前更為領略如何與焦慮共處與放下。（我們不可因他是諮商師，就覺得他必然得比所有的一般人更沒情緒或某些慾望。）

他自述愛情與婚姻的觀點，提到自己爸媽的，子女的……狀況。從他的小說裡，經常可以看到他的婚姻與愛情生活。很佩服他的「真」，在他其中一本書上的自序裡，他特別喜歡自己這段文字（也是心聲）：

我不喜歡治療戀愛中的病人……我也渴望沉醉的滋味，也許是因為愛情與心理治療並不相容，好的治療師要對抗黑暗，闡明真相，愛情卻需要神祕感，禁不起檢驗，我真厭恨當愛情劊子手。

他的愛情顯然地出現在某些篇章，我非常喜歡〈匈牙利貓靈的詛咒〉。那是迷幻魅惑、神祕神奇，甚至有點危險的際遇。更有趣的是他把自己的生日年月日寫進這篇小說裡。他坦言：「有時我會墜入愛河，或被人追求，這種感覺很棒。」但是，時間都很短，他會跳出來。

晚年，瑪莉蓮看著一份書稿，與他對談男女的慾望與愛情觀點。瑪莉蓮的意思是女性比較能維持長久的感情。亞隆深愛瑪莉蓮，此時態度嚴肅，很認真地說男人並非都如此，這不是性別議題。又繼續嚴肅地說他看過幾十個男人無法放下舊愛。他認為：愛是一種存在方式，是給予而不是迷戀。

他說：「學習，改變，成長，是我畢生的教育過程。所以，了解自己是很重要的。我們都受爸媽影響，一代又一代，我們必須設法打破循環。」而最好的存在是什麼？他說是澈底看清最惡劣的處境。受訪時，他說：「我感到更自由，對事情不感到焦慮。感覺很有創意，對工作更熱情（雖記憶力與體力衰減）。因此他想對年輕人說：以後有更好的日子可期待！

紀錄片的內容都可在書上找到。畫面的大海／海浪聲／亞隆潛水／海底世界／配樂／亞隆喜歡戴著大圓帽／騎腳踏車／他的工作室在樹林裡離家很近……依然讓我看得很有滋味。

他說：「如果我們一年後見，你在這一年能做什麼讓你感覺生命沒有遺憾？」我們可以好好地思考。

化身為魚之後……

當我正要開口說話時，突然意識到自己變成一條魚，只能張著嘴，說不出半個字。

意識之後，才是清醒，察覺這是一場夢境。當下我驚慌？正確說來是驚訝，而沒有驚恐慌亂感。想像著，如果我是魚，會害怕的該是離開水源。以前家裡有個大魚缸，由我餵食飼料。缸裡多數是橘紅色的金魚，某日早上發現地面有隻魚，大概是游著玩著，不小心跳出水面後，終究沒能回到水中。面對此景象，大概是我人生中很大的震撼之一，當時我十幾歲，被這一幕驚得難過許久，記得還掉了淚，不肯再添加金魚，那是不願意再有傷感之情，即使我與牠們未必有很深的情感。

魚會說話？會傳達感情？人類不是魚，無法全然得知。牠們居住在哪裡才會快樂呢？我們也無從得知。但是，我深信從「游」姿可以知道牠們「快不快樂」。那是一隻鴨子帶給我的「啟示」。鴨子與魚們在一處游呀游，這隻鴨子逗趣地躲在牆邊，竄出又竄回。直到我發現鴨子的眼神，才知道牠正在看著我，於是我跟牠玩躲貓貓，牠更起勁地玩起竄出划游兩、三步，又竄回躲在牆邊看我。牠就這麼地來來回回多次，表情淡定又諧趣，眼睛貼近牆看著我。我想著牠是跟魚們玩膩了，突然發現我這陌生的生物。也想著，幸好我不是貓，否則會把一旁的魚們嚇跑。

然而，讓我變成一條魚的夢境裡，當時我想說什麼呢？是被困住的魚？自由的魚？游向哪的魚？化成魚，是體會無法說出口的話？還是根本無法言語？

不語，可以隱藏較多的感覺或情緒。

獲得國際安徒生插畫大獎的繪本書《追夢小黑魚》（*The Little Black Fish*），來自伊朗的童話：小黑魚總想著要離開這條小溪，去看看外面的世界。無論媽媽怎麼勸說，牠決心游出媽媽認定的世界去尋找大海。途中，小黑魚遇到什麼事？牠能到達大海？

這讓我想起我媽媽。媽媽總有很多規定，不准這不准那，原因都在於「保護」，但經常是過度的保護。記得我曾跟媽媽說：「就算我會跌倒，也得讓我體驗呀，才能知道日後可以不跌倒。」想當然耳，媽媽不會同意我這看法。

多年來，我不會把爸爸媽媽的生活情境弄混，很少把他們放進同一個夢境裡。近日卻發現同時夢到爸媽，我與他們同處，聊著要去哪吃飯。接著，我們三人外出，在街上，才一轉瞬，發現爸媽牽著手走路。只是，我忘了他倆是誰先牽誰的手。只記得，夢中的我非常感動，也帶著驚訝與安心的混合感覺。我雙手環抱住媽媽，邊摟邊說：

「我會讓妳每天都感受到幸福。」

這必然是很深很深的情懷：

讓媽媽感受到幸福是件很重要的事。

在夢裡，似乎覺得這該是爸爸對媽媽說的話。我們三人走了很長很長的路，經過些不適合的餐館，於是，我招輛計程車，打算讓爸媽坐後座，當我打開前座車門要進入前座時，赫然發現自己與他人到了階梯很多又很高的劇院排隊。那是劇院改裝而成的戲院，有著寬敞舒適的大座椅，正要看電影哩。爸媽何時退出這個夢？但是，他們一直留在我心底。書寫、做夢……都是與他們相遇的方式。

那麼，夢中我這條魚究竟要說些什麼？當我受委屈或是憤懣時，多數時候我是不擅於開口表達，甚至會隱藏情緒（除非是特定人或特殊狀況）。情緒會決定我們的生活品質，但那不代表我會讓情緒不起伏。

二十世紀心理學家席爾文・湯姆金斯（Silvan Tomkins）是最早提出「情感理論」（Affect Theory）的專家，他以情感的概念來探討情緒，而情緒是激發生活的因素，所有重要的選擇都出自於情緒的激發。

偶爾，我很羨慕有人能夠脫口說出該說的或不該說的話，我總像是被堵住了口。心，把我的口封印，真正該說的溫柔話語沒說、真正的憤怒沒出口，但我總找不到怨怪憤怒心，頂多就是情緒好或是不好。很佩服亞隆這樣的專家名人，勇於揭出自己的恐懼心、厭惡感。這些，我頂多可以化作小說抒發。

某晚與一位老師彼此分享亞隆的作品，這位老師要我對其他人說說亞隆怎麼把自己與媽媽化作夢境做治療（當然不是真的夢，而是亞隆以此作自我療癒）。他和媽媽對話，彼此有抱怨之言，也衷心感謝媽媽。最後，他請媽媽別再到他夢裡。媽媽說：「這『不是』你的夢，這是『我的』夢。」真是非常有意義的觀點：**夢境屬於誰、以及怎麼詮釋**。

我卻很開心在夢裡看到爸爸媽媽。即使媽媽生前很辛苦或脾氣不好，但她在我夢裡，百分之九十九點九九是美好溫柔的模樣，我很珍惜。但是，我多數時候是那條張口不能言說的「魚」。心理學家的研究是：人可以很容易地掩藏表情，但是「聲音」很難於掩飾。湯姆金斯說情緒升起時，會有發出聲音的衝動，且各個情緒有不同的聲音。人雖可嘗試壓抑聲調，但只要一開口說話，就很難不透露內心的情緒。

這麼看來，我即使隱身於夢中，依然處於自我意識很強的狀態，不敢輕露「話語」。那麼，我這條「魚」到底想說什麼？到底，想・說・什麼？

注：瑞士身障哲學家亞歷山大・喬連安（Alexandre Jollien）從斯賓諾莎、尼采、佛洛伊德（Sigmund Freud）……許多人之中獲得寶貴的想法：「自由無法被給予的。自由必須藉由脫離綑綁、隔離我們的疏離與幻想，在此過程中被建構，被發現。」他與法國的貝納・恭朋（Bernard Campan）兩人聯合編導演知名電影《友你才精采》（*Beautiful Minds*）。

以藍色禮敬陳俊朗與李承翰

藍，是色澤
藍，是象徵
藍，是紀念
就在這一夜
藍光，綻放的這一夜，夜空深深祝福

一〇一是臺北市的重要地標，周遭圍繞著繁華，且經常是過度的顯現城市的熱鬧與喧囂，倒是，到了夜，一週七天固定的色彩變化，給予夜定調的氣氛。甚至可以隨著人的心情去詮釋這些色彩——紅橙黃綠藍靛紫——帶給個人的感受。

七月五日夜間，深呼吸地感受無邊無際的惋惜！遺憾沒親眼見到一〇一當夜亮起致敬的字眼，那天是週五，依例是藍色燈，大樓LED燈安上「陳俊朗陳爸／李承翰警員／謝謝您們的愛／愛著這片土地」。他們同在七月四日離世，這片土地不可能不記得他們的愛心。

記得第一回知道「陳爸」，是收聽電臺節目，正好聽到陳爸說起自己曾混黑道，至人生翻轉為傾家蕩產也要給需要陪伴的數百名孩子支柱，於是他在臺東建立了「樹屋」。當下，我聽得好感動！人生，總是神祕得只要願意，都可以賦予生命歷程不同的道路與意義。陳爸不只是給予許許多多孩子們溫飽與閱讀書本的生活，更是不斷地付出愛心。

我不太願意以「弱勢」這字眼描述各種困境中的孩子或族群。弱的另一面是強，強弱未必代表人生的強與弱，只是，正需要扎根的幼苗，被不負責任的成人或是系統拋棄時，是多麼不公平、多麼讓人痛心的事。幸好這世間，總有人撐起善與義。

七月三日震驚社會的晚間新聞是臺鐵警員李承翰接獲通報而上列車處理突發事件，卻被失控的揮刀者刺入腹部。當這新聞漸次還原當下的情景，我不得不升起憤怒心，無法想像奪人性命者的粗糙行為。更難受的是想像著年輕警員李承翰受到巨大的傷害時，為了不影響其他乘客的安全，將沒入身體的刀柄握住，全身心獨自承受大難。他當時已處於利他而無我的心，也很可能腦海冒出鄭捷事件，在車體窄小狹長的空間裡更顯危險與緊迫性，他要把傷害事件減到最低。至為關鍵的時刻，往往就是短如眨眼的一瞬間，李承翰的責任感與大愛，讓他顧不得自己，甚至是拼了命也要保護其他人。直到生命快消失時，他才感覺到身體的冷與痛吧。連續多日，我心底的腳步與情緒非常沉重，不禁想像著年輕義勇的生命在那當下的點點滴滴。

不在現場的人，很難議論在場其他人的反應。怎樣才是最適切的？怎樣才可以做到正義的展現？怎樣才可以助人？人們光憑模擬與想像，都無法得知若是自己處在當下，會是怎樣的作為？最糟糕的狀態是「看熱鬧」，這在不少社會新聞裡看得到，不知是路人過度好奇？還是不懂危險性？比較合理的情況是被嚇到無法動彈、驚慌逃竄、尋求支援與協助、上前幫忙……。人，對於危難或許不像昆蟲來得敏銳，但我們總難免看過昆蟲偵測到「危險」時，鎮定地假裝繞路或是紛亂地躲避。

面對驚恐的事，目睹者必然會有些心理陰影，甚至是創傷。人類是群聚者，若有人失控傷己或害人，影響的層面真不小。憶起，我曾住在一個非常安靜的社區，深夜裡，有位長年抑鬱的婦人坐在頂樓的女兒牆上。我被那影像與紛紛傳來的腳步聲嚇得不知所措，有好幾名鄰居呼喚著，奔上去與那位婦人溝通，應該也報了警。這件事住在我心裡很久，佩服那些主動去援助的鄰居，訝異自己這麼地膽小。雖我已不住那社區了，這件事很難忘記。近日遇到當年的鄰居，我問起那位婦人近況，如我所猜測，是住到安養院。身（生活），可以有去處；心，對於不安的人，要找到寧靜之路，得憑藉許多的醫療方式、支援系統與自身的意志力求得平衡。

藍色，被普遍地是認為是憂鬱或是謐靜，也是象徵希望、寬闊、安祥、永恆……。七月五日，一〇一夜間的燈光屬於週五藍色，讓大家一起記憶與傳送敬意予陳俊朗與李承翰。一〇一的夜燈，在此顯得不凡、顯得更人性化、顯得不浮華，而是解語的燈。但也如天階，必須一階階持續燦亮，以心養心，以愛傳達愛。

美國心理學家保羅・艾克曼專研情緒，他認為：「**情緒會改變我們對世界的看法，情緒是生活的核心，能使得生活更有意義。**」那麼，在每一天每一次的——紅橙黃綠藍靛紫——我們期許每一種顏色賦予的情緒，都是朝向更穩定的意識，讓顏色喚起珍愛的意識。

《單爸人生三部曲》紀錄
——傾聽他們的再生實錄

家庭結構的組成與定義，隨著世代的環境變異，勢必有某種調整，家庭不再是僅僅提供遮風避雨之處。但，若是失去架構基本生活之需，面臨嚴苛的難關將接踵而來。

家的形貌，不再是父母子女為單位。不婚、未婚、已婚的頂客族、失婚、離婚……，各因現有的處境而承擔所謂對於「家」的解釋。誰說，單身單親不能是一個家庭的單位啊！

東暉國際多媒體公司總經理張烈東因長期從事影視業，歷經自己在事業上的震盪、轉型、失業、離婚、再創事業，將所學運用在影片裡。與幾個單親爸爸長期上課、將各自的故事分享給單爸團體。這些單爸們在中華單親家庭互助協會的協助支援下，把自己的故事以文章、以劇本、以舞臺劇、以影片傳達單爸的歷程。

這是一連串結合單爸整合社會資源的基礎。於二〇〇九年年底，由張老師出版社出版發行《不單單是爸爸》，這本書收錄十二個單爸的故事。二〇一〇年從北到南好幾場的舞臺劇，經由東吳大學教授王行的諮商輔導，由多名單爸演出。除了可見各自的辛酸，最感人的應該是彼此互助，並且透過演繹，似乎釋放出一種再造的能量，將自己的「過去式」提供另一層的思維，從感慨中體悟轉變的重要性。

二〇一一年由張烈東以最刻苦的方式編導訪問剪輯成紀錄片在二〇一二年發行。面臨現實的發行考量是：市場有無發行管道？在《單爸、人生、舞台劇》記錄十位單爸，透過真實的故事，了解男人面臨失業後接踵而至的現實難關，一切都得重新學習。他們上臺演出，互助串演不同的角色。

《單爸人生三部曲》的首部曲《帶子苟熊》，記錄年輕廚師的單爸生活，因離婚為了照顧一子一女，不得不轉換薪資很低的工作，以換取較多的時間照顧子女。無比的挫折與艱苦中，得到來自不同管道的溫暖協助。即使協助者不是來自原生家庭，卻也因此可以思考家庭與家人的定義絕對是因人而異。

二〇〇八年的美國電影《鴻孕當頭》（*Juno*）以未成年少女未婚懷孕的主題，引起觀眾大迴響社會支援系統的探討，正面看待「媽媽」的新定義。

從《單爸、人生、舞台劇》綜觀這些單爸的生活，不得不感慨經濟催逼下衍生的困難。而男性與女性的單親狀況，是否得到社會相似的重視與支援？在不同成因下，是否具有相對排斥的心理？這是除了記錄真實面貌下，最該反思的面相。也或許不該以男性或女性的刻板塑像看待家庭責任，而是：

想要的生活內容是什麼？該怎麼負起生活變故後而產生的家庭、社會責任？該怎麼適當地尋求社會資源？

注：張烈東成為單親家庭後，開啟影視的創作才能，製作／導演／剪輯的作品至今已達二十部，如大受矚目的《那日如在眼前～徐露的人生》，還有《最美麗的歌聲～台灣合唱的前世與今生》、《首席武旦楊蓮英先生》、《超玩酷角力&角落的力量》……。也長年舉辦公益影展活動，以「閱讀影像，豐富心靈，造福社會」為舉辦的宗旨。當理想成為目標，也就形塑內在的個性與作品的豐富性。

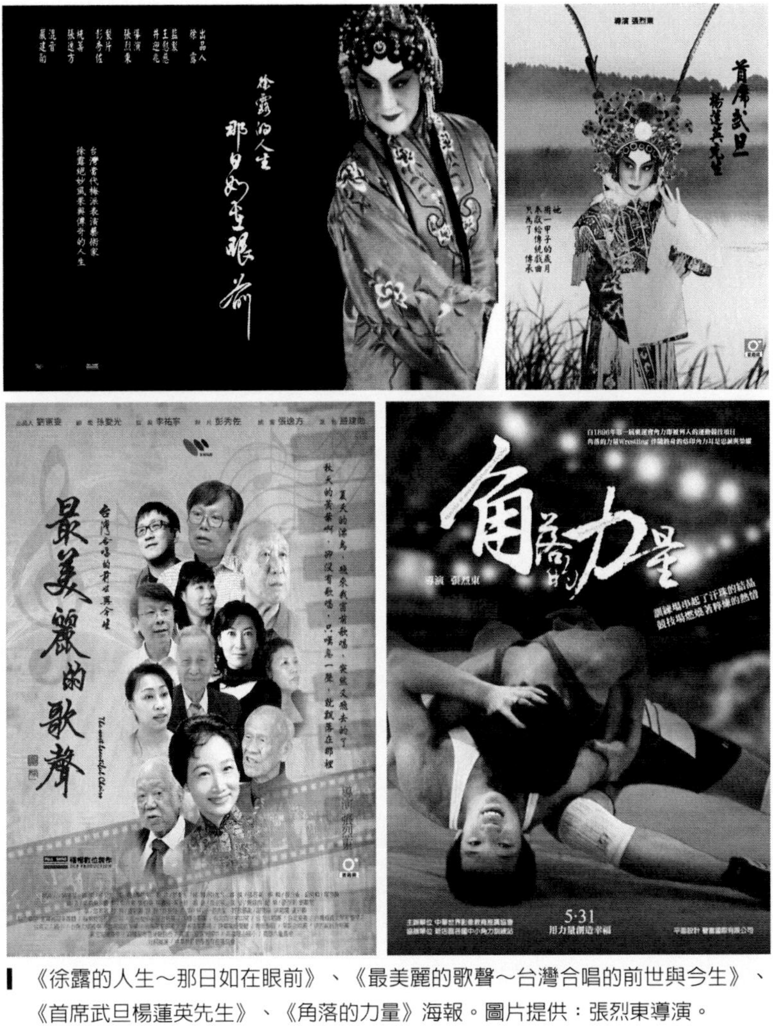

▎《徐露的人生～那日如在眼前》、《最美麗的歌聲～台灣合唱的前世與今生》、《首席武旦楊蓮英先生》、《角落的力量》海報。圖片提供：張烈東導演。

不能讓你住在書裡

「**我寫作是為了遇見妳。**」〔電影《愛在日落巴黎時》（*Before Sunset*）〕

傑西的新書簽書會最後一站是巴黎的莎士比亞書店。直到即將離開書店前，他見到席琳緩緩向他走過去「揮手」。

「**世界上最困難的就是愛情！**」〔電影《請為我在羅馬多留一天》（*Lasciarsi un giorno a Roma*）〕

湯瑪索的新書扉頁以諾貝爾文獎得主馬奎斯（Gabriel García Márquez）的句子標注。在新書發表會上，即將離開他的柔伊現身，他倆在書店「大吵」。

「**你怎這麼天生反骨！**」〔電影《野梨樹》（*Ahlat Ağacı*）〕

錫南在土耳其家鄉一家牆上有多幅作家〔例如維吉尼亞・吳爾芙（Virginia Woolf）〕照片的雅緻書店遇見當地的知名作家，趁機將自己的想法傾倒而出，那是充滿理想的天真與自負，作家被他問得很煩而說他反骨。

「不多作猜想，就沒有畏懼。」

這是泱第N號書上的一段文字。

奇妙的連結，泱「認識」了朵。朵堅持去買泱的書，以作為泱也曾經在書裡遇見朵的回饋。當泱又有新書問世，朵依然捧場，買書是對作者最佳的敬意。

泱寫作是將所學實踐到生活裡，以有趣的方式分享給大家。

在T市富盛名的書店，朵刻意在會場進行二十幾分鐘後才到場，站在最後方，遠遠地觀望泱，既真實又朦朧。泱的聲音，無論如何，她都辨認得出。只是她沒料到，泱竟然早就看到她站在遠方。她很想知道他怎麼想、緊張嗎、好奇嗎、開心嗎、怎麼知道她提前離開會場？

口罩上的眼（眼神）是白日裡祕密的暗流，卻不見得需要密語就能通關。朵曾告訴泱：「可惜你來的時間太晚了，我已不是過去的我。」向來無法接受世俗羈絆與規則的朵，如折翼天使落入人間柵欄，飛不上天了，也無法當真正的人類。沒人教朵怎麼當人類，即使朵有人類的外衣。

朵穿的是件長風衣，卻不是隱身斗篷，只能幻想風衣可以遮掩自己的身，偶爾背對泱看著另一方書架上的書；偶爾轉身面對最前方的泱，看不真切，但知道是泱。泱在臺上的笑容與豐富的肢體語言比較像更早前——朵還不認識泱之時——有笑容，真好！朵衷心希望泱不憂不煩不悶。

朵本只想悄悄去幾分鐘，快閃去回，不讓泱知道（甚至決定不去書店）。當簽書與合照的活動開始，朵忽起調皮心，沿著牆邊慢慢走過去。沒想到泱看到朵認出朵，何況朵戴著口罩呀！

泱很活潑很大方地對朵揮出手臂打招呼。朵沒想到泱會這樣，有點被嚇到，出於直覺，朵撇開臉，閉上眼，甚至是在心底發出嘆息。她像是在跟自己生氣，但究竟氣什麼呢，朵自己也無從知曉。猶如葉子的飄落，你能說是它自己要飄墜於地面嗎？

撇開臉好幾分鐘後，朵才想起自己的失禮，又想著會不會是誤會了泱的眼神，泱是向朵身後的其他人打招呼？待朵想起，也來不及回頭查看了。再回想那畫面，泱與朵的眼神的確接觸到了。

這是「第一次」察覺泱「竟然」「很老實」，出乎朵意料之外的老實。朵看到泱被她撇開臉的舉動引得當下驚慌失措地收回笑臉，甚至臉部有點抽動，泱在強忍錯愕感。臉部表情有些茫然無措，且低下頭來，許久都是這表情。這表情彷彿泱被莫名地打臉，卻沒法還擊的無奈與不解。這提醒朵：自己是多麼無情又沒禮貌。朵的表情被事後得知的家人稱為「傲嬌」，形容得很貼切。

當下的覺醒，讓朵幾度在現場挪動腳步，想跟泱真的打聲招呼說再見時，泱已不再把視線調回頭。

泱幾度說自己演講不習慣別人提問，所以泱都自己出題，自己回答。從這件事看來，泱比較喜歡做到掌控自己範圍內的事。而朵喜歡聽聽不一樣的聲音或反應。

朵陷入懊惱！自責怎不大方揮手？但時間無法按下複製鍵重來，也非舞臺劇排演，離真正的演出還有修正的機會。

還有修正的機會？

依朵的個性，始終沒打算排隊上前請泱簽書與合照。就算當下請泱簽書，不敢（也不會）與泱合照（記得泱說過不喜歡與人拍照）。朵自顧自想著自己不同於其他讀者，若她婉拒合照，豈不是讓泱在現場尷尬？

於是，默默，或許是最好的吧。

活動還沒結束時，朵已遠離現場，到咖啡店裡給泱訊息，感覺泱沒生氣，讓朵放心許多。但是，朵依舊帶著懊惱的心入睡，甚至睡著後在床上翻滾得很厲害。也許是這樣的不安，接連幾天處於超時空狀態，朵從倨傲散漫之處調整至卑屈的角度。

出於「恐懼」或是「客氣」，讓朵無法預料自己的行為，投射得往往不是單一的方向，而是四散，朵痛苦地憶起某些故事，是故事或是個性，讓朵偶爾做出「違心」或「排拒」的動作。

泱多變的形貌與朵多變的心境，連結在書店內與書店外，如一場場的魔幻世界，泱白日與黑夜的模樣完全不同，在工作的場合裡，他將自己包覆得嚴密，有多少人可以瞧見他頸部與鎖骨間的神祕地帶如漩渦，可以承裝美麗的水，流向大海；手臂又具有多少牽引人的故事……

研習古今智識或新聞交叉運用，看來是泱的終極目標，泱在古人的思維裡穿揚出現代人的風貌；朵依舊躲在自己的小宇宙中，這個宇宙以前很能自給自足，認識泱以後，朵形成一座孤島。朵不喜歡不喜歡……。朵想念過去的自己，恣意妄為中，有個中心點支撐她。而今，失序中，她又害怕再度成為過去的自己。朵這個字終究成為躲，朵害怕面對自己。

朵能學習什麼？

泱依著強大的意念進行手中的書寫。書寫的基底，源自療癒自己、為人解惑與傳遞故事。朵看見泱的父親在現場，那是慈愛、關注與榮耀的喜色。而朵在自己父母身上是否遇見這樣為子女開心的神采？

第二天，朵想念起她的家人，在混亂的時空裡，又是搭上那條路徑的捷運，她的心被撕扯；眼，保持距離，避開會讓她傷感的建築物。

深夜，朵仍拋不開對自己的種種質疑，試圖不斷地在心底與泱「揮手」，以無聲也以戴著口罩，無法看見嘴型的狀態下，跟泱說：「嗨，恭喜！」

這段日子來與泱的對應，讓朵早就注意到泱額頭的紋路，那是他的表情紋也是思索的路徑吧。「不多作猜想，就沒有畏懼。」泱的思路成了惕勵朵的語詞，拋下無謂的猜想，行路就可少些顧忌。

次日凌晨，朵問：「你會失望我沒跟你講話嗎？」

泱真是懂得語詞與問句問的魔法，他回覆：「下次有機會嗎？」

朵像是落入反覆的陷阱，退縮地迴避這訊息的真正意思，謹慎回應：「永遠的永遠」，心底卻明白對話都只是虛詞。永遠的背後絕對不是個常態字詞，換個角度：不猜想，路徑會簡單許多。

朵穿入雲裡，發現那座島並非那麼灰澀，它只是在儲備能量。朵儲備好了嗎？當泱出現在約定的巷口前，光線已昏黃，泱的笑臉與揮手的姿態如同陽光正要躍升，帶著暖意。他倆彷彿久別重逢，從面容與手臂的肢體語言認出彼此笑擁彼此。泱遞上一瓶重重的氣泡酒送給朵，氣泡酒形成他倆之間的禮物。他倆雖沒打開瓶蓋品嚐氣泡酒，韻味收在心裡了。

朵沒想到泱是如此地熱情，兩人沒太多時間說話，因為，說話太浪費時間，他倆只想品味遊戲的去處。朵忍住字詞，選擇性地說：「我好想你呀！」（心底飛快地跳躍地流竄：好想你呀，想念是一株被種下的苗，偶爾想拔除那株苗，看苗飛往的方向。）緊接著問泱：「你想我嗎？」（朵喜歡這個問句。）泱輕聲溫柔地回應：「想啊！」偶爾泱會說：「想啊，為何不想？」朵問：「多想？」泱回答：「非常！」泱曾經說：「我喜歡妳想我。」問與答、答與問，像是毫無真實意義的迴圈。朵捧住泱寬大的後腦袋，輕撫泱額頭上的紋路，還沒來得及思索路徑構圖；再以手指滑過泱的脣，那是泱的密語之處；咬在泱的肩頭上，會沁出血漬嗎？手臂可以邊鞦韆嗎？朵總想著在那裡邊鞦韆，邊呀邊的，卻忘了攀越鞦韆，反倒是將泱的身子翻轉到背面，從背影觀察泱。朵被泱訓練成似魔者，有了另種媚態的野性，此刻，更是成為獵人，那是面對獵物的快意，但是，朵不忍成為獵人，倒想成為豹成為鷹，再瞬間幻化為收束爪子收束翅膀的人類。

當兩人晚餐時，朵猶如分裂的人，冷靜卻又帶著淺淺的笑，語無倫次逗泱挑釁泱；泱本能地罩上盔甲防備，因為盔甲太沉重嗎，泱為了解說而使得言詞突然地結巴，那是與朵不同形式的語無倫次。接著兩人的話語連結不上，泱問：「怎了？」朵依然淺笑：「沒呀！」朵深知自己形同白目了，而泱兩眼渙散望向餐桌右方，像是某個思維被抽空了，經朵的提醒，泱的頸部面部連同眼睛轉向朵的正前方，眼神仍處於黑洞中無法聚焦。

朵對這樣的眼神很敏感，那是耽慮過度，心魂暫時被抽掉的眼神。因為，朵在少數親友間看過這類憂慮甚至無助的眼神。於是，朵終究得壓抑與對抗自己天性上的頑皮，無法聆聽自己的內在聲音，只好依著泱的說法，在小雨中從十字路口分走左轉與直行。

泱處在中心點，避逃人群，卻是善解人意的聰敏者，思路快速、行事敏捷。行過路口後，朵才發現自己竟然忘了觀看泱在此時空下的背影。夜，不黑，四周彩光映現，朵才想起泱在這天接連說了兩次（或三次）「新年快樂」。

在上個舊年底新年初，頭一個遇上泱，彼此各別遇到極端混亂的無數事件。泱的好人緣好本事關關度過；朵通常是選擇逃避處理事情，但這一回，是人生第一次這麼期待拋掉舊年，歡迎下一個新年，學習真正的無所畏懼，練習不全然以心的語言思考，而是分辨身體的語言，創建形體的勇氣，朵需要屬於人類的形體。

朵生性傲慢又沒自信踏出腳步，習於躲在洞穴裡，忍不住問泱：「你對我會失望嗎？」泱說：「我哪會那麼沒品！」朵再次咀嚼泱說的：「不多作猜想，就沒有畏懼。」萬萬沒想到泱當天寫給朵的其中一個字是「藝」，朵早準備好送給泱的是「翼」，巧合的同音不同字。朵的潛意識是展翼？還是折翼臣服於人類的苦與慾？甚至曾幾度升起淡漠心，質疑自己的心該生火保持溫度？

朵本有兩只羽翼，羽翼藏身何處？朵有幾片花瓣？每一片都是朵的分身？

當朵把呼喚的字眼第一回透過聲音傳達給泱：「我好想你呀！」可以有幾道回聲？朵想與泱分享親友的故事，泱卻說：「我對妳有興趣，其他我都沒興趣。」這讓朵形同撞牆，找不到出口。

泱曾幾度說朵很有靈氣，他的靈魂被朵的眼睛吸住了。靈魂會相互吸引嗎？朵並非不信，卻又難以分辨屬於語詞的真實性。

「時間一直在改變我們，而我們在時空裡穿梭。」

美國硬科幻作家羅伯特・海萊茵（Robert A. Heinlein）的短篇小說《行屍走肉》（*All You Zombies*），以時空旅行的概念建構一個精神科學的探究。這篇小說由德裔澳洲籍同卵雙胞胎兄弟斯派瑞格（Spierig Brothers）編導為電影《超時空攔截》，當伊森・霍克的兩手掌支撐在左右額際，鏡頭推向他的臉，旁白是多麼強烈的字眼：「**I miss you dradly.**」

畫面就此停在霍克的臉以及那股眼神，極具魔力。想念自己、想念所有階段的自己、找到自己、愛上自己，甚至是槍殺自己，並不能產生新的自己。這是超越平行宇宙的時間概念。

泱與朵是兩個人，不是雙生子、不是分裂的兩個人、不是折翼的羽翅。泱永遠是泱，被喻為新世代男神，是特立獨群，前行的標竿。

朵總被稱為仙女，還是仙女嗎？找不到埋在洞穴中的羽翼，也許不是羽翼，而是羽衣。或許當朵再次穿入雲裡，又是不同的領受力，在不同的時空序列裡都可找到真正的自己，安住自己。

「不多作猜想，就沒有畏懼。」那時，朵與泱會在城鄉的書店、城鄉的月臺、火車的餐區、彼此街道的巷口、那扇門這扇窗，沒有地域的限制遇見彼此，說聲：「嗨」，以來自天空與大海的呼吸，深深地輕輕地暖暖地說：「我想你（妳）好久好久了！」

想念這個字眼會疼嗎？以前的以前，朵不能體會這字眼，沒有屬於人類的情緒。如果不拆下羽翼，生活是不是自在些？朵至今不願真正面對，於是試著為自己買花，觀察花：

瓶花換水
的　一瞬間，花瓣
飄然　紛然　迅不及防地
墜落，不是墮落
躺姿　優雅　瀟灑
有個聲音問：「疼嗎」

是時間問了：疼嗎
花瓣一聲兩聲三聲
輕輕地回應
「看是落在哪個時間序列裡」
時間模糊了時間
幻化成捲雲
融入花瓣裡

拾起的每一片花瓣被朵置入一只心型的透明玻璃花器，又是另一番殘留花姿的鏡像。端起這只玻璃花器，朵取來泱送的大瓶氣泡酒，靜置在水龍頭旁，打開水龍頭，遐想成一道瀑布，接著要旋開氣泡酒瓶蓋嗎？扶著瓶身，氣泡酒液體即將傾入哪？與水龍頭的水融合成兩道合一奔流的水？撒入花器餵養飄落的花瓣？還是全數傾入水槽，僅留一小口品嚐？

「我喜歡閱讀書，但我讀得很慢……我不能讓你永遠住在書裡。」〔電影《雲端情人》（*Her*）〕

史嘉蕾・喬韓森（Scarlett Johansson）飾演的人工智慧作業系統這麼告訴專為人寫信的作者瓦昆・菲尼克斯（Joaquin Phoenix）。從文字的世界飄浮到更大，無容量限制的作業系統，書，或是文字與心的世界被翻攪成悲觀孤單的人更形孤單悲觀。這是菲尼克斯重新找尋自己生命意義的時候。

文・溫德斯作品《慾望之翼》（*Der Himmel über Berlin*）守護柏林的天使佇立高處，背後兩只羽翅，看到的世界是黑白的。天使愛上人類，渴望擁有肉體之身。放棄天使身分成為人類後，看到的世界是彩色的，他的愛情成為肉身世界。朵想著：會流血，也將體會到人類的種種，包括慾望與喜樂苦痛。

朵依然將瓶身傾斜，凝思，如迴旋的羽衣隱隱將升起展翅或是收斂羽衣。液體傾注後存在於哪？這液體可以清潔羽翅，或是使得羽翅變得沉重無比？

「不多作猜想，就沒有畏懼。」朵重新咀嚼這段文字，拆解自己的「**心**」，沉醉於遊戲與逃離的擺盪間，此回，終於浮現羽翅與自己的連結在於：勾住自己又穿越自己。

辛波絲卡（Maria Wisława Anna Szymborska）的詩寫過情慾：「攻擊彼此的差異。」

朵覺得猜測彼此的眼神（**心**）是互動中最有趣的，稍稍懂得人類的語言與做法了，但她終究不全然是人類，兩人不僅具有差異性，朵甚至是攻擊自己的心，不斷地不斷地……

寫作的寓意，是為了遇見自己。朵對著花瓣說，每片每片每一片……。放下氣泡酒，朵依自己的方式，揮手轉向筆電的星際式螢幕，不需刻意展顏，片片花瓣有自己的身姿。

生命的詩篇

單一顏色：

你（妳）說，是純淨或黯然灰澀也熾烈

五光十色：

他（她）說，透過玻璃醒目耀眼又奪目

我呢

從眼神看見心的溫度與色澤

是眼神

讓我認出他她它牠……

也看見自己

於是，我問：

月亮冷嗎

眼睛熱嗎

讓我們落淚的歌

在山裡，離天空很近，摘一片雲當棉花糖吃。雲說，你上來吧。雲是一層又一層，觀看、看不盡的人間故事。

曾有個機緣拜訪高雄六龜山地育幼院，該院成立的青少年兒童合唱團，天籟般的歌聲經常出國演唱。當時的楊煦老牧師說：「正巧他們去上學，否則可以現場唱給你們聽。」我心底惴惴，認為貿然享受如此禮遇是不禮貌的事。變通的方式是楊老牧師與長子長媳陪著看有關育幼院的錄影影片。一首首歌曲及院童的生活，一幕幕說著艱苦、奮鬥與愛的故事。

第一次聽到這首歌，簡短的頭兩句歌詞：「雖不見你，觸不到你……」竟讓一向很難掉淚的我，情不自禁喉嚨一緊，撲簌撲簌地滾下大串大串的淚，淚，停不下來呀。楊老牧師當下說：「不曉得為什麼，他們每回唱這首歌就會哭。是想到上帝的愛吧！」

「雖不見你，觸不到你，但是我知，你正在對我低語……我深知你一直就在我這裡……再度填滿我心靈中飢渴。」合唱團團員專注地唱著這首歌，不少男孩女孩無論是閉目或是睜著大眼極目往上看，都抑制不住傷感的淚。每一回、每一回……他們每一回唱到這首歌，都落淚。

我想的是：他們可能聯想到從未見過面，或此後不會再相聚的父母。這首歌的曲名是〈那雙看不見的手〉。

我想說的是：不要傷心、不要傷心……

部分小朋友傍晚放學返回山上，黝黑的皮膚襯上快樂的童顏，奔跑在寬闊的院內，樹影繽紛。我們也在此時離開育幼院，楊煦次子楊子江牧師開著廂型車送我們往市區，停靠路邊讓大家依次下車時，我的裙角霎時勾住座椅把手，整個身子直挺挺呈一直線摔趴到馬路。那個畫面，如今想來，像是驚奇又充滿滑稽味的漫畫。為了安慰在場者，我笑哈哈地表示沒事，除了手腳破皮流血外，堪稱毫髮無傷。是牧師同座，具有大愛的人，充滿陽光的大能量，才能使我遇險化為平安吧。

牧師楊煦二〇一三年五月去世，他出生於山東，來臺後，與原住民太太林鳳英（夫妻倆同年同月去世）全力投入臺灣原住民傳教工作，創辦六龜育幼院，是蔣經國十一位民間友人之一。楊煦奉獻的精神，使得臺灣多位領導人：蔣經國、陳水扁、馬英九，必不忘參訪這座山靈水秀的育幼院。

寫到這一摔，我還曾摔落於海拔很高的山裡。在新竹五峰鄉桃山村一個極狹窄，大約只能容許一次踏出一隻腳的溼滑山路上，不寧的感覺才浮上，一腳踏空，我瞬間摔滾，背朝地、臉朝上，至今仍記得同行者看著我跌落山的驚恐眼神。

山林的神祕力量讓我毫無痛覺，只感到軟綿綿的包覆力，是柔軟的落葉為我鋪床；是巨大的樹幹承擔滑落谷底的通道。我躺在那裡……

除了滿臉滿髮滿身的淤泥與葉片外，沒有一絲傷痕。

西餐廳的吸血鬼

學齡前被哥當箭靶，以吸管射到眼睛；長大上班後，和同事去吃頓西餐也會遭殃呢，一把尖刀亮在我們眼前威嚇。

那天中午，三個女人就近在西門町富盛名的西餐廳用餐，也許是熱鬧時間還未到，不小的空間，僅是我們一桌客人。我們三人的餐點送上後，還沒吃呢，已覺賣相奇差，黑乾焦的主菜盤踞白盤內，像過期的風乾貨，感覺是：回收、油炸，再回收、油炸。

三人決定給這份食物機會，別太早斷定它的好壞。試試白飯吧，吃了一口，天呀！米粒還沒熟哩。請來服務生問明原由。服務生道歉，把餐點收回，言明再補上新餐點。哪料，衝出身著白服，像是廚師的人，舉著一把尖刀在我們眼前輪流晃著：

「誰說這是回鍋的？」一副誰敢批評我食物的煞氣樣。

我被這情景嚇到，不敢多言。但廚師哪罷休？仍拿著刀劃過我們眼前：「說呀。」

年輕的君最勇敢：「我們是覺得飯沒熟。」

「沒熟？」廚師環顧四邊的服務生，「妳問他們，他們早上才吃過這飯，誰敢說沒熟！」

當時，我們這一桌女客及工讀的男女服務生，面面相覷，一群人像等著復仇獅王亂吼一陣自行退去一般。果然！廚師達到威嚇目的後，得意地回到廚房，服務生這才怯怯地小聲說：「我們早上也覺得飯沒熟，但不敢說。如果你們吃不慣，沒關係，這份帳單，我們可以處理掉。」意思是：我們趕快閃人囉。

步出餐廳不得不想：報警？投書到報社？心頭似乎黏上一股疙瘩，甩不掉！鄉愿地以為在漆黑的西餐廳裡，那一幕被恐嚇的景象一定會隨著戶外的陽光：曝晒，如吸血鬼見不得光。

不對！我怎能以吸血鬼這類傳說故事裡的特殊生物，比喻那位橫行霸道的廚師？某些吸血鬼電影還頗吸引人的，甚至是浪漫的。除了見不得陽光，他們看似無所不能，時間是永恆的，愛，是永恆的；若有苦痛，也是永恆的。他們被困在一個狀態裡。而剛剛那位廚師？他被困在廚房而發飆？

不得不佩服最年輕的君，她誠實以告，真是具有膽識。而我被此嚇得，日後到別家餐廳用餐，仍具有莫名的恐懼感。更別說是自小就害怕看到的任何刀具。那位廚師的那把刀如果會說話、如果刀可以自行決定是否亮相，它會說什麼呢？

它會說：「我是美食的工具，請善待我，不要以我的形狀傷害人，那會傷了我的心。」刀，也是有「心」的。

那家西餐廳，從鼎盛時期至歇業，至今再也見不到蹤跡。

旅歐聯想

不知為什麼，聽到披頭四（The Beatles）的歌聲總會一慟！

我寫作的起步很晚，卻很幸運地曾因自己的第一篇創作小說被改拍為單集的精緻電視劇，而遠赴東歐的匈牙利首都布達佩斯取景拍攝。我同時擔任該劇的編劇，把賺來的版權費與編劇費都投資在這趟旅行上。沿著多瑙河，看了許多雕像，聆聽屬於遠古時期的歷史，而這些歷史，與中國元朝有很大的淵源哩。

布達佩斯最令我喜歡的是街道四處可見的小型書店，各具特色。大型連鎖書店總讓我產生恐慌感，像是進入龐大的市場機制裡，眼花撩亂，一堵堵的書櫃像是向你宣示你有多渺小多愚昧多無知……。而特色的小書店，是一所所溫馨的私人小屋，陳列你我可以接近的元素。拿在手心裡的書，即使是看不懂書頁上的文字，卻可感受書香與地理文化。

最熱鬧的街道上，是小石子砌成的路徑。很可惜，當時沒時間去鄰近的捷克與奧地利。

再去歐洲，是帶媽媽同遊。像是跑馬燈地隨旅行社轉機又轉機、搭車又搭車，每晚睡不飽，睜不開眼，還是得被領隊硬逼著必須團進團出。還記得那時我與媽媽氣喘吁吁地，累到真想馬上打包提前回臺北。

從比利時布魯塞爾到法國巴黎的途中，連續兩回聽到像是自街心傳至車廂內披頭四的歌曲〈昨日〉，好似一場夢，連接圓心／圓周、當下／回憶。那就是yesterday，是過去的總稱。電影，是認識國際都市最簡便的方法：紐約、好萊塢、倫敦、威尼斯、柏林、東京、巴黎、布拉格、斯德哥爾摩、羅馬、馬德里、新德里、里斯本、哈瓦那、莫斯科、聖彼得堡、北京、上海、西安、昆明……。

尤其是法國各式談情說愛或飆炫新奇的電影，總令人耳目一新：《愛我就搭火車》（*ceux qui m'aiment prendront le train*）、《日落前決定愛不愛你》（*Western*）、《新橋戀人》（*Les Amants du Pont-Neuf*），以及已成為愛情經典的美國電影「愛在」三部曲的第一部《愛在黎明破曉時》（*Before Sunrise*）伊森・霍克與茱莉・蝶兒（Julie Delpy）在前往維也納的火車上相遇。

托爾斯泰名著《安娜・卡列尼那》（*Анна Каренина*），火車是極大的象徵。火車，更是托爾斯泰生命的終極之旅。

身在歐洲時，搭著火車就可以從巴黎越過兩個城市到達布達佩斯，街頭音樂人再以電子樂器重新詮釋〈昨日〉曲風——

這首被世人翻唱最多的歌曲，向旅人訴說：「Yesterday, all my troubles seemed so far away. Now it looks as though they're here to stay. Oh, I believe in yesterday.」是不是要「When I find myself in times of trouble……Let it be!」〔披頭四的另首名曲〈讓它去吧〉（Let It Be）〕

不管是由哪一站上車，下車時都不會是終站，只因為每一個「當下」都會成為「yesterday」，但也是真實的註記，如同披頭四的歌聲不絕於世。

就在書寫的當下，我看著媽媽與我難得和諧對視的一張照片。她笑得多開心呀。

「昨天」可以成為奠基「未來」的穩固之石。祝福媽媽的生命之旅再無恐懼、再無憂、再無牽絆。而是健康幸福地享受屬於她的另一階段。

熱血沸騰的陳映真

二〇一六年十二月二十三日早上，一打開電腦，第一個看到的大事是：陳映真去世於北京。

雖早已知他病得不輕，但是，看到這樣的新聞，仍感錯愕、難過……！

多年前，陳映真到北京長住。傳言總說他身體很不好，我不禁會冒出個想法非常非常地感嘆：他待得最久的——我們的——這個社會為何不能善待這樣的人才呢？

到北京以後的陳映真病況日下，心底想的是什麼呢？

不少書上可以看到陳映真與黃春明那年代的人與故事。當時，他們都是多麼熱血沸騰的青年啊！曾聽黃春明跟我說過他與陳映真的事。他們是好友，但對於某些事的看法不一樣。如今，黃春明的老友／好友走了、離席了。必有不少人傷心、失落、遺憾……。王曉波在當天受訪的新聞上就說：「這樣的文學家，臺灣沒照顧，卻讓大陸照顧了。」

王曉波個人的家庭故事，是歷史巨大的傷痕。我想像著：王曉波從傷痕裡努力走出來，但可以相知相惜的人，少了少了……。以前家裡有陳映真的小說，一直不敢閱讀。倒是很仔細地閱讀《人間風景陳映真》（文訊雜誌、趨勢教育基金會出版）。在〈生死〉這一篇，陳映真寫著：

出於思想和現實間的絕望性的矛盾，從寫小說的青年期開始，死亡就成為經常出現的母題。但在現實生活中，我卻從來不曾有憂悒至於嗜死的片刻，反而是一個遲鈍於逆境、基本上樂觀、又不憚於孤獨的人。

陳映真過世後的第二天，我發呆發呆、陷入發疼的沉思。分別看了幾則臺灣、大陸對於陳映真去世後的追念。回想起曾看過陳映真兩次。第二次是我為了某人的一個藝文活動，義務地幫忙邀請一些人參加。參加者喜悅地表達肯定（也許是客氣、也許是真心喜歡……）。在座者有陳映真。離席時，我送他到電梯。他不是生氣，而是高聲地表達他的看法。我知他不喜歡。以他的性格，他要看的是與土地與人，更深更廣的連結。這是他的真性情！

我發文後，引來陌生女孩聯繫，詢問我：「為什麼陳映真病逝，大陸媒體報導享年七十九歲。臺灣媒體報導享壽八十歲？兩岸計算年齡的方式有什麼不一樣嗎？」

我回覆：「其實，也不過就是實歲或虛歲的計算法。我猜，一旦哪個數字先出現，其他媒體或傳遞訊息者，不多思考，就沿用。也或許有人不喜歡『九』這個數字。常有人害怕面臨『九』的關卡（音樂似乎也是！有個傳說，十九世紀音樂家馬勒最怕碰上創作第九號交響樂曲）。」

陌生女孩說：「在大陸來說，九，這個數字還滿好的。因為，有『久』的諧音。」原來呀！她是從大陸來臺遊學半年的大學生。在網路四處搜尋陳映真的新聞。

陳映真的心臟病，曾讓他走過死亡，重返陽間。而今他去了他的理想國。

紀念身型高大、才情高遠的陳映真先生。

玻璃色彩中的海明威

小說可以怎麼反映作者？將名著改編為動畫片，再創造的過程，得以什麼樣的媒材、什麼樣的精神傳達作品？

海明威在世前九年（一九五二年）的作品《老人與海》，在出版的第二年即獲得美國普立茲獎與諾貝爾文學獎。他的生活充滿了冒險的性格，筆下自然反映他對世界，以及對於自己內心的探究。他曾說：**「寫作是一場寂寞的人生。作家應該是把想法寫出來，而不是說出來。」**

大約二十二分三十秒的動畫片《老人與海》（*Старик и море*）畫面精細優美：小石屋、藍海、紅色的太陽在水平面閃爍著「生命」。透過老人的夢境，以倒敘手法，看到他與小男孩的對話與回憶；看到老人年輕時與人在小酒館日以繼夜又夜以繼日地比腕力，一股堅持不懈怠的毅力為他換來「冠軍」的稱號。在海上捕魚，雲和光影的變化，使得釣線、飛鳥的意象奔馳。當一隻飛鳥離開原本的隊伍，停在釣線上，像是一種生命的反衝與辯駁。老人捕魚時，心想：不能讓魚知道只有我一個人，且是個老人。

孤單，卻又帶著與自然為伍就不寂寞的情懷。他說：「好幸福啊！在海裡生活。」這樣的幸福感，與靜謐、神祕的海共存，是否成為法國知名導演／製片盧貝松（Luc Besson）早期執導的經典電影《碧海藍天》（*Le Grand Bleu*）的靈感？男主角寧可與海豚當永遠的家人，進入海底世界。

海天之景，以藍色、橙色、黃色，象徵時間的流逝。捕不到魚的八十四天內，仍存在著希望。當捕到大魚後，卻被鯊魚將大魚啃得精光，老人依然不放棄大魚的那副骨架。不放棄的精神與老人步入暮年的身軀，形成海天般的寓意。

生存的意念，必然在海明威的心底抗衡著。爸爸舉槍自殺後，他很悲痛，這悲痛，是否影響他的人生觀？他的愛情是否也像海，時湧著愛的喜悲？他喜歡海釣，讓他的作品充滿寫實的獨特滋味。與古巴領袖卡斯楚（Fidel Castro）的友誼直至海明威去世後仍持續著。

於是，當擅長於改編文學名著，並且總以獨特的技法，將油畫製作為玻璃動畫的俄國導演亞歷山大．佩特洛夫（Александр Константинович Петров）將《老人與海》改編為動畫片，在一九九九年上映後，於二○○○年獲得美國奧斯卡最佳動畫片獎。也曾在二○○八年臺灣參展。

根據俄國媒體報導，《老人與海》在全球造成轟動（但上映的戲院無法全面普及）。世界知名的電影公司希望為佩特洛夫提供設備與金錢，但他拒絕了。他說：「藝術家不該賣出自己，否則將會枯竭。」也表示：「我成功的標誌，就是觀眾得到軟化的心。」對佩特洛夫來說，做動畫是為自己而做，自己就是第一個觀眾、評論家、朋友及醫生，**如果不相信自己正在做的事情，那麼最好什麼都別做**。

正是因為佩特洛夫的信念，才能將海明威筆下的老人與海描繪得那麼動人：憂懷中帶著與自然生態共存的美感。

注：海明威的媽媽說他的口頭禪之一是「什麼都不怕」。

在海明威的法則中，沒有年老和衰弱容身的餘地，因為它們都有凡人的味道。在精神醫學家歐文・亞隆分析下：英雄的姿態其實是向自己投降，英雄成了不由自主的英雄。海明威正是不由自主的英雄原型，被迫面對危險以逃避內心更大的危險。他一生強求危險，並加以克服，以怪誕的方式證明沒有危險。

詳細內容可參見歐文・亞隆《存在心理治療》（上冊）。

想見你是我的願望

在後院露天浴罷，上衣跳動著溼髮的水珠，與夕陽的紅光輝映，竟有種置身入畫的錯覺。冷不防，圍牆上攀了一個人，「接著！這是我媽剛買的蘋果。」我嚇得彷如畫中人跌落彩筆，上不了畫紙，尷尬！「你什麼時候攀在圍牆？」

「現在呀。」他回答我的問話。

我狐疑地看著他。他是阿立。阿立不像撒謊。「怎麼了？」阿立嘴裡問著，手掌內的紅蘋果作勢拋過來。我竟像是躲球一般，閃開。哈哈！阿立笑著。蘋果還在他手上呢！我走到圍牆下，接住蘋果。阿立一溜煙，已滑下他家的牆，消失。從那天起，我才懂得向媽抗議：浴室壞了，得找人整修。不可以讓她的子女在院子裡洗澡。

當時我念小學六年級，初搬到此地。阿立是我隔牆鄰居，也是隔壁班同學，長得比一般同齡男孩高大，外型像個遊子，在學校可是風雲人物、模範生，仰慕阿立的女孩可多咧，但阿立每節下課一定來找我、中午共餐、上下學一道，如同衛護的大哥哥。這光景維持約一年。他家、我家幾乎算是臨時在相似的時間點搬離，不在同一個城市。孩子斷了線，不懂接上。當時沒網路沒手機，也沒刻意想聯絡。直到有天阿立聯繫上我，我也幾乎是同時聽他的老師說起他念男子名校，依然聲名活躍，喜歡寫詩，中學後沒再繼續升學，服兵役後快速結婚、開書店。書店絕對是挺適合阿立的愛好。

但不知為何，阿立念小學時，是身高最高的學生；小學畢業後，沒再長高，個性也變得鬱悶，似乎是童年裡的那股意氣風發在他身上消失。

幾年後，我遇見一位形似阿立的人，卻多了西方優雅的貴族氣質，因他姓王，朋友們暱稱他是「王子」，但他拒絕這樣的稱號。他說：「我是流浪漢」。因他喜歡以最簡易的方式四處旅行。「王子」既然不喜歡被稱為王子，於是我喊他「流光」，原因很簡單，只是靈光一閃起的名。流光正義感超強，樂意助人，外表十分陽光且帥氣十足。我想像著長大後的阿立，應該得是這樣呀。到底是什麼改變了阿立？

近期在我的演講中，因題材是校園話題：「我們這一班」。我才想起這件事、想起阿立。每個人都有印象中「我們這一班」的靈魂人物、每個人都有一生中難忘的靈魂人物。

既然想到阿立，不得不想到流光，後來我才知道他倆竟是學弟學長的緣分。多年前，流光罹患癌症，不再旅行了。朋友們大為傷感，甚至比他本人還悲傷，他是大夥的靈魂人物呀。在他化療期間，我和五、六位友人與他見了面，只有我與他說不上話，並不是真說不上話，而是痛與憾無從說起。

某年的一月凌晨，如一道電流直竄，我筆直地自床上坐起，嘴裡大喊：他不好了！心頭雖顫，卻鼓不起勇氣問候，也未曾約見。五月，流光走了消失了。六月，很巧地，在我生日當天，流光的家人帶著裝在甕裡的他，灑入大海。七月，我夢見他一副酷樣，將我心底的話搶先說了：「妳好嗎？」

「想見你變成我唯一的願望。」這是一部電影裡的一句歌詞。我偶爾會在夢裡看到流光，但老是忘了向他問好。是強迫他得過得很好吧，不要傷心，才會捨下這句：你好嗎？

你好嗎？生命太飄忽。或許，我早該問候流光的病況。或許……或許……再多的或許，都改變不了流光一閃而過的事實、改變不了他入我夢的事實。或許，我早該主動關心阿立在成長階段時到底發生了什麼事，順便告訴他與流光有關的這些夢境。

老師好
——記憶尹雪曼老師

「老師好！」

「好！好！妳們好！」

尹雪曼老師總是漾著一臉的慈笑回覆我們的問候。

他一一與我們握手，手掌心溫暖柔軟厚實。

那幾年常有的五人聚會是：老師、方荷、法霞、柏玲，還有我的午餐約，多麼地溫馨啊！彼此關心著對方的生活近況，天南地北地聊著。直至這兩、三年，聚會銳減。

初識老師及方荷源於柏玲的介紹。

就在他們四維路的住家，翻閱著他們的結婚照，聽著老師述說婚姻點滴。

當時的我心底湧現很多符號。在多次的聚會及兩岸作家的訪問座談中，鮮明地感受他們將婚姻與藝文生活結合得相當精彩，彼此倚賴、協助、成長。

老師疼愛方荷的心，是融入她的朋友圈，知曉各人的特色。在他的著作裡，給我們各人的落款題書，獨一無二，絕無僅有，可見老師的文筆多麼地深妙、心思多麼地細敏。

最教我無法忘懷的是：方荷住院時，老師坐著輪椅憂慮地看著病床上的方荷，焦心地喊著方荷，兩人深情地互握著彼此的手，多麼地牽掛！多麼地不捨！多麼地依戀！支持與信賴，是長長婚姻路的基石。

人生聚散終有時！

不得不揣想他們失去彼此時的情境。儘量將隱憂暫藏心深處。偶然升起憂心時，總因老師紅潤的膚色、無皺摺的肌顏，悄悄認為這一天還遠得很呢！這少見的體質除了是天具，也歸功於方荷恆長悉心的照護。

但，這一天終來到！私心認為：老師是真真有福之人！以他認為恰當的時間離開這個空間吧。

記得很久很久前，在我採訪老師與方荷時，老師說：「我希望自己多活幾年，看著方荷更成熟，更能應對她自己未來的生活。畢竟，自己能挺立面對一切的人生風霜，才是最大的財富。」

日前，方荷說：「老師太看重我。我還是需要他呵護、希望是偎在他懷裡的小女孩。」

他們不捨的是：日常裡，對彼此的記掛。

我也還記得老師說過：當我們愛的人活著，心裡是沒有洞的。

藉此，我想和方荷說：當我們愛的人離開這個空間，我們再也看不到這個人的時候，內心的傷痛會隨著時間越來越巨大，但是，也會讓我們更勇敢地面對愛、承繼這份愛。老師定然會鼓舞方荷接續生命之河，安心地坦然地漫步人生風景。

日後的聚會，注定是少了一人？

我覺得老師還坐在我們身邊。

「妳們好！」

「老師好！」

老師笑盈盈地與我們加入各式話題。

注：二〇〇八年三月下旬刊於《文訊》雜誌；三月二十六日週三於市長官邸參加尹雪曼先生仙逝追思會。

尹雪曼老師是新聞工作者，也是小說家、文學評論家，一生著作豐盛。友人與學生為慶祝尹老師米壽，於二〇〇三年由楷達文化出版「尹雪曼的文學世界」：《回頭迢遞便數驛》、《智慧的花朵》、《文情與哲思》，主編方荷、責任編輯余建榮。

尹雪曼老師在這套書上為吳孟樵簽名。

紫色蘇蘭

二〇一二年五月二十四日午後，正在朋友家。她家的大貓毫無警戒之心，望了我一眼，迅即跳到我身上，大約有好幾公斤重哩。我任由牠這樣臥在我腿上，感受牠的體溫與熱情。牠是第二隻，在同一年內跳到我身上的貓，也是自此才知道貓咪身上如同雷達的聲響，是對牠親近的人表示「歡喜」。

就這樣，我們一起面對大片大片的玻璃窗，陽光正好。此時，東暉電影公司總經理張烈東導演來電，簡潔地告訴我：「蘇蘭今天走了。」

走了……走了……

霎時，不知怎地承接這消息，苦惱著我還有力氣應對？

若不是蘇蘭的熱情，我們不會認識。多年前，蘇蘭還在小學任教，以優越的教學方式，把電影帶給學生。她說她常以藍色電影夢藍祖蔚的影評、以我當年在《國語日報》裡的電影專欄當演講教材，又透過雷公電影公司取得我的電子信箱。於是，她與我開始通信。再於是，我們時常在試片間遇見。但，我們從不談私事。

直至某一天，蘇蘭打電話給我，聽得出她的心情很低落。我立時奔出，陪著她吃東西、聽她聊近況。她的生活、感情……都與罹癌有關。接著，我們一道看電影，看片後，我陪她去搭捷運，又站著聊許久。

突然間，我們被一陣淒厲無助的尖叫聲打斷談話，幾乎是同時看向捷運站內的電話機。一女子哀嚎地對著話筒哭泣，無法控制地大聲喊叫。面對失控的場面，我一向無力招架，寒毛豎起地輕顫。

蘇蘭看著我！我們當下無語，但都可猜測到那女子的狀況。看著捷運站的相關人員抵達那女子身旁安撫她，把她帶離現場。

蘇蘭早有心理準備會離開人世，我也心知那些日子是暫延的人間歲月。但，總不能放棄希望吧！

感受蘇蘭必定人緣好，常有人陪伴看片。

她告訴我若是她有感情對象，我一定會看得出來。

「活下來吧！」我說：「生病不代表沒有愛情的機會。勇敢再愛一次吧！」

蘇蘭很喜歡紫色衣飾，穿搭都美，此時她顯現出被鼓勵的眼神問我：「可能嗎？」

「當然可能啊！不管接下來的戀愛有多長或多短，好好活下來，再體會一次愛。」此時，愛情不會是女人生活裡的最重，我是希望蘇蘭依此活出愛與被愛的感覺，努力活下來。

就這樣，我們又聊了許久！那晚，特別離情依依。時間晚了，怕耽擱蘇蘭搭車回淡水。

就這樣，蘇蘭偶爾傳來簡訊，多是在夜半時分。每看到來自於蘇蘭的訊息顯示，必先嘆一口氣，停駐幾秒再開啟簡訊，回訊後才安心。

病體從沒蝕磨蘇蘭的美，甚至是加強了堅毅勇敢。

二〇一二年四月二十七日，在試片室聽詩人顏艾琳說蘇蘭來了，要我陪蘇蘭聊聊，卻不見蘇蘭。走出街外見到了蘇蘭與朋友坐著。第一回看見蘇蘭暴瘦的樣，但精神仍好。

蘇蘭問我：「妳還傷心？」

我凄然地點點頭。短期內，連續地歷經幾個親朋離世、一個接一個。我的心，沒有時間修復，傷痛每天割著我。蘇蘭語重心長地說：「當身體病痛，就沒時間去哀傷那些了！」

看著蘇蘭與朋友坐上高帥兒子余昊的車子離去時，我默默地看著看著，直到遠離我視線外。

接著，我穿越於大街小巷思索蘇蘭那句話。

①|②

①右前一為蘇蘭；右前二為張烈東、右前三為郭香蘭，兩位為此紀錄片的導演。

②紀錄片《蘇蘭老師的最後一堂課》海報。圖片提供：張烈東導演。

那天深夜，蘇蘭還特意傳來合影的照片，可見仍未休息。人間的傷痛真是多！經常浮現她那句話，咀嚼著。

為什麼注定要傷感？一個個的死生身影繞著。若蘇蘭見了，恐要反過來安慰我。唉！細思起來，那晚是我們最長的一次談話。她從不肯多休息，是要把握住人間時刻，享受藝文活動。張烈東導演長期記錄她的活動與身影，在她往生三年後，蘇蘭的學妹郭香蘭與好友張烈東共同執導《蘇蘭老師的最後一堂課》紀錄片，於新北市府中15放映廳播放，從紀錄片中我們將再次感受她的生命熱力、看見蘇蘭的特色：燦笑、熱情、爽朗、美麗！

他倆的愛情至死方休

我認為愛就是與心干戈！

千萬不要輕易試煉心，不要試煉自己的心，但我們還是時常忘記。

她說：「生也折磨，死也折磨，至死方休。」感覺上是用詞激烈的字眼。

這是我認識很久的一位女性朋友痛心的愛——生死折磨至死方休。

她一頭長長細柔的捲髮，不喜歡吃青菜水果，皮膚卻是非常非常白皙柔嫩。總是笑容滿面，熱情洋溢，很體貼很會照顧身旁的人與貓狗。我暗暗希望她的感嘆不是這樣，絕不是折磨，也不要帶入生死之惑。

幾年前，她介紹她身邊的人，說是她男朋友。她的男友當時看來很嚴肅不多話。後來，我與他們一起吃飯，跨年過節，去郊外……。

她的男友天真開朗得猶如孩子，很愛笑，會聊天，那是很難得的特質。只是他把「就這樣死去很好」這句話經常說出口。這是豁達，也可能是與他十六歲的遭遇有關。他從屋頂滑落兩個樓層後，頭部先著地。頭部受到重創，昏迷一個多月後才醒來。醒後，成為天才，也在日後做出重大的研究與發明。這樣的天才與如同孩子的個性，深深吸引她。認識她以來，我看到她的變化，看到她是遇到真愛了。

他日日持續地以體貼或浪漫的方式靠近她，他倆終於生活在一起。生活難免有摩擦，但也是真實又貼心的伴侶。他在她受傷住院時，日日殷勤地照護，彼此相伴的日子十來年。

某天，他們約了「等等」一起午餐，當她出現在他辦公室，已見他趴在最愛的電腦桌前，無聲無息，看來安詳。現場只有她一人目睹，獨自承受這畫面，這畫面太強大，強大到很難以轉述。

最苦的是活著的人。她哀痛欲絕，又得處理所有的事。我只悄悄留言：需要我時告訴我。（因我知道此時她的身心與時間不容過於打擾，但得有些力量支撐她。）也真實地提醒她：「這樣的苦，會比妳預想的時間還長還久。」

我認為悲傷不是鋪天蓋地一次解決，而是慢慢地滲透地悄然地隨時地……湧現。

我的留言，不知會不會太直接或無情？但真得提醒她要有心理準備。幾個月後，我們見面，看到她暴瘦，瘦許多，神情非常哀戚。但以她的個性，她依然運轉每天該做的事，運轉她的好能量。我希望她不要太強，想哭、強忍泫泣感、無法停止地思念他，都可，都可呀。

再之後，我們又見面，總是一起吃喝下午茶。她與我把握見面的時間，講講近日彼此的狀況。她開車時言談笑笑，但還是透著極大的哀傷。看著她，我也掉淚了，輕撫她依然柔軟的髮絲，輕輕地、輕輕地……。擔心髮絲承受不住巨大的哀，而斷裂！

我想起必須告訴她，當她認識他數年後，她從開朗喜悅的笑容變為談起他就會莫名地哀傷，甚至掉淚。我想到這是靈魂的意識嗎？即使他們仍相愛仍相處在一起，但是，已預告分離了。只是任誰都沒想到是以這種方式，分離！

他青少年時代奇蹟式地活下來，是為了多年後遇見她。而他的瞬間離去，是借來的時間必須返還了。這段相遇與離去，也是為了「啟發」她：

人生不是順境而已，也是得懂得了愛是什麼。

她必須保重，必須依然運作生活種種，把這能量轉為可以有更強的力量去思念他，這樣才有意義。她說她現在才懂得我了。其實，我也還在學習，沒有人可以百分百理解他人正在遭遇的苦境，即使願意伸出援手或是勸慰……，所有的苦痛，當事者才是最大的接收者，剩下的，就是讓時間走過。**時間不會帶走悲痛，但是，可以期許復原的力量。讓自己好起來才有體力去思念去感受所有的一切。**

曾在某時期因巨變，短暫時間內我接到大量的電話，包括她打給我聊了許久的那通電話。此回，我跟她說，我對人事物的思念或痛苦一直都不是單一的，而是大量的疊合的。也不期許是生是死的關係或下一世，這太遙遠也太不可測。

她與我都認同到那時候，我們，他們，她們（也許）都已不是原來的自己。

遇上了愛，承接苦。

那麼是相遇好？還是不相遇好？我想很多人都會有自己的答案或是無法釐清。我從她的故事裡知道，**愛不見得是世俗的幸福與安定**，可是絕對留下了美好的記憶，至少相遇了。

我這位朋友是獅子女，我深信她的能量可以發揮得很好，也的確是在每一階段都有特殊的突破與展現。獅子女強勢體貼，很會照顧人。

我想到的獅子女還有：

我媽（還是AB型），感謝我媽始終沒有拋棄子女，雖然她的脾氣很爆烈，那是她沒找到出口，但她的悟性非常高。

還有一位對我一見鍾情的獅子女，她說她來這一世是為了遇見我。那是怎樣的前世今生之旅呢？雖然我無從知道，但我們絕對是擁有堅毅的友誼。

現在，把故事回到失去愛侶的獅子女。某夜我又在隨機聽著筆電流串的音樂，有首歌（我只聽感覺，很溫柔）直覺很像她與她愛侶的情境，於是，把連結傳送給她。這首歌，我們來聽聽吧，是蠍子（Scorpions）樂團的〈總在某些地方〉（Always Somewhere）。

祝福所有為愛傷感的苦痛別離者。

這時，我變成「老套」者嗎？告訴這位獅子女性好友甘明又：「妳的愛侶阿源（張志源）沒有離開，只是形體不在了，你們相處的點點滴滴，還有妳想持續的愛，都會存在，扎實地存在。」

痛苦與衝突都會變成是尋找的「生命意志」，去創造……。堅信甘明又可以展現所有她想完成的理想。

我始終相信生命有很多神祕，神祕也會創造奇蹟。

注：甘明又碎心的愛情，我一直不知該如何稍稍幫助她，而將此篇寫於二〇二二年三月十一日。她說：「風格獨特的寫作療癒了我。這首歌真的好聽，內容完全擊中要害，願受苦的心都能重新得到平靜，雖然苦痛至死方休，但日子仍能光彩亮麗，Love you all.」

愛與記憶使生命延續

死亡，若是可以依感官敘述，那會是什麼顏色、什麼聲音、什麼觸覺？柔軟、僵硬、輕盈……？滋味是香、甜、苦、澀、酸、辣……味？或者，那只是一場夢？

以夢境寓示或開釋人生各種不解的難題，是否被過度地一言以蔽之，而少了探究受苦之人所承擔的現實壓力？

童年起，我就好奇死亡的祕境。更無法想像幼小的孩子，怎麼忍受病痛。

曾因探病，往返於醫院病房、加護病房，或是安養院，見到一張張的病床，有各種年紀的人虛弱地躺在那裡，甚至是老皺得只見皮與骨的勉強貼合。加護病房是生與死的拔河區域，病患沒有力氣與這世界多言。他們能感應親友的焦慮、感應醫護人員的進出、感應機器的運作嗎？

一整大間的加護病房毫無隱私可言，一具具的病體在此呼吸，呼吸微弱！有的加護病房是獨自一人一間，但，多數是閉著眼與機器共處。

回顧一位：突然進入兒童加護病房，再也沒醒過來的美麗女孩Ariel。醫生說她身體內的各個器官在攻打自己。**是她放棄自己？還是身體想拋離她？**葉克膜機器連結著她的身體，醫院團隊等待「奇蹟」讓生命復甦。她閉著眼，身體因累積龐大的水分，而腫脹得如吹灌了風的大汽球。護士說她無法感應任何事。但是，當我在她耳邊輕輕地輕輕地對她說了一件她曾經跟我說過的心事，我幫助她記憶，告訴她，她獲得很多家人的愛。她的家人也對她說，尊重她的決定。當時，她被膠帶輕貼住兩眼眼皮。淚水，從她的右眼眶流下。淚水，滑到腫脹的臉皮。是細細的一行淚水。只有一行，卻是耗盡她所有的力氣回應這世界嗎？

她必然聽得見、必然感受得到。在她離世前，她可以放下心事、可以知道獲得愛，應該至少可以減輕她的遺憾。果然，大約過了兩、三個小時後，她去另外的世界，了脫苦痛而重生。

因Ariel，回想起我童少期嚴重貧血住院。那時大約十二、十三歲間，隨媽媽去醫院探訪她的朋友，卻暈倒了！醒來時，已被放入輪椅推入病房。一向強勢的媽媽落淚了。收藏在我心底聚焦的畫面是：媽媽在病房的洗手間內為我清淨身體時，那力道那手勢其實會讓我感到疼痛，但我不敢說，只注意到她掉眼淚。當時不解這眼淚是為什麼？是擔心住院費？還是擔心我的身體？那時，我住在兒童病房，有很多病童。住院三天裡，每天二十四小時，手背（手掌心的背面）插著注射針管。我卻開心地迎接每一天，期待每天早餐的可口果汁。出院後，繼續調理身體。仍是時常暈倒好幾年，從不覺得害怕。因為，只是營養不良；也因為，不懂得什麼叫作「害怕」。直至，前幾年，陸續探病，體會了生命的無常。但，仍懷著罪惡感。對於挽留不住類似於我的生命，慨嘆為何有人可以平安、有人搶救不回？於是，開始認真思索生命的本質該奠基於穩固的愛。若有困惑，該怎麼解？若是少了愛與被愛，又該怎麼解？

就因這樣的生命困惑，我閱讀了不少心理學書籍，很難全然懂得生死死生的看待方式。因此產生極大的焦慮、痛苦與恐懼。被譽為二十世紀最偉大的靈性導師，印度哲學家克里希那穆提（Jiddu Krishnamurti）提出：「**恐懼是什麼？恐懼只可能和某種東西聯繫，不可能單獨存在。恐懼一直是和已知而非未知相關聯。**」

於是，我想破除恐懼，勇敢地看待這些，期待轉化為更圓熟的生命。偏偏在書寫此篇的當天，昏倒在教室，嚇壞老師和同學們。心底為此不是恐懼，而是充滿感激之情。至於如何獲救，下回聊囉。

暈倒與夢境，是否存在於平行時空？

自小多夢，幾乎全是彩色的夢境。夢境可以神奇地快速建構真實世界所沒有的場景。夢，可以穿梭自如，即使是歡喜驚恐悲苦，即使是真實地難以區分是身處夢境或現實世界，終究會回到原本的世界。有趣的是，人究竟有沒有可能身處在平行時空，分裂成好幾個自己，做著不同或類似的事？

自十二、十三歲起，至今暈倒數十上百次。成長過程裡，不知歷經多少看似好笑的暈倒經驗：走路、站著、坐著、躺著、剛起床；用餐間、感冒時；搭乘陸地、天空、海上的交通工具都曾在一瞬間，暈倒。國中時期常被同學扛扶回家，被老師喻為林黛玉。可以不必上課、不必上體育課、不必參加戶外活動，甚至是不必挨數學老師的鞭子。至今仍記得老師的鞭子到了面前，卻無力施打的模樣。

長大後，又被喻為瓊瑤筆下的女主角或是金庸筆下的小龍女。不食人間煙火是不少人對我的初步描述，近期剛認識的朋友Jang卻說我像是魔，Jang說金庸筆下的「小龍女」也算是魔。魔沒有凡人的心。媽媽妹妹常不解地說我：「妳根本無法體會生活、無法了解人的感情，這樣怎可能寫作？」有誰能料得我把內心的衝撞埋到外太空，自青少年起關閉部分感覺的開關。少體驗少體會，就不必過度為敏銳的心所困擾。爾後，心，像潮水一波接著一波，來不及退潮。我得假想著，以可見的間隙輕瞄眼前的世界。

暈倒，是進入無意識的世界。經常是快速地醒來，毫無痛苦。偶爾得掙扎地才能回到現世界。有少數幾次的經驗像是落入黑漆的、層層的、沒有空間感的區域，得花些許時間才意識到現時現地。這樣的境地類似黑洞？關於平行時空或黑洞、白洞、蟲洞在許多電影、科幻小說多有陳述。可惜，暈倒不似夢境那麼有趣、那麼接近現實。

長期越夜越有精神，但連續多月的無秩序不自知調整作息，在二〇一七年四月十五日早上到教室上課前，即感腳步飄渺無力、臉色暗沉；上課中，幾度假想躺到隔壁休息室睡覺。儘管陳錦忠教授的課鮮活有趣，我昏沉得像是一尾潛入海底的魚。即使不餓，為了刺激活力，我悄悄地吃著當日的小饅頭，一小口、一小口。接下來所發生的事件，全靠同學們與老師的口述，以及我的記憶拼湊而來：

小兔子淑貞說我前一分鐘還問她要不要吃饅頭；下一分鐘她聽到錦忠老師大叫；她嚇得腦袋空白。小潔擁有敘事的功力，讓畫面還原在我眼前。錦忠老師因為是站在臺前，第一個看到我不妙，右臉頰側趴在桌上，大家圍攏過來，震驚。見我雙眼睜開，臉呈青灰色，老師形容：「像是死了」。離我座位較遠的同學名叫開心，她衝到我身後，架起我，施以「哈姆立克」急救法，讓我喉間的異物（饅頭）順利排除。小可愛姈芳擦拭我暈倒時吐了一地的汙物，淑菁、蟲蟲……多位同學為我的兩個書包收拾好物品。當我又是從「黑洞」中醒來，清楚地看見高大的錦忠老師凝重的眼神、看到身旁許多同學，我卻想著墨鏡呢？蟲蟲趕緊從我包包遞出我的墨鏡。我的心，全是感恩之情。

一一九救護人員到場，他們堅持要我去醫院，我記掛著發稿的事，仍想吐，發現同學們手中已有多個塑膠袋全是我的嘔吐物。又想吐，老師看出我的思慮：「Cherry要形象，我們把頭轉過去吧。」我很感謝這樣的體貼與周到。偉君陪我搭救護車到急診室，耐心地溫柔地陪伴。離開教室前，瞥見為我急救的開心（當時我還不知是她救了我），她的雙眼滙聚了悲傷之情。想起，上學期剛開學時，她看著臺上同學們所做的簡報，總是亮著眼如閃閃的星星，很有光采。後來，星星似是疲憊？直到那天早晨，星星之眼滿溢傷懷。**她說：「我真的很擔心很害怕失去妳」**。

小潔深切地勸我：「妳來這所上必有因緣，大家都很愛妳！妳要珍惜自己，為妳所愛的珍愛自己。」我懂這句話的深意，這也是我曾想告訴某朋友的話，卻沒說出口而造成遺憾。我也難以想像開心的鎮定，她能當下處理緊急事件，是需要多大的勇氣？而我？我能救助需要幫助的人嗎？醒來後的第一秒時間，我想著的是：我太不道德了，驚嚇了大家！第二秒想的是，好糗呀，不知當時是哪樣的相貌啊，書包的雜亂也被瞧見了啊！

從不認為暈倒是大事，但那天正吃著饅頭，若暈倒於路邊，絕對是很危急的事，也許再也回不到塵世。雖當下不會有痛苦，對於造成別人的驚恐必是難以釋懷的。正因我見過這樣的「告別」，畫面至今烙印不去。

這或許是記憶中第三回以坐姿暈倒。這回，從急診室回家後，當夜又暈倒。急診與回診報告，各科醫生都說我時常暈倒代表沒事，器官沒受損、暈倒時沒受傷、血管漂亮、心臟沒病。這是值得慶幸的事吧！

愛與被愛，是我活下來的基石。感謝當天在場的所有同學、老師，以及常在第一時間為我打點事情的朋友。

政論文化評論家卜大中說：「暈倒是面對無法處理的困境時的一種暫時的逃避。很羨慕妳有這本事。」跨界才子陳樂融說我是「不像黛玉的黛玉」。我總自喻為落魄的「水滸」好漢。

手，的溫度與姿態

多情自古傷離別，別，最能以什麼傳達呢？

自小，我喜歡觀察人的手。又不知從何時起，喜歡從人們的背影想像他們的心思與生活。人的「正面」充滿可以偽裝的機制。從髮的撥弄、妝容、眼神，都有助於傳達當下的心情；而背影，就像是暗巷，誤以為陽光到達不了、親友暫時無法發現、或是敵人無法攻陷，於是塌陷、於是疏於防守，露出最自然的當下心境。除非是很有自制力地嚴守自己的心與表達的方式。**而手，是背的好朋友，幫助背脊撐起或頹然卸下心事。**

前幾天過馬路，見了一對從沒見過的老夫妻（應該是夫妻吧），丈夫左手提著一袋食物，右手緊緊地牽繫太太的左手。太太是那麼地溫和怯弱樣，全心倚賴著丈夫，丈夫像是個巨人，為彼此撐持起他們的天空。這樣的背影讓我感動！我用心地觀察太太是否生病？或是輕微失智？必須小心照護？但看來不是，而是他們的相處模式，先生護衛著外出時的安全。手，讓他倆在此時融合為共同體，緩緩走向街的另一頭。

夫妻或是戀人牽手走路並不少見，為何是這對吸引著我的視線？因為我見到了那不是愛的膚淺定義，而是責任與衷心的呵護。那是偕老的終極實現，不是時髦地與現世的街景接合、不是太太撒蠻的規矩、不是先生的權霸之舉，也不是互為對方的手杖，而是單純的護衛之心。從這背影，我又聯想到他們從青春之時的體態，走入蒼老卻又還能自行走在街上而不需仰賴他人照顧。這是福分呀！

也曾看過一對姊弟總一起散步、喝下午茶、吃晚飯。弟弟極微細心耐心悉心地牽著姊姊的手照料失智的姊姊、為姊姊擦拭嘴角殘留的食物。為了避免萬一自己先行離開人世，而姊姊被送入安養院，弟弟與太太商量絕不可把姊姊送到安養院，必須仍待在家中由親人照料。這是多深的姊弟情呀！弟弟的手，在此成為最美的畫面，駐留在人間的畫紙上。

從這兩對老人家的身影、背影與手的姿態，我似乎感受到他們的體溫，以及他們與世界連結的方式。轉身，是與此刻告別之意，但他們無法輕易與身邊的人告別，於是留有最溫潤的體溫。

我常認為牽手很麻煩，夏天會感受到對方微膩微熱的手心冒汗，而冬天？還不如把手放入自己的口袋取暖。但是，我很會觀察手與手的姿態、會被柔荑之手吸引、會被牽著小寶寶的手吸引、會被牽著父母的手吸引、也曾驚嘆人的手可以這麼地有溫度，這樣的手，傳導的熱度與愛意遍及全身。

對於手，有幾組對話是這樣：

A對B說：我想牽著你的手，帶你去看世界，去向世人炫耀。（他們因為對彼此的愛不足，終究無法走向同一個世界而戀情告吹。）

B對C說：我想帶妳去四處走走，向世界炫耀。我知道我這想法很幼稚，但我就是想炫耀我對妳的愛。（咦，這是B套用A對愛的宣言嗎？）

C對B的愛語質疑，倒是對於B的手掌心具有記憶力。可以這麼形容嘛，像是一組電流或是一串聖誕燈，閃亮亮地冒出色彩之光，隨著心的波動，色彩恣意變化。但也源於變化過多、過快，B承受不住C多變的情緒；C不信任B的愛，於是分手。B坦言是凡夫俗子，高估自己對愛情的認識，於是，想念起A的體溫；於是，斷言C是沒溫度**的人**。

「沒溫度的人！」

如閃電一擊，C憶起怎這麼巧，她也曾在多年前對一個人這麼說。C對一個很有魅力的人說：「好怪唷，你渾身充滿熱力，熱情十足，但怎感受不到溫度？」姑且稱此人為D吧，D大約是第一次被人這麼形容，愣忡著，不知該怎回應。他們即使是禮貌式如西方人問候的互擁，C幾乎無法感受到D的體溫。C回憶起自己從幼年起，起床後撫觸不到自己貼近床單與棉被，屬於正常人該有的體溫。直至成年後，C仍詫異著，床，經過好幾小時的睡眠，仍無法傳導出熱度，那具床似乎從沒人躺在上頭睡過一般。難道D與C是同類人嗎？不，同類人，怎會處於不同的世界呢？C不曾斷線的思維竄入最不可思議的往事：

D在與命運拔河的一瞬間，眼與心搜尋本就在D身旁的C，緊緊握住C的手，那般地緊，牢牢地不可分割。D當下的手心如冰柱般地冰寒。他是有溫度的人，只不過與常人不同。當時有個外力蠻橫地數度切割C與D緊繫的手，手與手如鋼索，斷截不了。斷了嗎？斷了嗎？終究斷了嗎？在旁聽故事的幾個人（包括我）紛紛關切這畫面。

斷了嗎？

只要是存於心，怎會斷？怎會裂？執手相看淚眼淚心，柳永的詞「便縱有千種風情，更與何人說？」C想告訴D的話，D都知曉。B曾以衝鋒陷陣的語氣自喻為捧著聖杯的騎士要獻給C，是「聖杯」的意象豐富了手的溫度。而今騎士B自行敗下陣來，B對C說：**我禁不起妳的磨難，也許妳有D的愛已足夠**。

看、聽這些故事後，我不得不輕嘆：手，除了牽手，還是揮別的姿態。關於手的記憶，還有夜半藍（藍長得高瘦俊帥，姓名裡沒有「藍」字，只因在深夜裡像是會發出藍光，於是，我在心底給他這代號。他始終看不出其實我與他媽媽差不多的年紀）與我酷酷又熱情地牽手四處晃蕩的故事、與喵寶牽手晚餐看街景的幸福故事、還有還有……感恩與愛的故事正在進行。看唷，當父母以手背或手心輕觸發燒的孩子，傳導的心意，不僅是擔心，還有無限的愛，那樣的愛，有助於減輕孩子身體的不適。還有還有……每當有人受挫或傷心流淚，總有人會遞出溫暖的手擁抱、拭淚。最動人心的手勢是：手心向上擎起一只內含星際的聖杯。

敬，豪氣干雲音樂家張龍雲，敬

席，在；酒，在；煙，在；樂器，在；音樂，在；海舞，在。
海，翻騰，愛惜來自馬祖東引的音樂家張龍雲。

二○一八年八月十二日晚間正喃喃自語著，咦，龍雲老師今年怎沒找我去聽音樂會哩？迅即看到一則訊息，龍雲老師當天午後暈倒，送醫急救後往生。我驚詫得迭迭嘆嘆嘆，不可置信，看了又看此則新聞。是心肌梗塞，快速地沒了生命跡象、快速地與人間道別。除了大感震驚與傷感外，頭一回，我對生命這件事，產生「憤怒」心。雖知生生死死、死死生生，人體的軀殼都是暫借於人世。但是，對於突然得知的噩耗，難以接受。雖只見過龍雲老師數次，每回見，益發感受到他天性裡的熱忱，以及肝膽相照的俠義仁心。

「天下沒有不散的宴席。」是這樣散席？七月時我還收到龍雲老師的訊息鼓勵我繼續念博士學位。如果時光之流可以逆向航行，依舊聽得見某些場合裡燦亮亮地迴盪著樂音與笑聲。不忍開啟記憶，卻不得不回溯：

早已聽聞張龍雲教授的大名，第一回見到龍雲老師是在一場活動中，當下一見，果然爽朗。但也是在同一天發生悲慟的事，我們共同的朋友XX被天神接走。龍雲老師在當下與後來的日子裡，體恤地告訴我一些事，體貼而不八卦，為人誠懇而義氣。他為朋友承擔些事情，也在某兩次開車送我返家的途中，告訴我他自己的故事，讓我記憶最深的是：他們兄弟姊妹分層合住同一棟樓，情感和睦；與在英國學術界成就斐然的學妹歐陽文津長年分隔兩地，放假期間他往英國飛聚。這段情，必然帶給龍雲老師的人生很多安定感。我思索著愛情在音樂家的音符裡，會是跳躍哪種姿態？

龍雲老師與我幾年不見，忽地邀我去馬祖聽音樂，他說這些音樂家很有趣，去馬祖就當作慢活吧。我以為他還邀了其他媒體。到了當地才知道除了樂團外，只有我一人是外人。直到第二天中午龍雲老師到達餐廳後，氣氛活絡起來。我驚見馬祖的海鮮，淡菜（貽貝）這麼大顆且滋味鮮美。龍雲老師體貼地為我這位陌生客熟稔地以餐具割出淡菜放我餐盤上。

當晚音樂會演出後，我與樂團成員們出海去看「藍眼淚」，也許是音樂家工作後心情開始放鬆，說笑起來，海天景色比不上那些笑語歡聲。之後齊聚在民宿吃宵夜，走到庭院前，我已見到龍雲老師在廚房炒菜，翻炒的熱勁在鍋鏟下鏟出幾道獨一無二的菜色。就著夜色，大夥吃吃喝喝聊聊。當時，龍雲老師看著我舉起的易開罐，問我喝什麼酒？我哈哈地說：「別問了」。我那罐是零酒精的飲料。

那晚我總望著馬祖的天空，看著黑漆漆的夜色，更襯托冉冉而升的月亮，輪廓越來越清晰地浮現，像是亮潔的球體跳動。龍雲老師此時走過來，我問他：「你這回怎找我來？是因為我開始寫音樂專欄？」龍雲老師解釋：「不是。是因為妳是ＸＸ生命的最後階段在他身邊的人。」已分辨不清我當下的感覺，也沒多問。我與ＸＸ的魂靈非常靠近，ＸＸ被天神接走後，透過各種方式傳達訊息給我，正能量大到讓我對世間的神祕與美好不得不感恩。

就著馬祖當晚的夜空，龍雲老師對他的同事說：「我與孟樵有個交叉點」，同時以他的兩手比劃出個叉字（Ｘ）。我知曉他說的是ＸＸ。他帶著笑容看向海天一處；我也帶著笑，心底卻是低盪著，與海、與墨色的天，無邊無際地朝向黑幕。當年我承受ＸＸ生命即將消逝前後而來的某些人對我荒誕的排擠、嫉妒與暴力，都隨著ＸＸ到達天際的Ｎ次問候與龍雲老師的義行而稍稍獲得安慰。但生命的問號與驚嘆號都得經過自己的體認，一層層地變化著，無非是對於生命的尊敬與感謝。因龍雲老師的感慨與義氣，當晚才讓我放心說出前幾個月的某日下午，好久不見的ＸＸ以音樂帶來訊息的事。於是，我笑著問龍雲老師：「你想ＸＸ現在在嗎？」我們同時微笑遠望著夜景。當我要回到他們為我安排的旅館前，龍雲老師與我數度擁別又擁別，我可感受到他既歡欣又感觸的心。

八月二十八日早晨夢到龍雲老師對著我走過來，夢就醒了。八月三十日與小草一同去參加「告別張龍雲」的公祭，有十位音樂家演奏莫札特Ａ大調豎笛協奏曲第二樂章，現場許許多多音樂家與團體共同紀念。龍雲老師十五歲起從東引到臺灣開始學習五線譜、學習吹奏低音管。在臺灣畢業後，又以優異成績獲得美國紐約茱莉亞音樂學院與曼哈頓音樂學院碩士學位，之後投身教育界與音樂跨界活動，也以聯合製作的百老匯音樂劇《一個美國人在巴黎》（*An American in Paris*）獲得東尼獎十二提名，二〇一五年此劇獲得四項東尼獎，是臺灣第一位參與製作百老匯音樂劇而得獎的音樂家。成就是什麼？我思索著這麼多的藝術成就無法喚回藝術家多留於世半載一年。因家庭環境，三歲起喝馬祖高粱，六歲時能喝六瓶啤酒的酒仙音樂家張龍雲，瀟灑地回歸更大的世界。他離世後，我想像他此時看到的世界必然如他在演講時所說的：「**大自然是有顏色的。**」感性與豪氣的龍雲老師哽咽著說：「我還是馬祖人。」

不散的宴席在心中！我還記得庭院那張長桌，酒食飯菜具在，龍雲老師必然迎風面海，喜滋滋地說著：「多好呀，這般慢活享受。」我不會喝酒，總愛假想著我就如古代俠客，端起酒杯或是大碗，敬龍雲老師，敬，敬，敬！

席，在；酒，在；煙，在；樂器，在；音樂，在；海舞，在。

龍雲老師的人情味，絕對，在！

彩繪十月

水天一色，在，十月
為秋水秋陽秋月試圖繪上最柔美又堅毅的顏色
十月，會是什麼顏色？我彷彿看到彩虹

在世界歷史上有著許多發生於十月的故事，甚至是斑斑泣血的故事。但是，在今（二〇一九）年的十月，我想說的故事是關於生物學家、動物行為專家，終生致力於喜愛的事物，創造世界和諧的了不起女性：珍・古德（Jane Goodall）。她來到臺灣多次，去（二〇一八）年十月也訪臺，八十幾歲，仍可小跑步與輕快地躍上階梯。這樣的行動力與熱愛生命的心，是因為具有使命感，在非洲森林長年駐守黑猩猩，以她親身的探究與生動的文筆記述好幾個黑猩猩的家族歷史，讓我們看到的不單單是科學性的數據——黑猩猩與人類的演化關係，基因組相似度極高——而是以實際的案例進行深入研究，促進不同物種間對彼此的認知。

黑猩猩寶寶比起人類的斷奶期更久，非常需要媽媽的照顧。有專家發現，還不能脫離媽媽的群聚關係；而獨立的黑猩猩雖可受到媽媽保護，避免被強壯的黑猩猩欺負，但也因此容易遭到媽媽的強力管制。雌性猩猩多具有母性，即使沒有生育子女的雌性黑猩猩，也會懂得幫助其他雌性黑猩猩照顧小寶寶。

而雄性黑猩猩長大後得出門自立門戶，擁有自己的族群。為了獲得想要的伴侶而爭風吃醋，或是為了占領地盤得發揮「勇士」的強健體魄。據珍・古德的研究，黑猩猩能夠分辨人類的男性女性。牠們比較尊重男人，尤其是聲音低沉渾厚、身材魁梧的男人。珍・古德曾被十二歲的雄性黑猩猩幾次捶打身體至瘀青，她從不還擊，也觀察到雄性黑猩猩懂得挑釁與占上風，以及日後有哪些人或哪些同種動物不需再去征服。

珍・古德長年規律地記錄，觀察黑猩猩族群的家庭狀況、生老病死。有的黑猩猩在媽媽過世後，極為憂傷，終日病懨懨地躺著，在媽媽死後三週就去世了。有的黑猩猩小寶寶在媽媽去世後，幸運獲得十二歲雄性黑猩猩體貼的照顧……

當我們閱讀或觀賞珍・古德的書或紀錄片，看著這些黑猩猩的成長過程，看著牠們成家，也看著某些黑猩猩一生不幸，真讓人彷如置身森林親見生命的過程。

常見猴子們會互相梳理毛髮，且態度認真。而年輕的雌性黑猩猩會以小樹枝當工具為夥伴清潔牙齒唷，如果正好是遇到夥伴換乳牙期，黑猩猩會將夥伴搖搖欲墜的牙齒拔掉。珍・古德說黑猩猩這類行為多出自於好玩的心態，與具有社交意義的梳理毛髮不同。從珍・古德書裡的文字想像這些畫面，真是可愛呀！

我從記憶裡生起幾幕妳曾跟我說的童年故事：妳很喜歡與妳的姊姊在睡前輕輕抓癢，輕觸的指尖動作產生催眠效果，抓著抓著，彼此就睡著了！牙牙學語得斷奶時，妳的媽媽刻意塗上涼涼的防蚊蟲乳膏或是辣椒，大概是味道很嗆吧，妳哭了。得花多久時間戒掉喝母奶的習慣？黑猩猩嬰孩斷奶會變得沮喪憂鬱，而人類會嗎？妳即使長大了，年紀夠大了，仍無法真正脫離原生家庭而獨立，過程艱辛嗎？妳在妳媽媽過世後一年，是開始學習獨立？還是仍處於不能戒斷的喝奶期？看看動物影片、圖片很具療癒的力量，雖然大自然總有殘酷、驚險、暴力的「天擇」或物種性格，但是溝通能力與感受力卻是存在的。

最知名的雌性黑猩猩「露西」（Lucy）曾被人類夫婦（教授）領養，牠懂得一百多種語彙，可以使用手語，卻在放養回非洲後，推測是遭到人類殺害。這是多麼令人感到悲傷的故事！也許正是牠的故事，才有後來《猩球崛起》（*Rise of the Planet of the Apes*）凱薩（Caesar）的三部曲電影。一隻自出生起就被人類（科學家）豢養的雄性黑猩猩，與露西一樣，自認為是人類。凱薩有人類爸爸，還有人類爺爺，只因人類自私的研究而產生後續一連串的災難。

因為黑猩猩的體質結構、腦部結構、神經系統都與人類很相似，被科學家作為研究對象，而黑猩猩的心情與苦處是否被正視了？從珍・古德著作的長年暢銷書《大地的窗口》（*Through a Window*）見到每一隻被記錄的黑猩猩都有名字，有牠們的生活足跡，有依親期、叛逆期、青春期、中年期、老年期。有的躲不過災難，有的幾經磨難活了下來。當其中一隻黑猩猩挨著她的身旁躺下，閉目休息時，她感嘆著：「**在這裡，至少人與動物之間，充**

滿了絕對的信任，動物和牠們所寄居的原野，有著和諧的關係。」一想到人類違反大自然，殃及其他生靈，她發起一項全球性的串聯活動——每年「十一月不浪費」（No Waste November），一整年裡至少有三十天不浪費地球資源。

每每看到珍・古德的照片或影片，都會讓我感到凝神的吸引力，超塵脫俗的氣質，至今仍是美得耀眼。記得當初買《大地的窗口》這本書時，放置幾年才開啟，一讀無法放下，讀到最後一頁，傷感至極，不想讓故事結束，還想看到牠們每一隻的生活。但這就是生命，故事總有起承轉合。我說故事給妳聽，也給妳媽媽聽。我記得那年的十月，也記得次年的十月。於今，過了多年又再加上一年。妳們嚮往那樣的大自然嗎？悠蕩於可以自在翻滾，享受陽光卻又不受打擾的世界。

這回換妳們告訴我，妳們打算以什麼顏色——彩繪世界。

飛行的姿態與任務

飛，在，十一月，問候初冬
這天的通關密語，竟然是……

每每，精神最不好的時段是在白天，即使前晚早睡或是睡得很久，白日依然是昏沉的，多數時候得在黃昏以後才感覺「開始」煥然甦醒。早晨拿起的杯盤，多次噼哩哐啷掉落，碎成數片。再惋惜地撿拾起來，恭謹地把碎片們送入「垃圾桶」。實不願意以「垃圾」名之這些該「丟棄」與「捨棄」的各種物件。把這些物件放入小小的桶子，桶子裡多半是撕碎的紙條、廣告單、濾掛式咖啡包、果皮、一根根自然掉落在地面的髮絲……。每日或隔一日，將小垃圾袋置入社區裡的大型垃圾箱裡。

對於社區的清潔工作人員，我至為敬佩！每看到他們，我總要打招呼，或是說上「謝謝你們」、「辛苦你們」。他們還得把本就分類的物品，再次收整得更為齊整仔細，某回還見到他們把鄰居丟棄在回收區舊家電的電池一一拆解下來，「拆解」，是為了讓丟棄的物件更為澈底地與大自然相融。看著他們年紀才中壯年，身姿已成佝僂樣，那是被生活、被重擔壓的吧。我聽到我的心在喉間、在胸腹間低鳴著苦滋味。

曾被少數知情的人形容我像是螞蟻、蜜蜂般的鎮日辛苦，那樣的苦，現在已形成模糊的記憶。當記憶模糊之後，整個人變得不勤快；卻無法不勤於讓多種意念飛來飛去，忙碌不已。這天，依然是在最明亮的窗，見到令我大感錯愕的畫面：一隻蒼蠅，蒼蠅呀，真的是蒼蠅，而不是蜜蜂，飛到唯一日日開滿花的花盆裡，以牠的腳搓搓這葉子，又以腳（或是加上嘴）搓搓小花朵，牠待了好一陣子，我看呆了，等我想以手機拍攝下這景況時，牠已「吃飽」，飛走了！

而我，也不過只是隔著窗景看，且這扇窗是密閉著，與牠形成近距離的透明觀視，也可說是被「隔開」，而不能觸碰的距離。這樣的距離，形成安全感。我不必怕牠飛進來叮我或物品；牠也不必害怕我這「生物」。

首見蒼蠅如蜜蜂、蝴蝶吸食花蜜，趕緊上網查，也許那是食蚜蠅，可以代替花授粉，果真是類似蜜蜂與蝴蝶。成年食蚜蠅的主食是花粉花蜜。

這盆盆景是我生活中難以想像的「驚奇生命」，十幾年來日日有花，色澤深淺不一，我不曾給予太多關注，反而多與其他小盆景輕觸地打招呼。只是曾因小鳥與蝴蝶造訪這日日開花的花盆，我才開始對這盆景多行注目禮。某年出國多日，把一些盆景寄放在社區庭院，有人問我：「怎會買這盆景呢？」他說他不喜歡這種花。啊？我沒想過那是什麼花，只感覺這盆栽屬於刻苦耐勞型，不需人特別照顧，依著陽光與少量的水兀自長得燦爛繽紛。

至此，我才細看此盆花的花莖與花朵很不相稱，花，小小朵小小朵獨一綻開，或是三兩朵相連一起奔放。花莖一根根如刺，彷彿是放肆又節制的繩索，往左往右，往斜上往斜下，伸展為多種姿態。花莖布滿色澤很深，極具粗礪感的尖刺。這「身子骨」乍看不好看，但是屈伸延展的多變性，其實很美，剛硬中帶有柔姿。盆景的花朵依顏色被稱為「黛玉」、「寶玉」……。直到現在從網路照片搜尋，才知道這是麒麟花，學名是虎刺梅。

身姿帶刺，卻有小鳥到這裡就著垂下的枝條盪鞦韆玩耍、有蝴蝶來訪、有蠶寶寶棲居。這些生物令人想到「美好」。而蒼蠅，讓人直打哆嗦，甚至反胃地難受。卻因無意間見到蒼蠅吸食花蜜，感受到牠也有傳播美與傳遞花種的任務而不敢小覷。反思肉眼所見的「美」，被習以為常、根深柢固的觀念種下截然不同的偏執心。

食蚜蠅那天並沒有叼走小花，幾天後，麒麟花花盆上莖葉依然茂盛，沒任何一株葉子是枯黃的，而是鮮綠色。但是，在寫作此篇散文的當下，我數度近身去看這面窗，一大堆綠葉，卻僅有兩片葉子上托載有花，共三朵花。這番生命密碼，我得再觀看幾天探究吧。食蚜蠅可以感受花與葉脈的呼吸？喝了黎明的露珠？

曾多番幻想我居住的屋可以有個小天窗，就在屋頂上（得搬遷到頂樓或是住在具有建築概念的透天厝？）斜向開啟往雲天之處，延伸舒展的心。當陽光灑落屋宇，醒來猶如徜徉在森林裡。不去思考森林也許存在著具攻擊力的鳥獸、遍布的荊棘、有毒的葉子與果樹，而是想像著清新的空氣與天地間的韻律。

如今，因為這難得的晨間觀看，我稍稍體悟珍惜某些時刻。尤其是在城市建築物與建築物擁擠互併，窗與窗交錯，難於窺見無垠的天空，也不易完全隱藏居家隱私，在這樣的條件下，飛行的各種生物仍願意造訪，展現牠們的生活與作息。

蒼蠅揮動「腳」，不斷地搓，是為了要把過多的食物，尤其是甜食沾染在腳的重量清除掉，以免妨礙牠們的飛行。看吧，蒼蠅也是在清除得丟捨的物件哩。

麻花捲與歐巴馬

熾陽下，瞇起眼如一條金絲線縷
亮月裡，閃眨眼如圓滾滾彩色球
告訴我，（妳）你在想什麼？
介意嗎？請邀我進入（妳）你的眼底
讓我看見
拱起／伸展／輕點腳尖／仰躍／落地
美好

不知多少年了，不再於年底感嘆，或是在年初立志迎接新年，僅是稍稍嘆息時間真的是流動得太快。光是口頭期許，少了起而行，終究會是這一年與上一年下一年不會有太多的分野。好吧，若要談二〇一九年，此刻，閃耀於我心上的是麻花捲與歐巴馬。

在朋友家初見一歲的麻花捲，溜，真是一溜煙自她家人手中跑開，自己上上下下溜竄去玩了。好不容易與她相遇，她坐在鋼琴最上端，我伸出一隻手，手心朝上。她竟然很有默契地將她的手掌輕扣在我手心上，我驚愣、雀喜之外，第一次知道，她的手，竟然這麼厚實柔軟。於是，我反覆與她這樣玩著。她才一歲呀，神情慎重、鎮定且從容。我試著換一隻手心，她彷彿得轉換身分般地思考幾秒後，伸出她的另一隻手與我相疊。

仔細地看她身上穿的衣服，黃棕色深淺不一的外衣，胸口上圍著一圈雪白的衣襟，腳下的色澤與大衣及衣襟對稱。美，美極了！更別說最讓人陶醉的是那對圓圓大大的眼睛，閃耀著灰綠的色澤。

第二次見她，已是隔了好幾個月，我不敢抱她，卻又很想抱抱她，感受她家人所說的體溫。依然與她對視，甚至趴躺在地上與她玩自拍，看著她捲起門邊的腳踏墊，將她自己捲起來；看著她跑上跑下、跳上跳下。忽地，聽見好大一聲「蹦」，我快步去查看，她也許知道這聲響嚇到人，只是縮坐在門角上廊邊緣，小小的臉孔，大大的瞳孔，抬起頭，看著我，真是一臉無辜樣！我說：「妳還好吧。」猜她不可能受傷，她的本事可大咧！且她的家人說，她跳上跳下，從不撞倒任何家具。

我終於敢抱著她了，體重不輕唷，沉甸甸。但她哪是任人抱著呀，馬上跳下來。接著，我更敢於靠近她的鼻息，緊盯著她看，在她的臉上摩挲著，就像是聞著小嬰兒的香味。我以手機拍攝她，見了照片的人，都說她好漂亮呀！我總要時常看著香暖、體貼、美麗的麻花捲照片，回味她可愛的模樣。

今年見到麻花捲兩次，見到歐巴馬也是兩次。鄰居一年內出國兩次，不得不請我去他家就近照顧。他是三、四歲的「黑色王子」，穿著黑大衣，從頭到腳全身黑漆漆，舌頭粉嫩，兩眼在黑色瞳孔裡綻放出黃色的光芒。第一次看到我開門進去，他把頭捱過來磨蹭，偶爾以他的身體側邊磨蹭。無一次例外的是，他假裝走過來，卻是把他的一隻腳踩在我的腳背上，哇，雖只是一隻腳，還真有重量感唷。只是第二回見他，感覺他變瘦了，愛撒嬌的個性沒變，不怕生。

他幾度跳上流理臺，我知道他想喝水，於是打開過濾器的水給他喝，嘩啦啦地喝呀喝，不知他為何這麼渴？是因為把餅乾都吃了而渴嗎？當我打開門準備離去時，他一瞬間竄出門外，真嚇人呀，還好把他哄回家了。我也為歐巴馬拍了多張靜態照片與動態影片，晚餐時給朋友看，朋友大叫：「哇，這豈不是豹嗎？」我沾沾自喜地說：「是黑豹。」

童年起，我自認在天上飛的老鷹是我的最愛；在森林裡跑的動物，我最愛的是「豹」，獨居動物，行蹤隱密，動作快速、精準。說歐巴馬的外型如「黑豹」，還真不為過，我撫著他的背脊，肌肉堅實。但是，他的聲音稚嫩可愛，個性溫和。呼喚他，他會從躲藏處走出來，以喵喵喵的細微聲回應。見他兩耳偶然間豎起尋找音源，真想聽聽他對環境的「解讀」。

早猜到了吧，已結紮的麻花捲與歐巴馬都是貓，且是流浪貓，被他們的家人撿拾回家好好對待的貓。看著他們的眼睛，總是很羨慕可以長得各具特色，圓圓滾滾、晶瑩剔透，甚至

麻花捲。（吳孟樵拍攝）

歐巴馬。（吳孟樵拍攝）

是一天裡可以變幻出不同的顏色與亮度，好似與溫差、與心情進行「微調」的功夫，轉動色彩。

因著他們，回想起，更早前接觸到貓咪，是因為朋友的公司與家裡各養一隻流浪貓，才三個月的小貓，神情嚴峻地觀察我許久後，突然跳到我身上，她的身體響起很大聲的機器運轉聲，呼嚕嚕的。朋友說：「她喜歡妳」。就這麼地，我看著她熟睡在我懷裡，我如同擁著珍奇寶貝，不敢輕易挪動身體吵醒她，任著她身體的毛絮掉落在我黑絲絨的外套上。朋友家裡的胖大貓個性隨和，馬上跳到我身上，也是發出呼嚕嚕的聲音。

我記憶住他們，以「最初」的感動。如果記憶是科學家所言「私人的時光機器」，彷彿回溯（想像）他們在曠野的演化過程；回溯有貓咪的卡通片，或是民間故事裡十二生肖為何缺了貓，以及伊索寓言裡的貓鼠故事，還有童話《穿長筒靴的貓》（*Il gatto con gli stivali*）。

貓眼貓尾巴貓腳是他們願不願意與人親近的重要訊號，感謝這些貓咪帶給我的新奇感受。

跨年的溫度在於內心的宇宙

出於疏忽
兩條平行線
相擦。

隨手一翻，翻到伊朗導演阿巴斯的詩集《一隻狼在放哨》（*In the Shadow of Trees: The Collected Poetry of Abbas Kiarostami*）其中一篇〈風與葉〉（Wind and Leaf）長串詩裡的這三行詩，試圖讓我連結年與月。那年與這年、那月與這月，出於疏忽，我疏忽過什麼？若相疊成因，也可能真是兩條平行線行駛於不同的思維與實踐之路，**相遇相擦的時間之軌在錯身、轉身間，就著「風」的運行，葉落再起新枝枒，重新站在樹梢挺立於風間**。我多麼地欣悅於二〇一九有著放行的綺麗姿態，又多麼期待二〇二〇這麼美妙的讀音與像是開展雙手雙腳踢踏舞姿的賞心悅目樣貌。

二〇二〇年的農曆年與新曆年同在一月，一元復始交疊於年歲裡；元，就是起始也是使之圓滿的祝福，即使是充滿喧騰喧鬧緊張的氣氛，但，日子同樣得去努力行走，舀起我喜愛的芝麻湯圓，就著熱氣放進口舌尖，品味甜美的爆漿感，融化時冷時不冷的氣候，慢慢地沉入胸臆，流淌的是歲月裡的美好與幸福，苦澀感會被剔除或是會被記憶，都無關於此刻細心地品嚐來得重要。湯圓不僅是冬至、元宵節的甜點，更是我平日時不時想吃的美食。

回憶二〇一八年底至二〇一九年一月的跨年旅行，董阿姨來接機，我們再行車到達地處兩千公尺高的美麗山莊。看著董阿姨為自己找尋的敬老中心，數棟三層樓高的建築，分為好幾個以各種花為名的社區，樹木蓊鬱，藝術長廊貼著他們的多種活動照片。董阿姨從小到大學時期，直到現在，一直是眾人圍繞學習與崇敬的對象，長廊裡的照片圖像，自然有很多她參與的活動。去年的一月有多日，我跟著董阿姨的作息度過每一天，也陪她上課。看她上聲樂課，高歌的模樣很專注，與她擅長唱小調時的歌曲不同。她原本日日游泳，因醫囑而減少此活動。三餐到大食堂吃，飯後，我們光是走長廊或是圍著社區的路道，美得令人心曠神怡。大自然只要有樹木綠葉鮮花、有雲、有清淨的流水、有飛行的生物，都會提升幸福感。

與董阿姨的乾女兒逛花市，寬闊的空間裡有無數區的花，有看板燈號顯示的「今日價格」。董阿姨的乾女兒見我好奇地看著各式花環，買了幾頂，我選了其中一頂花環直接套在頭上，就著冷風與透亮的陽光，欣喜地欣賞自己的新髮式，即使到了宴客地點晚餐，我仍是頂著花環捨不得摘下來，與花，一起享受大圓桌的佳餚。勤快持家成業的企業老闆設宴款待董阿姨，我身為陪客，只要安心地吃，就是快樂！

驚喜之處，還在於董阿姨很會運用網路，為自己的住處網購小巧實用的物件妝點空間，**牆上是「歲月」，以各時期的照片「訴說」她的人生故事**。這些故事都精選色系以及輕盈的相框裱起來，非常便於一一瀏覽。董阿姨自身如明星的照片，在華美中，有其悲歡離合的家庭歷史。但是，她總以大愛克服，並且再把愛心分享予很多周遭的人，包括「遠方的我」。令我大感驚訝，也深深感動的是，她的牆面除了家人，極親的親友之外，竟然也安排了我與媽媽的照片列置其間，讓我備感窩心。

冬日的夜裡冷得發抖，白日雖也是涼，但是幾乎日日有陽光，大落地窗外的日光每天穿揚這間大臥室，小桌上有幾盆植物，展顏。下午坐在可以折疊的沙發床椅，西晒的陽光暖和了人心。見到她目前的居住地，安全寧靜又熱鬧豐實的生活，以及經年累月總有各地朋友去那裡居住陪伴她，或是每月的老友聚會，安閒愜意！我才體認到她的選擇，也稍微安心了！理解了董阿姨為自己的人生做此選擇，她遠離紐西蘭，離開可以與女兒女婿，以及可愛優秀的孫兒孫女輩共度的家，遠離有她親種水果鮮花的園地，寧可回到人生第二個故鄉居住的思考點。更何況現在網路便利，天天可以與女兒視訊。甚至為我以 App 定位叫車，為我綁實行李袋，天還未亮，專程陪我到機場。溫情，如此地濃厚。這是我的幸運，能夠見識到說話快速、思路敏銳的智慧長者，豐沛地滋養生命的厚實度，軟綿堅韌。

時光回溯更多年前，也是在冬天。她來機場接我返回她家（不是現在的敬老中心）。那晚電梯發生有史以來第一次故障，她住在十幾樓，我們在大廳等待約半小時，看似無望修復，只好一起扛著我的大行李箱，兩人賣力地沉重地抬行李爬樓梯，之後見到一位大約二十歲的大學男生願意幫我們扛行李，且拒絕小小的謝金，深感人情溫暖。第二天清晨我還在睡覺，董阿姨即已拿著小甜點送去給這位陌生卻有善心的男孩。當我回臺後，才知道董阿姨心臟不好，冬日夜半，她為我提行李與爬樓梯的身影一直烙印在我心底，那是愛心與義勇的形象。

城市，在我眼前閃耀出人情的魅力與光彩；城鄉，最美的不僅在自然景色，也在「人」。祝福董阿姨安朗健康，生動地示範出最美的城鄉色彩。幸好，我們能聯繫，在世間沒有擦身而過。

董阿姨的內心就是一座宇宙。

鼠年遇見貓

為妳，我或蹲或趴或躺，甚至是假扮成與妳同類，以妳的姿態與妳玩耍。其實，妳根本不主動與人玩耍，妳喜歡獨自在一旁觀看。
妳看著窗外景緻／妳來到桌邊／妳在認字？
我握著妳的腳／妳以兩手放在我手心／我撫著妳的下巴妳的手腳妳的背脊妳的尾巴。
我幾乎沒有懼怕感。

二〇二〇年，無論是數字的重疊音如愛你（妳）愛你（妳），或是字型如鴨子於圓周裡滑游，有種對稱感，是協和與自在如意。我想像著「姿態」，就是這組數字的樣貌，如女子的美好容顏，欠身，跳躍著能與世界共舞的態度。

今（二〇二〇）年進入十二生肖裡，以「鼠」為首的年。人們比較不害怕的大略就是松鼠、袋鼠、寵物鼠。會出現在水溝孔蓋、在路邊竄奔、翻攪食物的老鼠，令人走避、讓人尖叫。皮克斯動畫片《料理鼠王》（*Ratatouille*）翻轉老鼠予人的印象，人鼠皆歡。臺灣本土的民間故事「老鼠娶新娘」，繞口令地描繪出老鼠在農曆年娶親的典故。

如往年，除夕，我到朋友家吃晚餐。我們並無血緣關係，卻總承蒙朋友家人最體貼溫暖的情誼。阿姨（朋友的媽媽）經年旅行，幾乎是繞著地球跑。待人熱誠，也能處理各種家事，煮的飯菜美味一流，在自家草坪上種植的花草美不勝收，不僅讓自家庭院顯得生氣蓬勃，在社區寬廣的道路散步，一眼就可瞧見鮮麗的花朵迎風揚起朵朵燦豔豔的笑顏，好喜氣！那天，阿姨穿著她最喜歡的顏色——紫色，帽T胸前兩個英文字——Happy Cherry——我笑開懷，我的英文字正好是Cherry。

今年吸引我的還有個亮點，那是鼠年遇見貓，貓咪小姑娘「麻花捲」好可愛好美麗好神祕、好乖巧好有個性。也真有教養，無論是跳躍或是磨爪子，從不破壞家具。這是我第三次見到妳，這回，妳不怎與人玩耍，偶爾四處轉轉，大多數時候是坐趴在妳喜歡的躺椅睡覺，妳需要大量的睡眠，但又保持清醒，隨時睜開還沒睡飽的瞇眼觀看動靜，再又入睡，柔軟的身體團成一個「圓」。也很容易受到驚嚇，例如吹風機的轟轟聲、小塑膠袋的窸窣聲、桌椅的輕碰聲。

這天，我意外地將妳的姿態拍得像隻老鼠，真是很「應年景」。也興起與妳玩起我學來的格鬥拳法。我的右手心拳起，晃呀晃，在妳眼前示意對打的遊戲。妳鎮定也好奇地與我對應，繼之，與我越玩越有心得，彼此的拳越來越快速，可惜沒錄影。

當晚，我睡在客房，妳以半個身姿藏在門外邊，露出一隻眼睛往門內瞧，那模樣好逗人！我不敢起身找手機拍下妳，怕驚擾妳此時的動作，只輕聲地說：「麻花捲，進來呀！」妳思考幾分鐘後才走進來，跳上一張大躺椅，又跳到地板四處看看。妳喜愛藏匿處，於是，妳走至布簾後，又走到床邊墊起腳尖看著。

半夜，我找不到妳睡覺的地方，妳當然不會在妳專屬的「貓窩屋」裡，也不在妳最愛的躺椅上。第二天，年初一，感覺妳前夜沒睡好，沒太大精神，安靜地在客廳一角落的躺椅上猛睡。當我靠近妳，驚喜的是，妳第一回可以自如地以兩隻手（前腳）放到我右手心上，僅只一瞬間，讓我倍感溫潤。

下午，與阿姨聊天許久，卻見不到妳，到處呼喊也不見妳出現。妳曾在華燈初上時，跳上門邊的圓凳椅看著社區步道的串串燈景。阿姨很擔心妳推開大門跑出去，不——見了！我與朋友預估妳不太可能擅自跑出去。妳是小小浪貓被撿回家的，應該不敢獨自適應「外面的世界」。我們上下樓層逐一地尋找與呼喚，也拉開衣櫃，仍沒見到妳。幸好，沒放棄再度仔細搜尋衣櫃，當我一拉開布滿的衣服，唰，的一瞬間，看到妳安坐在衣服堆裡，抬起鎮靜安然的大眼睛望著我們。我竟然像是遇見「恐怖片」場景，第一回被嚇到，驚地把衣服收束回去，喊著：「麻花捲在這」，再次刷開兩旁衣服，妳依然是張著美麗的灰綠色大眼睛看我們。想來，妳是找個暖和又安靜的處所睡覺。

妳睡飽，仔細清洗臉與身體後，出其不意地在我面前玩起髮圈，我驚訝地看到妳運用一隻前腳翻出腳掌，再以腳趾勾起髮圈，刻意把髮圈丟到地板，髮圈發出一道聲響。見妳精神不錯，我又興起與妳打拳，這回刻意以右手與妳打拳，故意挑起妳的回應；左手以手機錄影，且刻意不拍周遭景物與我的畫面，只以近影錄下妳與妳的拳姿。妳的神情超「震驚」，也許心裡想著：「這女人怎那麼無聊，好端端地，找我打架嗎？」妳謹慎地回應，觀察幾秒後才出拳，偶爾重力回應，拳，有聲音的唷。原來，妳的拳打到妳最愛的坐墊啦。

噢！我必得讚美妳也感謝妳，因妳，我認識到貓掌如此地厚實柔軟；因妳，我見到妳與我打拳時，因刺激，也因本能，短暫出現藏在肉掌裡的尖刺，如漫威漫畫裡的「金剛狼」（Wolverine）。妳為了不傷害我，超級自制哩。

怎不迷戀妳、不想妳？每當我看著妳的照片或影片，都會發自內心的微笑，是展顏的——姿態。

更祝願世界的姿態，祥和。

麻花捲。（吳孟樵拍攝）

月亮冷不冷　眼睛熱不熱

近日獲得一個小禮物，是一支如筆如手電筒的工具，在漆黑的夜裡打開開關，對著任一角落、天花板、牆壁掃過，映在其上的是「月亮」，月亮會變身，可大可小可圓可橢圓，看得到如隕石的黑色物。我說：「哎，怎看不到兔子？」

李白必然很愛深夜，很愛看月亮，才有〈靜夜思〉的「舉頭望明月」；蘇軾的〈水調歌頭〉將人情悲歡貼合人心；李清照的〈一剪梅〉以月亮寄相思；張九齡的〈望月懷遠〉讓海上升起的明月將彼此的天涯拉近。於是，不得不想起蕭麗紅的小說《千江有水千江月》。我多麼希望，月，即使與地球是遙遠的距離，真可以寄語，可以儲存記憶。

對於美麗的悸動，停留在不知幾歲時的記憶，就是喜歡抬頭看月，就是喜歡看到月亮裡的兔子。從沒想過月亮怕黑嗎？會冷嗎？雖然科學界探測的月球與民間故事、神話故事當然不同，高高掛在夜空的月亮仍如此地吸引我，主因還在於月隨著節氣，以及雲空、光線與建築物之間的距離而有多種變化，讓我無法不被其姿態迷住。

或許正因童年深植對於月亮的喜愛，我愛石頭不羈的質感與形狀；愛珍珠的圓潤雅緻；

愛看圓圓的頭型，如顆球，滾動生命，是活水。乍然發現，我的生日誕生石竟然是珍珠，難怪會莫名地愛上且有不少珍珠飾品：項鍊、手鍊、戒指、耳環。這些飾品多數為米白色，也有粉紅色、黃色、墨綠色。還有支精緻的筆，上頭垂墜一只小珍珠。

珍珠在民間傳說被喻為「月的水滴」、「人魚的眼淚」。因新冠肺炎疫情，民眾在公共場所洗手的次數增多，也更為用心地洗手，水，濺起的滋味必然不同。祈使水的美好，帶領世界祥和如明月，也如珍珠。

想起曾與妹妹同時間各領了一盒細緻小巧的珍珠手鍊，手鍊可以圈起一個圓，甚至可以把同款不同條的手鍊相串，成為一個更大的圓，變成項鍊。想起爸爸與我重聚時，他與阿姨聯合送給我一條米色珍珠項鍊，那是爸爸多年前帶阿姨旅遊日本時買給阿姨，阿姨再轉贈予我。更不能不想起，媽媽旅日時買過兩只很圓很大很美的珍珠戒指，一只讓我送給朋友當作結婚禮物，羨煞了在場看到這只大珍珠戒指的人。另一只在幾年後媽媽送給我，因幾乎不曾戴過，也因保養不當而變色，不再見到這只戒指。

近期與同父異母妹妹彼此互贈一條珍珠手鍊，她不愛戴首飾，把手鏈串在包包上。那天，我才剛戴上出門看片，再去上瑜珈課時卻忘了取下來，也許是不小心壓到手腕，珍珠手鍊斷了，我悄悄撿拾起掉落的珠子。回家後才發現最重要的「一」型扣環不見了。這麼小的物件，以為再也找不回，此時如花間仙女長髮大眼的瑜珈老師 LINE 我，發了一張扣環的照片給我。她在教室深褐色木質地板上發現了，幫我轉給一位我未曾見過的另一學員（曾赴德國參展，專精於首飾的高手）替我把這只手鏈接合，並且重新鍍上適合我的顏色。這般的重新修復、再次擁有所產生的喜悅，重點已不是珍珠，而是這份「心意」使珍珠顯得更美。

珍珠也在白居易的〈暮江吟〉中出現——「露似珍珠月似弓」。想像著：我向維尼借來氣球升空觀看月，或是如夢工場動畫的 LOGO，坐在如弓的弦月垂釣夢想，讓夢想不是夢，而是實踐後的舒坦。

丹麥作家凱倫・白烈森（Karen Blixen）有許多筆名，更喜歡以男性名字「伊薩」（Isak）寫作，如大眾所知的《遠離非洲》（*Out of Africa*）、《芭比的盛宴》（*Babettes gæstebud*）。**她認為講故事的人只要能忠於故事，到末了，連靜默也會發聲。**

我悄靜地等待月亮、石頭、珍珠的聲音。在《人間福報》副刊第一篇「心之所念」專欄再到「樵言悄語」專欄，歷經三十七個月於此篇結束，感謝藝文中心主任與副刊主編覺涵法師讓我這麼地由衷抒發情懷，漸入地把「心」聲寫出來。日後，我將這三十七篇其中的十一篇與我的專論合輯為《《歸鄉》的親子關係與俄羅斯文化：這位導演，讓我想起我爸媽》（新銳文創出版），此書具有研究的學術意義，更飽含我想致敬的人物，有的突顯於上，有的連結其間。

「伊薩」帶領我們了解：「在一個人的生命中，把自己陷得最深的莫過於自我的認同。」這正是我尋找的道路，透過書寫，也尋思瑜珈老師播放的音樂〈Remember〉。

二〇二〇年初夏我的新書《歸鄉》的親子關係與俄羅斯文化：這位導演，讓我想起我爸媽》即將出版，早晨夢到我跟媽媽說：「煎個蛋給妳。」蛋，在小小的不沾鍋內，就是個「圓」，也如黃澄澄的月亮。**我知道，所有的故事都將找到「位置」，月亮不會冷，眼睛的溼熱是感動。**

注：感謝出版社編輯告訴我《歸鄉》的親子關係與俄羅斯文化：這位導演，讓我想起我爸媽》於二〇二一年獲文化部中小學生讀物選介，人文社科類優良推薦書。

夢迴年少時

夢穿越石頭，石頭駐足於夢
夢中夢
將另一世界翻了好幾翻
讓時間分裂出分秒年月
記憶曾經，也創造現實
那條線
不在風箏上
不在這，也不在那
就放在心上
收束與釋放
隨風

以這一週的波瀾，回望自己

日與夜、夜與日，甚至是分秒的移動間，是否有個、無數個小精靈穿梭移動著，輕巧地讓你我忘記了現實與記憶與夢境裡的區隔？每一個區塊都有其真實性，但也都可以幻化成泡影。

這週一，如日常的活動，去看媒體試片後，其中的一位主要演員上臺說話。我向來是躲在遠方，不喜湊熱鬧的人，趁著媒體訪問即將進行前，我緩步移到這名演員身邊。在暗黑的戲院裡，他已認出我，微笑地跟我握手，好奇我怎會在這現場。我詫異年歲沒消蝕他俊帥的樣貌，他依舊神采奕奕，甚至是比銀幕上還帥。

第二天，我們以電話閒聊一個多小時，如往年，他總能滔滔不絕地大談生活事。早期他是知名主角。當年，我是新進的記者。他每天打電話叫醒我、跟我聊天。而我只心繫於工作，無心與他外遊。當我遭遇困境時、當我比他還像演員，隨興編織生活故事時，他無一不信。日後，他曾對親密友人說：「孟樵是我最特別的朋友」。若不是這次的意外相遇，我幾乎已忘掉往事。只知，愛與被愛從不曾在我心底當件重要的事。

週三，不斷地反省，在我的人生裡，我錯過什麼？我的執意、任性、冷漠、不愛笑，只是一種偽裝的盾牌。因為，媽媽總是教導我得堅強。堅強至常聽著媽媽的數落聲，卻只能帶著微微的笑意，不得反駁。而妹妹總可以大哭哀哭，時而與媽媽起衝突。確信的是，她們是我最關愛的家人。我習於生活裡有她們的各種聲音。

週四，我一反平日白天幾乎不睡覺的習性。從一早醒來就昏著，爬上夾層繼續矇矓地睡。夢到爸爸家新聘的外籍移工（現實生活裡，當時爸爸沒有聘請外籍移工）篤信佛教。爸爸家的樓上有三尊菩薩，其中兩尊身形一大一小的菩薩飄降到我身邊與我閒聊，身形小的菩薩是個小孩，坐在我身上。（注：這篇文章發表後，有研習佛法多年的朋友見到報上我這篇文章，告訴我，我夢到的菩薩是文殊師利菩薩。）

當日午餐後，不管胃正痛著，平躺於樓下木質地板再次昏睡。睡得全身筋骨痠痛，心痛地一直哭喊著找媽媽，找了許久，仍不見媽媽，卻見妹妹出現了。我告訴她我要找媽媽……。這段過程顯然許久，我在夢裡耗盡力氣，喘著哭著，在夢裡暈頭轉向地分不清自己在哪裡，如同我現實生活裡，每回暈倒後醒來時的那股昏沉感。夢裡，我甚至是喪失了視力。

當我醒來後，虛弱地幾乎無法動彈。冷靜一小段時間後，決定外出找一處有大片陽光的咖啡廳喝咖啡。這家咖啡廳人氣挺旺，我在這遇見因喝咖啡而時常打招呼的退休女老師，她與我同姓。退而不休，仍持續兼職家教，且認真地研算「數獨」、看英文雜誌。她生性樂觀，總帶股孩子般的笑容。我倆聊著，移除那股哀傷的夢境。一抬眼，看見淨亮的大玻璃門被推開，走進一位在他業界被喻為才子的男人。我們數次在某些場合巧遇時，僅有點頭不語的禮貌之儀。這時，卻像老友一般聊起彼此近年備受困擾的蕁痲疹。他與我一樣自小多夢、淺眠、日日有夢。都是因情緒與壓力造成這樣難治的蕁痲疹。此疹也稱為風疹塊，來無影去無蹤，卻足以影響日常生活。

週五，把一直懸在心上，卻毫無執行決心的事付諸行動，以最具霹靂的風速，收整家人的部分照片。看著那些照片，往事歷歷。當年有媽媽在的家，充滿了歡欣與悲傷與慘霧的回憶。照片本裡夾著兩份爸媽的離婚協議書。他們曾兩度離婚，第一次沒正式辦理；第二次他們終於離婚了。爸爸迫於當時的情勢，而在離婚後迅速再婚。

二〇一六年十月底，是媽媽去世五週年的日子！爸爸的第二任太太雖比爸爸年紀小十幾歲，二〇一五年底也離世了。直至二〇一四年，我才到爸爸家作客。是爸媽子女中，最後一個踏入爸爸家的孩子。看著爸爸多年前新建的家庭，像是某一個複製品（與爸媽之前建立的家很相似）。但是，複製品卻具有家庭的溫度。回憶與現實交錯，同時在腦海翻覆著，帶著苦楚。我思念媽媽，卻不忍心向爸爸提起。我心疼媽媽、尊重爸爸。心底深知父母對子女的愛很偏執，不曾真正愛過我吧。只是，媽媽的印記在我心底好深好深好深，好想念她呀。我常在夢裡尋她見她跟她說話。祈祝她一切安好！

週六週日，仍是一連串的夢。夢，是最深層的意識，反映內在最原始的心境。愛與被愛的基石，受到父母對待孩子的態度影響很深。我接受著、告訴自己要學習體會愛，以此翻轉我堅硬如石的心。

注定無法圓滿的家庭記憶

走路時，常引起我很多的想法飛奔，心，不知跳到哪個星際。

元宵節前一天，一大早趕著去搭捷運、搭高鐵。路上見到一對母女，中年女兒牽著包裹著暖暖的年邁媽媽走著。她們是例行的散步？我不得不聯想起我的媽媽。媽媽再沒機會與我這樣走在路上。

接著是在捷運內看見剛上車廂的一對老夫妻，有八十好幾歲了吧。兩老的穿著看來高雅潔淨。身旁是他們的女兒？招呼兩老坐在博愛座。又是讓我觸景傷情。自小就無法感受爸媽可以這麼和諧地生活在一起。

二〇一四年春夏間，與爸爸相隔十七年後見面，像個重新獲得父愛的女兒。爸家有特殊狀況時，我單獨地、立即地搭高鐵去看爸。其他時候，是朋友或親戚開車或陪我搭火車一起去探視我爸。

我的心，似未動。如媽媽、妹妹常說我「不哭、不笑」。這些家人哪知我的心浪早已翻了好幾翻，快沉溺。

就在元宵節的前一天，好友的媽媽（我稱呼為阿姨，待我如家人）專程陪我去看我爸，陪我爸午餐晚餐。午餐時，看著爸專心地剝蝦子，剝得很好。我卻決心幫他把剩下的蝦子剝了遞給他。這是我第一次為他人剝蝦子。對於吃蝦的回憶是：媽媽會為我剝了所有的蝦；之後，也總有人為我剝蝦，把完好的蝦子送到我面前；再之後，我有心自己解決蝦，以刀叉或以筷子處理蝦子入口，就是絕不弄髒手。

下午，爸開車（技術超穩超好）載我和阿姨去逛逛，解說當地歷史。這是臺灣社區造鎮很著名的地區，卻淪為政治角力下勉強維持的地帶。街景雖仍見翠綠與人氣，但也可見逐漸衰頹的角落。真是令人嘆息！

晚餐，我刻意點名要去爸爸常去的店家，吃著他常吃的食物，感受他日常的生活節奏。當我以筷子夾起第一口食物，在即將咬食與未咬食之際，我全身又如浪般地翻滔，好心酸！想著爸近一年多來，獨自生活……。他，很孤單吧！

趁爸爸起身不在座位時，我嚎哭。是因為阿姨在場，我才敢放心地讓情緒奔馳，越哭越傷心。阿姨嚇得起身安撫我，我告訴她：「我心疼爸」。阿姨待我就如親生女兒，陪著我處理不少事。好多好多年了，阿姨與她的家人對我非常非常好。

這天，馬克從他居住的城，特意暫拋工作，到高鐵站接我和阿姨。我們總是可以不需多言說，就能以眼神交換出彼此的想法。我們在爸爸與阿姨的面前輕擁道再見。他知道我的心事而理解我、包容我。世間事，每日不斷地變化，就在這天之後的第六天，馬克的爸爸往生了。我知道他從小的家庭故事。他爸媽的婚姻故事與我爸媽很類似，此時，我能怎麼幫助他度過這情緒呢？他傳來一張父子來不及握手的圖片，以圖訴說心境，很讓人傷悲。

因這張圖，我想到爸家中有好多好多掛在牆壁上的照片。其中一張是爸二十幾歲時拍攝的，他的特徵是濃眉與高挺的鼻樑。

當我看著爸這張照片，每看，每回總要說聲：

「妹，長得跟爸超像啊！」尤其是妹的嘴型與爸幾乎一模一樣，微笑時，可以漾出更多的喜樂。對於元宵節，我想記憶的是家人一起吃熱騰騰的元宵，讓心也暖起來！

妳看到我了嗎，念

「妳從葉子會看到土嗎？妳會看到小昆蟲喝露水嗎？」

夜裡，一個很特別很特別的好朋友馬克來訊息問我。

我回答：有啊！我有個小小的廚房，是整所房子裡陽光最好的區域。這座區域有兩扇小小的窗，窗邊外有幾只盆景，其中一只盆景，一年四季、日日夜夜開著小花。某個白日裡，一隻小鳥在那盆景的藤蔓上盪起鞦韆，盪了不少時間哩，就像是小孩盪鞦韆，越盪越高，不願意離開鞦韆架。當時，我湊近，隔著玻璃窗觀看這隻鳥，牠必然看見了我，並沒驚嚇，依然盪著。就這樣，我陪著牠、看著牠超級自在地享受晃蕩的快樂。這畫面美極了！令我看得癡迷！日後，藤蔓越來越長，我不忍修剪，期待這隻小鳥再來。但，沒機緣再看到牠。只見過蜜蜂蝴蝶，甚至是蒼蠅來採蜜，倒是頭一遭看到鳥在花間閒盪。記得，曾在當天向媽媽與妹妹說起這番奇遇奇景。

馬克建議我去看葉子、去看土，會看到很多有趣的事物。他還特別說明不能看盆栽，要到戶外，往扎扎實實的土壤裡觀看。因葉子、因花朵、因土壤、因飛行的鳥、因我屬於風的族類，我循著風的方向潛入記憶、潛入夢裡。不刻意造夢、不需孵夢，因為自有記憶起，日日有夢境就是我生活的一部分。隨著心進入夢裡。

心、腦的記憶能乘載多少重量與厚度呢？

一直清楚知道自己一向是義重，未必情深。透過夢，才了解我對他們的愛與念，遠遠超過我所知。

我有無數個上百上千上萬上千萬個關於媽媽的夢。媽媽在世時與往生後的夢境差異很大。她在世時脾氣不好（也許是被生活折磨而致無法溫和以待），我不願與她爭論，只能在夢裡感受我自己的憤怒，經常被她氣醒。偶爾是喘醒。妹妹說，我的靈魂純淨，常在夢裡解救了媽媽。每當媽媽身體不舒服時，我在夢裡必定疲累至極。等我醒來，媽媽的身體已健健康康。而當媽媽往生後，她在我的夢境裡溫柔慈祥，總帶著笑容。我甚至可觸摸到媽媽身上的體溫，感受屬於媽媽的香暖。

在這，我想對那隻在我窗邊邊鞦韆的鳥訴說兩個夢：

大約小學五年級，媽媽還不知她要出國找親戚時，我已夢到媽媽遠離。我站在小學操場，望見媽媽的臉孔鑲在一只風箏製成的電視機，飄離地面飄飛升天，她在螢幕裡望著我，眼神憂傷。幸好，有一條繫著風箏的線連結不知定點在哪的地面，媽媽與我可以保持一定的距離，彼此遠觀。

自那個夢之後，當媽媽回到臺北，深夜裡依舊如常地，分別到哥哥、我與妹妹的房間為我們蓋被子，確定我們不會著涼。我們的確是超會踢翻被子，被子不是摺到腳下方，就是滑落至床下。我總是假裝睡著，默默祈禱這個媽媽趕快離開房間，我以為「她」是某個妖怪的化身，而我的親媽媽早已不知去向。這個迷思與懼怕，始終沒告訴媽媽。

幾年後，爸媽離婚了，媽媽出國旅遊散心。妹妹與我送媽媽到機場，臨別時，母女三人隔著媽媽離境的玻璃門無言地看著，媽媽的眼神哀戚。我與妹妹哭得很傷心、淚落個不止。明知媽媽只是旅行，不是生離不是死別，幾天後就會返家。但總感覺這是傷離別，心傷，心會痛。

媽媽往生後，無數的夢境裡，其一的夢境是我站在公車車廂的最後端，隔著一張寬大的玻璃窗看著倒退的街景。突然，望見媽媽奔跑向我。她一直跑呀跑，與我揮手了嗎？媽媽腳底下的街道在那一瞬間漫起水，水，布滿……整條街，水不深，卻讓我心驚，焦心而醒。

念，是無時無刻放在心底。念，是以心承托。**念，在心臟無從尋找的地方**。念，在每一個今天、每一個當下。

心的位置離前胸後背是這麼這麼地薄，卻總能乘載無限的重量、卻總能穿越時空……土、葉、花、鳥、風、夢、玻璃窗，將思念延伸、遠送。終於懂得，這就是情深！

以冬春夏秋記憶失去的那些日子

曾經，在某段日子裡，於我，是荒謬的年。似乎所有的喜怒哀樂，幸福、隱憂、悲痛……全數集中於一年多裡發生。是競賽嗎？「悲」說起它的悲，硬要擠掉另一個「悲」。層層疊出哪個「悲」砸起人——更傷。

那年的冬季：

眾人陪伴一位還來不及長大，輪廓深邃的美麗女孩到她的「新家」。在很多人的心裡，她已經成了永恆……

永遠的孩子

永遠的青春

永遠的美麗

卻也是難以抹滅的痛！尤其是，仍不知真正的病因。

這天，天氣大好，陽光柔和舒適。就在同一天，轉換場域時，遇見叫人讚佩的人物，他正在與一些人開會。會後，他走過來。這算是我們第一次聊天，坐在窗邊長聊彼此的過往，快速地翻閱彼此的生命頁碼。他「亮」得像是一只耀眼的太陽、富想像力如金橙色的月；卻也顯得像是從天際殞落凡間的星球，即將墜入末途。

春季：

我出版了新書，卻也有些煩惱。亮眼如陽的人物，為我挺身而出，承攬了些事物。太陽為我映照、為我鋪路。

夏季：

亮眼如陽的人物有很多的計畫分享於我。

秋季：

這只特別的「星球」正式殞落了！來得太突然？即使我的靈魂深處早已感應，但仍無法接受此等命運。太陽與月亮幻化成多種物件陪伴著我的哀傷。僅僅數個月的談話過程，已領教他充沛的生命熱忱。沒時間舔舐傷口，整日奔波於醫院探視媽媽。正是秋天，永遠控制著我喜悲情緒的媽媽，也消逝了！

很長很長……不記得有多長的時間，每天平均只睡一小時：白日黑夜盡是處於無止盡的心驚與極度壓縮狂奔的淚水。媽媽妹妹最受不了我常常沒太大的情緒反應，怎地鬧我，我也不哭。像是種命定的配額？命令我終究得使用這些淚水。

次年的秋季：

無需記憶日子。日復一日停留在許多人的面孔與曾經相處的點滴，他們的印記是重疊的，都是再也喚不回的生命。

直接進入秋天，屬於妹妹生命之始的秋天。

妹妹的相貌亮麗搶眼、身材高䠷，總是笑得滿臉燦爛，也很愛哭，一遇不順或害怕擔憂的事，就哭個不停。兇悍時，威凜無比。

哭笑都大鳴大放的人，宣洩情緒是直接而爆衝的。一場場的人生荒謬劇，引得她靜默，沒人可以將她自深陷的鬱悶裡帶到陽光處。

她對家人真正的感情是愛得少或是不怎愛……？她是這幾波風暴中，壓倒我最深的「悲」。我深深地期盼她重新擁有燦爛的笑容。

三年後的秋季，有個超驚悚的噩夢：我被一個闖入的惡人手持一把手槍逼近太陽穴，我害怕我緊張、我不知該說什麼。突然，我眼神哀而豁然地對摯愛的家人留下一句話：「**不要傷心**」。

因這個噩夢的啟示，我希望嘗試改變寫作的方向。這對我而言已不僅是寫作，而是療癒。我願意一點點一滴滴地慢慢梳理自己的心事。

夢境，永遠是我最信任的了解自己的工具。也許，以後可依千奇百怪的夢境書寫人間奇事。

日常工作就是看電影，有陣子突地感覺進不了自己的內心世界，一股頹喪感滋生。就在感到最疲乏時，好片適時出現，**呼應了葉慈「心的跳動」頻率**。我知道，我的心又「活」了過來。又如從前，會被某段對白留下深刻印記、會被某個情境觸動舊記憶、會被某個眼神或某個背影引著好奇心……。我的心，輕輕地飄動著、淺淺地呼吸著，或是重重地嘆息著。即使痛感依舊，我又重新感受活過來的滋味。雖然，很可能會繼續頹唐，但，總有可與我一起呼吸、一起對應的人事或景物。

如今想來，那個被手槍逼近的噩夢，是我太懂得傷心是如何地傷重、傷重地難以承受。因此，我不希望帶給摯愛的家人傷心感，也是我的靈魂勸解我自己：

必須不要再傷心了！

必須、必須做到不再傷心。不再成天為離世者哀痛傷心。我只要深切記得他們，把他們放在心上就好。

蘋果的賈伯斯曾引用披頭四的話，談他與比爾・蓋茲（Bill Gates）的關係：

「你我共有的記憶的記憶比前方的路更長遠。」

記憶生命過程，原來是如此地與個人心脈、與世界脈動連結，選取記憶或放下記憶，是否可學習老鷹的翔飛之姿、或是如石堅毅、如樹仰天、如雨水一般地……

自在！

那一年

那一年於我，是個荒謬的年。同時有不同的朋友群，日夜出入不同形式的聚會。最常與莉亞去她一定得去的著名飯店內頗富盛名的餐廳，內有樂團現場演奏、演唱西洋流行樂曲。她說這是她最期待的娛樂，只邀請女性朋友參加，那是愉快又健康的聚會。她的英國先生偶爾會與我們一起喝酒跳舞，莉亞穿著極高的鞋子，舞姿性感有活力。

莉亞與藍曾是我的鄰居，但他倆不認識，我卻分別與他們在同一年相遇，他們還很年輕。我與他們相識時，離他們遷出這棟大樓已有一段時間。藍，我暗稱他藍，是因為他在深夜會透出藍色的光影。他的外貌帥氣有型如明星、身形高瘦、腹部平坦、肌肉結實，有一頭長鬈髮，叛逆又憂鬱的眼帶著孤冷氣質，像極了藝術家，從事的工作的確與藝術品味有關。他與我走在白日下，以及深夜的公園、巷道，一起吃飯、到小酒吧喝啤酒、紅酒。似乎喝了酒、點起香菸，他的話匣子才會開啟。我倆似陌生人、似朋友、也似情人。他與莉亞是我願意在夜晚出去一聚的朋友。聚散是生活常態，那年深秋、即將入冬之際，媽媽過世後，我儘量不夜出，專心地唸心經給媽媽。沒想到，從沒真正背誦過的心經，因這一唸再唸多次，背了下來。這期間，藍也歷經家人的離世。他說：人生呀，坎坷！

但他不知我的坎坷歷程，只知我很勇敢。

本不習慣與人過多往來，更是幾近閉門少外遊，即使巧遇他們，只禮貌性地回應。倒是，藍在某年年底把長鬈髮理成平頭，少了點陰鬱氣質，多了些陽光味。怪了，我反而不習慣他把頭髮理了。他的高挺鼻梁與我不相上下，我們走著聊著，總感覺他比我還抑制自己的情緒。但，話匣子一開，多數時候是他說著、我聽著。夜，如另一個太陽照耀著我們走過的路，更像情人了。

深夜，他依然送我回我住處大樓後巷時，不知怎地，他回頭喊了我，說了幾句話。他向來不是情感細膩至返身訴說的人。因這一反常，我心驚地看著他腳下的便鞋，似乎帶著抖音回應他毫不相干的三個字：「多保重。」

當我再次往前走向住處大門時，暗罵自己：怎會給出「多保重」這三個字？沒頭沒腦地，只因他當晚沒吃飯嗎？只因他常常熬夜工作嗎？像是一種不安的回聲，天氣不涼，我卻抖顫了起來。自此，我忐忑了至少半個月，心知，與藍不適合增添柔暈氣息。他與我都是屬於鬱悶的人，我們不該改變回應的方式。

這忐忑的半個月裡，心理聚焦於視線中捕捉到藍那一雙便鞋裡的腳。我想到另一雙腳，被脫了鞋子的腳與生命安靜地共處。

即使是日子流逝得很慢，慢得幾近讓人窒息。緩行的分秒，實際上仍轉動命運，我繼續著幾項不可思議的事件，一一承受，並且學著處理，才真正領會什麼叫生命、什麼叫保重。

原來「保重」這字眼，竟然根植於我對生命的體驗。日前走在路上巧遇莉亞，她陪先生去醫院複診，並且邀我去他們新家參觀、吃飯、爬山。她的第三個孩子，在前幾年是剛出生不久的男嬰，當年我抱著他，看似很小的男嬰，沉甸甸地很有重量。而今上學了吧。我想著也許可以帶藍去莉亞家，他們即使不相識，或許會憶起曾搭同一部電梯哩。

莉亞、藍、遺落鞋子的人、義氣美少年……與我竟然都在那一年，相遇。

書寫，送給一生愛美的爸爸

一年有四季，分屬冬春夏秋，若為此著色，會為季節安上什麼顏色？就像是為家人思索專屬的色彩，又會是什麼呢？

對爸爸，我怎竄出藍色與咖啡色哩？多麼不同的色系，卻可使用在他身上，如同他屬於風向系列的「天秤」，力持平衡。印象中，他的衣著中，最不可少的是手錶與筆。他喜愛書寫日常，手握的筆，無論是高檔的筆或是即將失去墨水的筆，**在他運筆下，每一筆每一劃，出現的字，飄逸且穩實，可以橫出紙張飛向人間，留駐於閱字者的瞳孔底、心內深處。喚醒閱字者某件可能遺忘的，如藏於雲霧間的記憶。**

爸爸與他的小妹妹（我的小姑姑），兄妹倆感情最好，星座都屬天秤。妹妹也是天秤，爸爸在九月、妹妹在十月。我也屬風的族類，是雙子。

記得曾與妹妹合資買生日禮物送爸。在爸爸二〇一七年生日時，我依約去學校分別為七、八年級的學生演講，巧得是：校長與爸爸有個字相同。演講後，我去取訂購的書。其中一本是余德慧的書，朋友強烈推薦我閱讀，可以為生命解惑。另外一本是北野武的書，當我乍看，立即地、毫不猶豫地購買。尤其是書中提到了父子關係。隨手一翻，無論是哪頁，都很吸引人閱讀。在爸爸生日這天，我，閱讀，以此作為轉化性的記憶與祝福。因為，爸爸沒法在這天接到小姑姑或是我的電話了。

北野武在他的黑幫電影作品中，經常是戴墨鏡、臉抽搐、雙腿叉開。這是他正宗的銀幕標記。暴力血腥畫面搭配舒緩音樂襯底，是北野武平衡電影語言的特色。

黑幫，本就砍人、被砍，流血是必然，若僅有武力，布盤的棋局不會精采，也較難創造出死亡的格局。

死亡，在北野武的少年記憶裡，很多，很多！

我爸當然不是黑幫人，我只是從北野武的父子關係，想到人人都有個自己回憶中的父女（父子）關係。

日子再往前推移一些些，我要去看爸爸，在高鐵站內看到以小說、以劇本、以電影、以廣告受人注目與喜歡的導演吳念真，他的電影《多桑》不僅描述臺灣早年的採礦生活，更是吳念真紀念爸爸的作品，他的爸爸是礦工，且因職業而染了塵肺症的故事。

在路上每遇到名人，我總不好奇，也不表現出「認得」的表情。但是，吳念真的文與聲音深入人心，再加上，這一日，是去看爸爸，多具特殊意義，於是，我上前和吳念真合拍一張照片。吳念真的表情極富戲劇性，親切大方。

當晚，我入住爸爸家附近，充滿音樂氛圍的旅館，領受爸爸曾告訴我他住在這的心情。

望著牆上的演奏琴圖案、牆邊安置的木櫃是大提琴造型。他曾和阿姨開車到外縣市聽音樂會。我試想著：「原來呀，爸也喜愛音樂。」睡了不到四小時，天未亮，起身，與隔壁房的哥哥一起沿路走到爸爸家。

就以這天記憶這個日子，送給爸爸。我把事先寫好的信與文章放入爸爸的身邊，在旁人的協助下，枕貼在他右耳邊。我本知道他來自小康之家，他的爸爸（我沒見過的爺爺）被員工捐款潛逃。爺爺三十九歲去世，爸家，家道從此中落。近日，我才知道爸爸算是來自富裕之家，熱鬧地段有幾所爺爺的房子，開了香燭店與米店，還有礪米廠。被管理財務的員工捲款而逃。若在電影裡，會怎麼表現？

童年，我穿著家居服、腳上趿著拖鞋，外出為媽媽買廚房用品，會被爸爸唸著：「怎能穿這樣就出門？」小學時，放學途中，我最愛邊走邊吃零食，曾在不自知的狀況下，被爸爸發現。回家後，自然地又被爸說：「邊走邊吃很難看呀」。從此，我即使免不了偶爾邊走邊吃，那段提醒的話，兀自悄悄地警惕我。難怪呀，爸一生總是衣著筆挺、風流倜儻，是源於自小的環境吧。年老時，他仍會為自己的衣服整燙、擦亮皮鞋、不合身的衣服必去修改。甚至隨身攜帶兩把梳子，一把梳頭髮、一把梳極為濃密且很長很長的眉毛。

我獨自站立在爸爸旁邊，許久；盯著他的臉龐細看，許久。怎地？前個月我才去看爸爸，爸爸還開車載我去吃飯，炎夏逼得人沒胃口，我說：「多少吃一點吧，一口也好。」陪著他，為他與我各點份蘿蔔糕與冷飲。爸爸愛開車，曾開車載著阿姨，一天內行駛一千多公里旅行。他說：「沒車就像是沒了腳」。而今，他可自在了吧！

再沿經因他的強烈建議，縣市政府才施作的陸橋。新聞可以google得到，當年這附近的小學生過馬路時，時有車禍。為顧及學童安全，校長請爸爸幫忙。在爸的行文下，順利建造。見了橋，似見了爸爸。生命，可以以多種方式延續。

為爸爸上色彩、為爸爸送上幾首音樂、為爸爸書寫……。此時，想像著爸爸如常展眉、微彎著眼，笑了吧！高瘦的身形在自家路口望著、揮著手道再見。

把劍化為和煦的風

當心與念，跳躍於過去與現今，如同一條隱藏的線，穿越到你所思所想的另一端。因此，才會有種說法：當有人思念你時，耳朵會癢。

心，會不會感受癢？於我而言，是酸是苦是痛，當然也有甜蜜與幸福的感受。

某天的中午前，從最親愛的二堂姊那裡獲知她媽媽（我的大伯母）的事。難怪，近來老覺得怎地很久沒有堂姊與小姑姑的消息，原來，她們是理解我忙碌而沒告訴我一些事。也許是感冒的藥效太重，當天下午在圖書館睏極，時常矇眼，又強撐精神打字，想到什麼就亂打字，亂拼亂組織。由於「亂」，返家發現鑰匙不翼而飛。不翼而飛的感受，像是某些雜亂的事物該拋該丟就得拋丟。又像是某些事物，注定得飛了遠了。

進入家裡後，昏躺於木質地板，像條不能呼吸的魚，完全——完全——動不了。腦袋與心思似乎要串連幾小時後才接通，感應到心的節奏。我不能——不能——不想到大伯母：

大約在我一歲或一歲多一點點時，我待在樓上的家，那個家當時是四代同堂。因為痛，我一直哇哇哭著。阿祖耐心地哄我哄我。此時，大伯母買菜返家，笑盈盈地把她剛買的一紙袋的餅乾取出一片讓我吃。是因為這樣嗎？我嗜愛吃餅乾，多年來常可一人一排排啃食掉一大盒餅乾。

因緣流轉，失了聯絡。N年後，我才見到吳家好多親戚，當然也見到大伯母。大伯母身體雖然不好，皮膚卻是白嫩，耳聰目明。他們三代同堂，女兒兒子媳婦圍繞著，發自內心地孝順。我看得開心，說實話，也有些難以置信，在臺北市已很難看到這樣的三代同堂。

吳家人（尤其是男人）的脾氣非常暴躁，但是，堂兄弟們卻是性情好。我這條懶惰魚，曾在青少年被哥哥譏諷「毫無鬥志」。那時我才十幾歲，不知人為何要有鬥志。

我可曾為人生任何一件事奮鬥過？義無反顧地奮鬥？我思索著：「當然有」。

這條懶惰魚，沒有水，卻感到周遭的水蔓延蔓延——流淌，卻無法讓時光倒流，無法再看到某些家人。這些努力與奮鬥，如何——如何與他們分享？

我的外貌常被說冷傲，當夜升起，走出圖書館，忍著飢餓感，更得忍受汙濁的空氣與天色。繼續思索著，為何劍會被說冰冷，那是劍必須如此才能發揮作用。劍，才不會有水痕。

好幾小時後，我才漸漸感受思念大伯母的痛、試著想像三堂姊的感受，也不得不想起媽媽爸爸，還有……我不願輕易說出口的妹妹。有些事不說出來，似乎可以假裝沒發生過吧。

但有些事，還是得面對。在爸爸的告別式裡，我把我的座位讓出，坐到後排。看著前排幾位爸爸的子女，突然發現多巧呀，各別代表著不同的媽媽所生的孩子。我觀看著他們的肩背，每個人，都是故事呀……

再過一陣子，依然是去看爸爸，當下的過程簡直是在心版上寫小說，不禁浮起好多畫面與曾有的對話。爸爸另個親生女兒的媽媽也來了，他們數十年沒見，特來送爸爸最後一程。就我所見過或聽過的爸爸的女友們，包括阿姨（爸爸的第二太太）。我開始去思考爸爸的朋友曾告訴我：「妳爸需要談戀愛，才能活得好呀！」

幸好這三年多來與爸爸聊了不少，也親見了他的生活。他不只是需要愛情，他的愛裡有承擔。算是有肩膀的男人吧！

妹妹曾說，爸爸把人生的「苦果」留給女兒們。我不信「命」，不信！運，得去學著轉動。即使，命，改不了！也可試著將運氣之軸轉靠陽光站。當遇到炙人心的烈陽，再躲到陰黑的洞穴吧。或是就此住在洞穴，偶爾伸向陽光處，晒晒身晒晒心。

想著爸爸，我的心窩與眼眶頓時發熱發燙發燒……持續了好一陣子。

多年多年前，爸爸在餐宴後微醺地與我話別，目送我上車，微笑地問我：「以後，妳會來送我嗎？」我懂他話裡的意思，卻不語、無法言語、更不想承諾無法預測的事。心底訝異著：爸，原來是在乎我唷！我也帶有某種快意，不給答案，是種種心情上的快意。爾後，我懂得了：感恩能有個爸爸可喊、有個爸爸可以彼此噓寒問暖……。我喜歡，也習慣於每天在路途中、在餐前餐後、寫稿前……與他在電話裡閒話家常。

這天，行經的某些路，他曾開車沿路介紹著呀，甚至，這段路，爸的車曾差點火燒車，我們經過好幾位陌生人的幫助，以及我臨時習得的「降溫技巧」，安然地回到爸家中。

歸，原來是種幸福！

歸，我得回臺北了！這一天，白日是朗朗的藍天、傍晚是紅得詭異的雲天，接著是進入夜的大月亮。月，陪伴著，一起走著……。人生就是這麼朝夕變幻著。告訴自己：勇敢地思與憶吧，這些會苦會澀，卻是必然的途徑，總有天會滋生出燦爛的幸福感。讓爸爸體會到他也能擁有大伯母那般的幸福。在此也要祝福大伯母天上安好！

行文到上一段該結束時，意外地接到二堂姊傳送爸爸年輕時的幾張照片給我。我看得一直笑。好有趣呀！都是以前沒看過的照片。其中一張，是爸媽的結婚照。我問：「從哪找到的？」二堂姊說是在大伯母家整理遺物時看到的。是心念？這麼「巧」！

這回，忘了帶鑰匙，等著鎖匠來開鎖，也開出記憶的河流。前幾天的夢境裡，爸爸帶我到兩處遊樂園玩，與以前一樣愛兜風。**當我把心劍輕輕地傳遞出，我知道：**

那把劍化為和煦的風，飄揚——揚出幸福，是心上的標竿，向陽——微笑！

年，在門前迎新說嗨

年，對我來說是什麼？正在思考、努力思考、用心思考。童年就真是穿著一身的新與暖。看著一旁小立櫃的其中一張照片，是哥哥與我元旦時立在大門邊合照。當時我一歲半（爸爸習於在照片背面注記拍攝的日期），戴著毛線帽，一身的毛大衣與毛長褲，手扶著牆邊對著鏡頭眉開眼笑。哥哥穿著小西裝，一身貴族樣，額頭的髮是剪得斜平式的瀏海，眼睛大且烏黑，像個混血小王子，閃神望向另一方，是媽媽在鏡頭外逗著他吧。

幾年後，妹妹出生了，我最喜歡帶著她打開衣櫃，坐到衣櫃裡，假想著那是馬車車廂、是火車車廂、是祕密基地、是通往神祕的處所。我會在那裡說故事，甚至是爬到頂櫃，爬上爬下的。我是家中運動神經最差，也最不愛動的成員，卻不畏懼高處、不畏懼爬鐵絲網、不畏懼爬窄小的窗門……。現在想來，至今常沒帶鑰匙、掉鑰匙，是童年就偶爾發生的事。小時候，甚至是得借來椅子梯子爬高才能入內，再從大門打開家門，接引著待在外門等我接應的妹妹，讓她像個小公主一樣地從容平安地回到家。及長後，反倒是她像姊姊，因她個子高、膽子大，總是一副衝鋒陷陣的模樣。我連日常用品都無法分辨怎麼購買，她偶爾會幫我代買。

衣櫃最能滿足我的好奇心。於是，當我閱讀到香港中譯本《納尼亞傳奇》（*The Chronicles of Narnia*）的第一集《獅子・女巫・魔衣櫥》（*The Lion, the Witch and the Wardrobe*）時，大為吃驚。衣櫥對我的魔力、想像力與召喚力，可以在這書上得到認同。儘管我所買的版本翻譯拗口，但很能體會打開衣櫥後所展開的奇幻冒險，門與門後都充滿了驚奇，在一片看似黑漆、深度無限的世界裡，能讓想像力奔馳。這套書七本，作者C・S・路易斯（C. S. Lewis）鑽研神學、中世紀文學。他筆下的獅子是我所喜愛的角色。獅子不僅是森林之王，也是創造力量的角色。

C・S・路易斯與《魔戒》的作者J・R・R・托爾金是同世代的作家，彼此是好友。他們都以筆以腦以心建構出孩子的奇幻世界。《哈比人歷險記》（*The Hobbit, or There and Back Again*）是托爾金為他的孩子們所講述的故事，而他對語言學的專精，更是使用到精靈與其他角色的詞彙上，當這些角色發著朦朧略帶詩意或是驚悚的語句時，讀者似乎可以感受到大自然會呼吸，每個物種都有其語言與想法。這也是托爾金日後的《魔戒》風靡於世的因素。而電影更是具體地拍攝出令人讚嘆的世界。樹可以走路、可以講話，可以是拯救者的角色。而我最愛的是亞拉岡，他具有王者風範與流浪情懷的融合感、具有身而為人類的悲憫與正義感、具有愛情裡的深重情意。我不禁揣想著：托爾金正是亞拉岡。托爾金與弟弟在媽媽過世後，被他所敬重的神父收養，雖是住在寄宿學校，沒有家庭生活，但是，媽媽在世時所給予的十二年的愛，為他的心靈奠定了根基。愛的基底有助於將來是否能愛自己與信任別人的因素之一。

年，對我來說還有什麼？想起來了！爸爸在我童年與青少年時期，每年會送我一本很大的日記本，於是，我會簡單地記錄日常，也觀賞日記本上的圖片風光，本子上附有各地的景貌。爸爸對於臺灣各地的道路歷史很熟悉，喜歡開車，這也是他整理記憶的方式之一吧。

妹妹喜歡搜集很多盒子；我依然對櫥櫃與門產生好奇心，偶爾把記憶之門暫時打開、關閉，打開、關閉，再聽其自然起闔。也對一列列行進中的列車有股強烈的速度感在心底飛奔。這樣的速度感，讓我串連出電影《駭客任務》（*The Matrix*）中的列車，奔向的是追尋或選擇的過程。依稀記得片中有段對話：**「選擇只是一種幻覺，它只是由有力量的人創造出來給沒有力量的人的幻覺。」**如果選擇是出於自我的衡量與決定，那麼，幻覺是來自心底根源的示現？或是他人的強烈暗示？於是，才有了另段的對白：「我們唯一的希望、我們唯一的平靜，是去了解、了解『為什麼做了這個選擇。』」《納尼亞傳奇》有句對白：「當你選擇成為別人，你將失去自己。」做出決定不難，而是「了解」的過程。年，是否可以依這番過程去「了解」上一個年，並且調整下一個年？

你呢？你會對什麼樣的情景產生好奇？進而想去「了解」？

在楊牧編譯的詩集《葉慈詩選》看到〈黎明〉（The Dawn）這首詩裡的其中兩行，特別吸引我：

無心的天體在個別軌道裡，
星辰於斯淡去而月亮出現。

星星、月亮之後，就輪為太陽現身囉。面對陽光、面對新年，不就是得發自內心地說：「新年快樂」嘛！

在夢裡・旅行

夢，製造了另一個世界？或是還原世界？像是蛋生雞或是雞生蛋的提問：難解難分。

幾乎日日有夢，一睡就陷入夢境，睡眠品質深受其擾，多數時候，我心甘情願，因為那是遠觀一場場脫序卻有趣的夢境；偶爾是接收有心來入夢的人所傳達的心意。於是，我甘願，也幾乎是享受於夢境世界，卻不迷信，也不刻意追索答案。因為，夢，本就是在一個更大的體系裡，與日常生活共存。如同一個自我的小宇宙。

幼年起最常有的夢境是在路上嚇得飛奔。記得，我只要一蹲下，害怕的夢境就會消失。沒想到，少年時的貧血症，只要一頭暈，蹲下，就是最好的趨緩方式，只是偶爾來不及預防時，暈倒，成了常有的事。

預知夢僅有幾個，都在事後證明是真確的事件。曾在夢裡比媽媽搶先知道她將出國、曾夢過陌生的老師往生、曾感應好友生病、曾預知搬家後將發生某事，依然是在路上奔跑，只是不知會是我的腳被哥哥騎的腳踏車輪軸絞傷，整整數月才康復。也曾有「託夢」：夢見往生四年的外婆來告知某事，全家族只有我被告知；還有數年沒音訊的朋友，罹癌即將過世前到我夢裡一起散步走階梯、唱歌給我聽、還告訴我她很快樂。之後，聽她家人說起她住院的日子，正是我夢到她的當天。在夢裡，我們走了很長很長的路，彼此很愉快，醒後，我還學著她哼著她吟唱的世上從沒聽過的歌。過幾分鐘後，我心頭抖顫，憂懼朋友有難。但她在夢裡真的好快樂呀！

人人都會做夢，卻也有人說從不做夢（絕對是忘記），或是只做黑白夢。然而我的夢境都是彩色。多數的夢可以自行解析；某些夢不以內容顯現，而是以形式，例如，我總走在各式建築物裡，熟門熟路地穿梭來去。或是不斷地拔腿奔跑、或是突然有陌生人闖入，我得想盡辦法逃脫。而某些夢，讓我分辨不清身在哪個世界，例如，常在夢裡看到媽媽，不記得她與我已不在同個世界。偶爾在夢裡記得了，哀與痛極度讓我難受，時常在還沒醒來前，即已聽到自己的哭聲。

當我還沒真正懂得「正視」夢這件事，早在創作小說初期，以夢為主題，建議小說中的主角勇敢走入一再入夢的夢境裡，瞧清楚夢中人的長相。**夢，必然有個不可小覷的祕境。**數年後，我曾夢見往生的朋友要我仔細聽囉，接著是他講了個名字。夢境快速消失。本沒太在意，醒後數小時，在網路搜尋夢中他提到的名字，對我而言是個陌生姓名，卻在我腦袋裡轟然一響，這是個提示呀。該怎辦呢！我透過轉介，找到夢中我聽到那姓名的人，互通了簡訊。只是、只是接下來該怎辦呢！我放著不處理，因我無法告訴陌生人我夢到的因由。

科學證實每晚的睡眠大概可以分為四至五個週期。夢，是處於快速動眼期。近日的連續夢境一次持續四小時，不斷電地奔跑又奔跑，很想知道這樣算不算運動呀。佛洛伊德最著名的學說是《夢的解析》（*Die Traumdeutung*），他主張：「夢是我們壓抑某些慾望的結果。這些慾望通常顯得太過陌生，因此，夢只有透過象徵的手法提及這些慾望。」夢，有趣的是讓人自問與自答，勇敢的話，可以自行深入為自己剖析。對於夢的執著或是不在意，因人而異。只是，我偶然窨於在夢裡進入他人（熟識或不熟的人，甚至是沒見過的人）的私領域，像是瞧見他人正在進行的私密事件，卻來不及閃避。

曾在一本書看過日本作家吉江孤雁（明治十三年－昭和十五年，亦即一八八〇年－一九四〇年）一篇談夢的文章，敘述的夢境彷如前世入了今生的夢，單身男人夢到了他的太太與子女。隨著山坡與愛妻分離，孩子們在他身邊大哭。他在夢裡感到難以忍受的寂涼。這段形容，我偶爾、數次翻閱著，像是找到知音者對夢的描述，那般深沉的悲切，沒走過「山路」的人是無法知曉情感的輕與重，以及放下或承擔的起迄點。

那麼，壓抑型的人，可以在夢裡奮力一搏、宣洩不滿嗎？慟哭與怒吼都算是吧。把這樣的夢當成身心靈健康的運轉，真無不可。夢，很「個人化」，很隱藏很隱密。個性矜持者，難免會被個人的大腦限制某些情緒。每個人或多或少被自己不同的情緒因子拴住，不敢輕易地讓某些情緒如脫困脫韁的野馬野獸奔出。那麼，會不會把自己反關在牢籠裡呢？我想，還是得勇敢地看待自己的夢。

與佛洛伊德在心理學上產生分歧觀點的榮格（Carl Gustav Jung），在與佛洛伊德分道揚鑣之後曾憂鬱數年。榮格強調夢具有補償作用，不偽裝、不欺騙。他和病患討論夢境：「你如何看待這個夢？當你想到這個夢時，心底聯想到什麼事情？」那是把解析夢的鑰匙嘗試交給患者。「上門求診的病患」這名稱在今日現代，或許得改換字詞。現代人求助或是求教於專業的精神醫師或心理諮商師，成為顯學。

我倒堅信，夢跑得比你心底對自己的認識還快，且深入。只是，你敢認識你自己多少。童年，我有兩個不同的夢境，每年固定一次來到我夢裡「上演」，內容與角色一模一樣，無論是對話或是場景，絲毫沒更動，只是主色調改變。一直認為很神祕卻沒找人解夢，如今，未必需要解夢。這兩個夢，其一，主要是爸爸與我；另一，是媽媽、大阿姨、妹妹與我。如今寫著這篇文章，我已解惑。突然懂得：那是擔憂被遺棄與丟失重要人物的深層恐懼。

需要和「夢」對話嗎？至今我依然沒太多想法，只是順著夢、看著夢。夢多得如流水，從未想過要以紙筆或電腦記憶住。某年，我開始將較重要且有深層意義的夢，簡潔地記錄在特選的筆記本裡。我把「它」當作一個特殊的空間場域，很少「打開它」，如同將鮮明、美麗、痛苦、哀傷、溫暖的畫面與聲音暫時保管在本子裡，形成它們的世界。等我更勇敢時，我將一一開啟，且以微笑與溫潤的心看待它們的陪伴。

時間與記憶融合，開出陽光

時間，在中文裡都有個「日」字。日，又切割為兩個「口」字，或說是兩個稍寬的「曰」字。有趣吧，提醒著我們時間跑到旁邊、跑到裡邊。我們在那之間，言說著時光。

那麼，時間可以任我們雕刻成什麼模樣？可以將時間切割？或是停駐於哪段時間點？從沒和媽媽談過，但我總認為她最喜歡的時光應該是我們遷居於某城市的一年時間。一年，很短，卻很完整。雖然，我們都得適應居住的新家，我與哥哥、妹妹三人分別往返於不同的地點上學。白天，媽媽可以日日走路到外婆、舅舅的家；晚上，媽媽與先生及三名子女，我們五口人一起晚餐。外婆偶爾會到我們家過夜，清晨唱著歌喚醒我們。當年，媽媽的生活裡填滿了家人的身影。

那道通往外婆家的路，當時還未被劃分為建地，我們不走馬路，而是行走在直線的田埂步道，草與秧苗，襯著白日、金光、紅霞、星月，色澤明朗鮮麗。記憶中，舅舅家有隻大狗，我曾因為把牠當小馬，被咬傷了膝蓋。哭了？我已不記得。這倒喚醒更為幼小時期的畫面，爸爸超愛狗，當時就是因為我把狗當小馬，沒記取教訓，才會在舅舅家遭小殃。自此，我很慎重地看待狗，即使是小小狗，我也保持距離，看著爸爸難得回家時，與狗親暱地招呼著，我似乎只留下爸爸微笑的模樣。至於，我與狗的緣分很奇妙，曾為一隻名為歡喜的狗寫了兒童繪本《歡喜回家》，為某一段時間記錄生命也點亮記憶。

如果說，腦海的記憶是最佳的相機，那麼我們還需要相機？

曾有人在拍照時告訴我：「妳想成為哪種人哪種樣貌，默念著那人的名字，相機就會把妳拍出那人的模樣。」哇，有這款相機？我愣了僅僅一秒，腦中並非沒跑出值得讚許的人，但每個人都是獨特的人，也不是可以輕易地被模仿。於是我疑惑又堅定地回答：「我只想成為我，成為吳孟樵。」繼之想想，那位擁有神奇相機的人，是想激勵出被拍攝的人自在地漾出心底的神韻。

近期我愛以手機臨機拍攝景物，那是被景物吸引的動人時光。**當手機的相機功能喀嚓的一瞬間，如同兩對眼睛的相融與牽引**。景物之美，以肉眼親見更甚於手機停留的當下。為此，我深感世間萬物所散發出的美，令我的腳步不由得放緩，只為觀看這份感動，偶然還會爬升出幸福感。

杜斯妥也夫斯基童年深受童話故事影響，當他成年開始寫作後，多以生活艱苦辛酸的小人物作為小說裡的重要角色，文學風格與探索的內容影響後世極深。在長篇小說《群魔》（*Бесы*）有段這樣的兩人對話：

「當全人類得到幸福，時間將不復存在，因為不再需要時間。」
「那麼，時間藏到哪裡去了？」
「沒有藏到哪裡，時間不是物體，而是概念，它將從人類的理性中消失。」

從十九世紀的杜斯妥也夫斯基來到二十世紀，同樣是俄國人，導演塔可夫斯基（柏格曼（Ernst Ingmar Bergman）心目中最偉大的電影人）的體悟是：「時間與記憶彼此融合，彷彿是一枚勳章的兩面。記憶是精神概念……一旦失去記憶，人就成為虛幻存在的囚徒，因為他跌出時間之外，無法理解自己與外在世界的關係……。」

我在心底模擬著「跌出時間之外」的畫面。那是黑洞般無法聚焦的世界，也或許會帶來驚奇的魔幻之旅？

伊朗導演阿巴斯的一首長詩〈一隻狼在放哨〉（A Wolf on Watch）與時間應和：「……今天／我的信仰是／生命美如詩……今天／如同每一天／被我失去了／一半用來想昨天／一半用來想明天……。」他把每一個今天當作流失，想著昨天與明天。他的心與腦，必然流動得很快速，用以捕捉所有他想表達的世界。

吳爾芙生前飽受精神之苦，很能體會時間的流動，她的小說《歐蘭朵》（*Orlando: A Biography*），主角歷經三個世紀，近四百年的時間之旅，性別、出生地與生活景況全然不同。因歐蘭朵，我們看到所謂的「人」，不是狹隘的女性或男性，而是要成為一個更完整的人，這之中所受到的衝擊與經驗不會是虛空。以此小說改編的英國電影《美麗佳人歐蘭朵》（*Orlando*）由蒂妲・史雲頓（Tilda Swinton）完美演出。

霍金（Stephen Hawking）從愛因斯坦方程式解釋宇宙的時間有起始點，那是從宇宙演化的「大霹靂」（Big Bang）開始的。在此之前的「時間」毫無意義，物質與時間必須一起並存才有意義。

科學家以精確的演算分析時間，於是感性的人必仰賴想像或是創作進入另一個時空點，所以，才會有這麼多的科幻小說、電影電視電玩，讓人回到過去或是飛入未來。還有許多的心理學書籍，以條列或是案例，告訴人們怎麼消化時間在自己身上所留下的痕跡。仔細思考，唯有看待「當下」才是真正的擁有時間。心靈作家艾克哈特・托勒說：「時間是所有痛苦與問題的根源。」人的問題是受到時間箝制了心智本身。

想起了多年前有人送我一本《心經》，當下立即感受到超凡超美的意境，短短的文字裡，字字如珍珠閃耀。雖然我一直沒參透人生的苦痛喜樂，易陷於心理時間，卻時刻提醒自己：「觀自在菩薩，行深般若波羅蜜多時，照見五蘊皆空，度一切苦厄……無有恐怖，遠離顛倒夢想……。」而今邁入二十一世紀的第十九個年，好似進入一個即將被陽光溫暖地灑在身上的年，我隱約看到希望之光，讓時間的流動雕刻出開悟的能量。

叮嚀，但不親吻的母愛

貧血在琴鍵上漾出姿態，那是蒼白
熱湯在星火上波動起舞，於是豔紅
蝴蝶飛舞在年月週與日之間
媽媽叮嚀，但不親吻
露臺連接窗與夢與花
那是
五月的心思
豈只
五月

許許多多的夢境裡，以近日此則訴說：
一個空間方正的大廳，中間空地上沒有任何家具，靠牆是一張直接放在地板的雙人床墊，那是我的臥鋪。聽見媽媽問起：「鋼琴的罩子在哪？」我比了比方向。此時，發現靠近露臺的落地窗邊還有一張雙人床墊，一樣是擺放在地板，是媽的床。我心想：「緊靠窗邊，不會冷嗎？」同時還想著不曾問過媽的心境：「孤單嗎？」

瞥見鋼琴就座落在靠落地窗牆邊的第二個位置，已然罩上白紗，顯得清淨幽雅。卻沒見到媽的身影，於是，我走到露臺，驚喜地發現超級寬敞的露臺比我夢中剛出現的盆景多上幾盆，想著，必然是媽種的吧。此時氣候怡人，是白日，且是舒適的居住空間。

我又入內尋找媽媽，發現通往走道旁邊有幾道門，牆壁上有個洞，至少有三只時鐘分列在牆上，時鐘沒有直接鑲在牆壁裡而半垂落，且見到管線外露。我伸手想處理這些管線，卻見一隻白色毛茸茸的小生物，我見不到牠的眼睛在哪。牠拉扯著我，我想掙脫開，不是怕這生物，而是擔心我不能處理現下要處理的事情。

夢在此時醒過來！夢境裡的空間與景物都不是我真實生活裡的經驗。隔了多日想起三只時鐘是譬喻哥、我，和妹嗎？在媽的心裡，我們也許就是需要她偶爾為我們上緊發條。

於是，於是，我又繼續多次夢到媽。於是，於是，我不需多想，畫面都在我腦海：媽愛熱鬧，幾乎是天天出門，自從不愛出門後，常見她不是躺客廳沙發，就是回臥室躺著。在臥室裡，經常是見到她雙眼望著天花板，或是側躺面對靠牆的窗，床緊貼著牆壁，其上是一面窗。當我進入她的臥室，經常是望著她的背影。臥室的窗簾是我親自選購、親自安裝，幾乎是終年遮蔽透明的窗。客廳陽臺外的竹簾也是我選購，以阻擋西晒的陽光。但是，我不曾問過媽：「為何不讓陽光灑進屋內？」不需問，是太了解她的想法。她勇敢，卻有過大的憂懼，是內心沒有安全感。強悍，使得她勇往直前，她決定的事很難有人可以置喙。

媽很了解也信任我的夢。大約十二、十三歲時，我們住進東區知名的社區，搬家前暫住媽的朋友家（同社區不同巷弄），某天下午睡覺，夢境裡的街景是臺北知名的景點，但當時我不曾去過。夢裡，我奔跑著；夢醒，我大喊：「不可以搬進去。」萬萬沒想到，還沒見到新家前，就在住家樓下寬闊的行人道，哥要我坐上他正在騎的腳踏車上，我的腳板被行進間的車輪扭轉碾壓。還記得當年拄著拐杖，是最後一個進到新學校、最後一個進入班上做自我介紹的學生。那學期，整整拄著拐杖上課一個月，差點不敢拋掉拐杖踏地行走，是媽一再要求我得靠自己的腳走路。

也是那一年，我陪媽去醫院探視她的朋友。等我醒過來之後，坐在輪椅上，被院方要求得住院。那年大概沒人知道我幾乎日日頭痛，直到住院那一天才知道是貧血。沒錢住院太久，三日後出院，得吃補品與打針，幸好打針的日子不算長，但是我還記得因為是靜脈注射，非常地痛。醫囑得日日喝豬肝湯。媽很少下廚，為了我，必定每天一大早親自到市場買豬肝，也親自烹煮，長達一年的時間，未間斷。她不在家的日子，必然央請親戚煮給我喝。每天早晨我面前有超大一大碗的豬肝湯，色澤清爽不腥羶，正因湯品色澤與味道不腥羶，我始終無法習慣他人煮的豬肝湯。

哥是媽媽寵愛的孩子，獨享的事物非常多。他也愛豬肝湯，但是唯有這件事，媽沒讓他喝上一大碗，而是一小碗。只有我和哥同時在餐桌上享用著，還記得哥喝得很專心。妹妹不愛豬肝湯的味道，見了豬肝湯，閃得老遠。

不記得媽曾否緊緊擁抱我或是親吻我，但是，媽很愛為我打開瓦斯爐不斷地溫熱湯鍋裡的湯。我愛喝滾燙的湯，每喝一碗，媽就重新溫熱一遍。看著我喝湯的模樣，媽會漾出難得的笑容，我喝得好滿足呀！湯，成了我記憶媽媽的其一，那是耐心。許多年後，我才從別的醫生口中獲知「兒童不會貧血」。那麼，當年是什麼？我明明見著了醫院的單子寫著「嚴重性貧血」。另一位醫生謹慎地說著：貧血分很多種。問爸爸，爸爸說不記得醫生的說法。欣喜的是唯有那一年貧血，之後驗血完全沒有貧血跡象，而暈倒的狀況比起童年少了許多。

妹妹與我類似，常感到頭暈，她是隱性地中海型貧血，不曾真正暈倒。還有些親戚也是隱性地中海型貧血，而我沒有地中海型貧血。妹妹與我一樣可以敏銳地感應機器的運轉，因此不能靠近電梯太近，否則會頭暈。或許是這樣，無形中讓我與很多事物保持距離，頭不暈，心卻是沸騰地思考，也飄散地難以收束。

以此注記，謝謝媽媽！五月的第二個週日是多數國家的母親節，五月四日文藝節是哥的生日。媽的三只時鐘各有滴答聲，滴答滴答滴答地響著：謝‧謝‧媽！也想告訴媽：「**沒有人是孤單的，這世上沒有『貧』這個字眼。血，不蒼白。心，可以創造美好的世界。**」

九久的天橋流水與山路

九春夏秋久

以這五個字為起始記憶你：你喜歡秋天嗎？你在九月出生，也在九月搬了人生裡最後一次家，你都好吧！

十七年來沒見過你，我們都各有堅持的生活方式，但我不會忘記打電話給你賀年。二〇一四年春天，因《人間福報》舉辦的活動，我受妙暢法師的邀約到「惠中寺」，你到那裡與我會合，我們乍見的那一瞬間，喜悅；合照時，我眼眶紅了；你見了，也泛紅了眼眶。第二次見面是夏初，是我第一次到你家作客，感受你的家庭生活。你依然喜歡小飾品，一一陳列得很整潔，我送的小物件與請人以你的名字所作的水墨畫，你都布置著。那回見面後，我因回首過往而心情震盪，在火車座位上忍不住以外套掩面痛哭。也因在你城市的車站大廳遭陌生人突襲，以及另一件事的影響，我頹然地足不出戶整整、整整兩週，大概是情緒的劇變引起身體抗議，皮膚嚴重起疹子。懶得看醫生的結果，變成慢性蕁麻疹，即使日後看了多位西醫與中醫師，仍是日日不定時、沒固定位置起紅疹、發癢，總是瞬間時起、時消，其實，是很有趣的觀察。

見面之後，我每天打電話給你，問候你。偶爾搭高鐵或臺鐵去看你。你的衣著永遠是畢挺合宜、做事很有條理、很有時間感，導覽了些風景與美食。你的生死觀很瀟灑，曾說日後在這橋下撒一撒就好。我說這可不能隨意撒呀，可以申請植葬花葬海葬之類的，但我沒跟你細談，悄悄希望時間的秒數變慢。你沒病，只是太孤單、只是心臟老化。你帶我去山上，這是阿姨生前特意選擇的地方。她比你年輕，體格健碩，卻敵不過病來襲，先你而去。你看著她的「位置」，再比著你未來的位置，笑著告訴我：「知道自己將來會在哪裡，很好哇！」是呀，能做到「知道」，很好！

我要謝謝你翻轉我對你的某些印象，在我看到你這麼體貼地照顧阿姨，你不再是一般人認定的 Dandy，而是有情有義之人。雖你必然讓一些女性傷心、失望，但你也有所承擔。

你知道嗎？我時常夢見我媽，偶爾夢見你。有時是你們在同一天輪番各自到我夢裡；有時是出現在同一個夢境裡，你們齊聚，真叫我驚訝！這天，你、我媽、我妹又在同個夢裡一起出現。好吧，這個月來寫你。我不怕做夢，即使再苦再崩裂的噩夢都不怕，更何況是你們呀。至今，我似乎已可超越傷感，感受到愛與幸福。很想念偶爾去探望你，住在你家時，我在三樓的臥室聽到你或是你與阿姨在一樓客廳聊天的聲音，讓我感覺安心。有時是你去買早餐帶回家等我起床吃，有時是等我起床後再一起出門遊玩。我喜歡將醒未醒時聽到「聲音」，那是生活有節奏的聲音。

近日電影《花椒之味》的劇情很類似我家狀況，你知道嗎？鍾鎮濤的角色很類似你。鍾鎮濤在這部片裡有三個不同女性生的女兒。而你不僅有三個不同女性生的女兒，另有一位領養的女兒，還有兩位不同女性生的兒子。兒子與你的緣分時起時落；女兒較為貼心。但是其中一個女兒因你長子的傳話而造成誤會，父女永遠不可能彼此再聯繫，而這女兒還是你很疼愛的女兒呀。看來我近日能同時夢見你與這女兒同在一夢境裡，是好事吧，見到你們團圓。

你另一位女兒對你幾乎沒什麼印象，今（二〇一九）年初，她拿著幼年時期的幾張照片辨識當年景物，讓我很心疼。這位女兒喜歡佛法，還是佛教志工。同年六月底邀我一起到山上探望你，為你誦念整部《地藏經》。她恭謹虔誠的心，每每讓她的臉散發出動人的光芒。你必然很感嘆沒有更多機會認識你這位健康開朗的女兒，她的身高遺傳自你，你會很欣賞很愛這女兒。當這部經誦唸到「兄弟姊妹之諸親，生長以來皆不識。」她說這是她的感懷，幾年來唸著唸著，就盼來兄弟與姊姊。我的心陷落，想像她嚐過的苦。唸經當下，我輕輕地拍撫她的肩背。

我們從山上又繼續往城市也往山路順道旅遊，離你家很近，不忍心、不好意思繞個巷道過去看看你家的花草依然茂盛嗎？但是，可以見到因你建議才建設的天橋，這是利人的設施，我不由得感到欣慰，謝謝你以此示現生命的意義。

鄭秀文在《花椒之味》飾演大女兒，當她喊著「爸，我很想你」，我開始泛淚。你，是我爸爸，是爸爸！我身為「長女」，自二〇一四年起，我們才相聚三年多。你去（二〇一八）年夏天在天上收到我以你為論述的作品嗎？這回，我們去看你的行程都由同父異母的妹妹悉心安排，她在山路裡開車，豪大雨中堅持送我回臺北，穩實的開車技術就像你。

記得少年時期，妹妹與我曾在你生日時預先買了小小禮物送你，忘記你收到時是什麼心情，也不記得我們有沒有屬於冬天的記憶。你不常回家，我總感覺終生沒有父母為伴當「後盾」，我以另種方式，你們見不到的方式對抗自己，幸好是在閱讀與書寫中獲得一些抒發，但是，非常地慢，緩慢。放心，我會學習悠然且順心地生活。

九月，很美的季節。你與我的同父同母妹妹是天秤座（一個是九月生、一個是十月生），是最具俊男美女稱號的星座，維持美好挺拔的模樣，濃眉高鼻大眼與菱角嘴必然要展現燦亮地微笑唷。

那座天橋、那座小圳、那彎美麗的山路都是你不在場與在場，屬於「父親」的言說。

爸，你離開兩年了，我知道：你很好。

注：《眼神說了什麼》出版時，距離爸離開將近六年。沒想到這篇文章在出版社主編與編輯的歸納整理排版中，成為這本書的最後一篇。校對至此的幾分鐘後，我大為驚訝「命運」的安排，似乎寓意以此為結，也作以感念父女的緣分。這篇文章曾結集在二〇二〇年出版的《《歸鄉》的親子關係與俄羅斯文化：這位導演，讓我想起我爸媽》，父子關係的論述，是冥冥中送給爸爸的作品。而今，我思念／感懷／感謝……許多人，藉以爬梳流動的是記憶與思緒。學習讓心輕鬆自在的舞動，而不是扛著很重很重的「心」。

在場的，不在場的言說，就化為無盡的星星吧。

吳孟樵　作品

喜歡看天空喜歡發呆
喜歡看雲看樹與買花
敏感躍動的心魂
以，寫作得到沉靜
以，電影得到啟發
以，千奇百怪的夢境透視自己

已出版的書籍：

《當音樂響起，你想起誰》音樂散文，新銳文創（入排行榜幾週）

《鞋跟的祕密》（入圍文策院書單）

《《歸鄉》的親子關係與俄羅斯文化：這位導演，讓我想起我爸媽》電影專論＋散文，新銳文創。（進入排行榜好幾週，並於二〇二一年獲得文化部中小學生讀物選介，人文社科

類優良推薦書）

《不落幕的文學愛情電影》影評結集，爾雅。

《豬八妹》青少年小說，小魯。（此書當時進入博客來與誠品的排行榜前端）

《歡喜回家》彩色精裝版兒童繪本，幼獅。

《豬八妹的青春筆記》青少年小說，幼獅。（獲得新聞局中小學生優良課外讀物推介）

《愛看電影的人》影評結集，爾雅。（已絕版）

《二月十四》電影小說與電影劇本，華文網。

《半大不小≠沒大沒小》青少年小說（首次創作青少年小說），幼獅。（獲得新聞局中小學生優良課外讀物推介）

《儂本多情》電視小說（福建・海峽雜誌曾轉載），尖端。（首刷一萬本）

《少女小漁》電影小說，爾雅（嚴歌苓原著；張艾嘉執導）。（這本書同時收錄電影小說、原著小說、電影劇本。已絕版）

《我喜歡我自己——台灣現代生活啟示錄》（簡體版）生活隨筆及採訪集，北京，現代出版社。

《青春無悔》電影書，幼獅。（此書包括電影劇本與幕前幕後訪談；電影當年入圍最佳改編劇本、最佳音樂、最佳錄音等三項金馬獎）

（以上與電影有關的書，附有部分劇照或海報）

創作小說發表（高跟鞋狂想曲系列）：

已在皇冠雜誌、工商日報、中央日報發表九篇，其中一篇〈夢裡的高跟鞋〉於二〇〇〇年底，與黃春明老師同獲世界華文小說優秀獎（北京・世界華文文學雜誌頒發）。這是在華文圈裡具有舉足輕重地位的白舒榮社長舉辦的文學獎盛事，對吳孟樵而言，是個很奇妙的過程，事前不知，沒投稿，也不認識社長或編務評審的其他人，卻很幸運地獲得獎項，感謝白社長與之後連串的這些因緣。

第十篇編劇成電影，並出版成書《二月十四》。

（此系列隨著寫作重心改變，而轉為創作青少年小說。慶幸於二〇二〇年年底，將高跟鞋系列的部分篇章結集為小說《鞋跟的祕密》。）

創作青少年小說與繪本

因為寫青少年小說與影評，而累積非常多場的演講經驗，多針對校園裡的青少年，也有孩童或是大學生、醫學院研究生，還有一般大眾的演講場次，與大型的審片演講活動，是生命熱力來源之一。

青少年小說專欄曾刊載於：

《中市青年》雜誌

《幼獅少年》雜誌
《火金姑》兒童文學雜誌
《小鹿》兒童文學雜誌

報紙與雜誌專欄

曾同時在臺北與北京的雜誌有散文與電影專欄

近年：

持續在《人間福報》電影版寫電影專欄。

二〇二〇年春天前，在《人間福報》副刊寫「心之所念」（一篇）與「樵言悄語」（三十六篇）生活散文，另以櫻桃為筆名寫「當音樂響起」音樂專欄三十六篇。也就是同時持續三年，已結束此兩項專欄。

自從開始看試片寫影評以來，至今在報紙或雜誌的影評專欄不曾斷歇，已累積至少有數百篇影評。

曾在：

《皇冠》雜誌、《工商時報》及其他報紙寫「城市愛情」小說。

《國語日報》少年文藝版寫作「那些電影那些人」專欄。
《中市青年》雜誌多年耕耘寫作「豬八妹」系列小說專欄與電影專欄。（之後，分別在兩家出版社結集為「豬八妹」系列小說兩本）
《幼獅文藝》雜誌寫「電影迷熱門」」專欄八年。
《蘋果日報》副刊有吳孟樵「烈愛傷痕」專欄，無意間訓練吳孟樵寫作極短篇短文。
中央電影公司過去的「電你網」網站「吳孟樵專欄」文章，部分篇章已在爾雅出版社結集成書《愛看電影的人》。
其他文章散見於《中央日報》副刊、《中國時報》副刊、《聯合報》副刊與繽紛版、《中華日報》副刊及其他報紙、雜誌。

多年來，臺北有不同的編導洽談拍攝豬八妹。
大陸和香港曾有意聯合開拍吳孟樵小說「豬八妹」。
大陸的出版社曾洽詢出版吳孟樵兒少書與其他文類。

電視臺與廣播電臺：
曾應台視、中視、公視、民視、非凡、ＴＶＢＳ等多家電視臺專訪評論電影及其他議題。
曾在警察廣播電臺與教育電臺每週固定談當週電影，導讀多年。也曾受訪於漢聲電臺、佳音電臺、IC之音、中央廣播電臺與其他電臺。

曾主持醫學書與傳記書發表會、電影發表記者會，也主持過文學書被改拍為微電影的記者發表會。

二〇二三年八月在中正紀念堂演藝廳「鏡如人生影展」，將擔任映後專訪法國導演尚若白（Jean Robert Thomann）。

曾擔任新聞局、文化部專業人士審片委員多年。

編劇：

《二月十四》，獲電影輔導金，全片於新加坡拍攝。獲得：美國德州休斯頓影展劇情片金牌獎。

《橘子紅了》，將琦君同名小說改編為電影劇本，曾入圍電影輔導金。雖未形成電影，喜愛琦君作品的讀者，可在中央大學中文研究所——關於「琦君」活動的網站上見到。

《我的心留在布達佩斯》，吳孟樵改編自己的第一篇創作小說〈繡花鞋的約定〉（此篇小說刊載於皇冠雜誌），於中視金鐘劇展單元劇播出。這部片很受觀眾注意。幾年後，吳孟樵以《我的心留在布達佩斯》片中去世的主角為主體，寫了續篇小說〈復活記〉（此篇小說刊載

於《中央日報》副刊，感謝當時還沒見過面的林黛嫚主編）。（這部分文章收錄在《鞋跟的祕密》，釀出版）

《出差》，吳孟樵自己最滿意的劇本作品。（尚未形成電影）

《婚期》，改編自平路的同名短篇小說，於台視分四集播出。

《吳卿的金雕世界》，負責撰寫紀錄片旁白。

另有幾集公共電視作品

撰寫音樂會導讀文章與現場導聆

曾獲作曲家史擷詠之邀於二〇一一年共同為臺北電影節活動演講，並受他之邀參與同年他製作與作曲編曲指揮且演出的盛大作品《電影幻聲交響SHOW——金色年代華語電影音樂劇場》（二〇一一年八月十九日在中山堂演出，有專冊收錄總製作人／音樂總監史擷詠的感言、演出曲目、導讀音樂的所有文章、劇照、工作人員目錄）。吳孟樵負責所有音樂篇章的導讀文與上下場音樂的現場導聆。這些音樂演出的導讀文章與導聆收錄在《不落幕的文學愛情電影》（爾雅出版）。此活動就在當晚成為史擷詠生前最後一項音樂志業，也是他畢生最在意的音樂形式。

這些文章與新增的音樂專欄篇章結集成書，也就是《當音樂響起，你想起誰》（新銳文創出版），分為三個單元，第三單元是紀念史擷詠老師去世十週年。

在美國的圖書館有吳孟樵的書

二〇二三年很意外地才知道美國圖書館早幾年已購入《豬八妹》電子書。

因全球性疫情耽擱，二〇二三年美國圖書館審核通過，且已購買《歸鄉》的親子關係與俄羅斯文化：這位導演，讓我想起我爸媽》與《鞋跟的祕密》紙本書。

釀文學279　PG2912

眼神說了什麼

作　　者　吳孟樵
責任編輯　尹懷君、劉芮瑜
圖文排版　黃莉珊
封面設計　吳咏潔

出版策劃　釀出版
製作發行　秀威資訊科技股份有限公司
114 台北市內湖區瑞光路76巷65號1樓
電話：+886-2-2796-3638　傳真：+886-2-2796-1377
服務信箱：service@showwe.com.tw
http://www.showwe.com.tw
郵政劃撥　19563868　戶名：秀威資訊科技股份有限公司
展售門市　國家書店【松江門市】
104 台北市中山區松江路209號1樓
電話：+886-2-2518-0207　傳真：+886-2-2518-0778
網路訂購　秀威網路書店：https://store.showwe.tw
國家網路書店：https://www.govbooks.com.tw
法律顧問　毛國樑　律師
總 經 銷　聯合發行股份有限公司
231新北市新店區寶橋路235巷6弄6號4F
電話：+886-2-2917-8022　傳真：+886-2-2915-6275

出版日期　2023年7月　BOD一版
定　　價　360元

讀者回函卡

Printed in Taiwan

國家圖書館出版品預行編目

眼神說了什麼 / 吳孟樵著. -- 一版. -- 臺北市
: 釀出版, 2023.07
面； 公分. -- (釀文學 ; 279)
BOD版
ISBN 978-986-445-829-5(平裝)

863.55 112009587